Karin Bell wurde 1980 in Siebenbürgen geboren. Heute lebt sie mit ihrer Familie im Schwabenländle, doch ihr Herz schlägt seit vielen Jahren für Amerika. Ihren ersten Roman schrieb sie, nachdem sie als Jugendliche mehrere Wochen bei Verwandten in Michigan verbrachte. Seitdem lässt sie das amerikanische Lebensgefühl nicht mehr los.

KARIN BELL

Wunder der *Liebe*

Herzklopfen in Little Falls

Vorwort

Für die Neuauflage meiner Little Falls-Reihe habe ich mir ein ganz besonderes Vorwort überlegt.
Leider gibt es keine offizielle Tourismus-Seite meiner fiktiven Kleinstadt, aber so könnte sie in etwa aussehen.
Viel Spaß beim Lesen und einen schönen Aufenthalt wünscht

Karin Bell

Unternehmungen im Sommer

Little Falls bietet sich perfekt für einen erholsamen Sommerurlaub an. Hier können Sie noch ganz ungestört entspannen und die Natur genießen.

Entdecken Sie die unberührten Wasserfälle, die unserer Stadt ihren schönen Namen gegeben haben.

Die Top 5 im Sommer

1. Öffentlicher Buchclub am Pavillon

2. Besuch des Strandbads am Little Pond

3. Gemütliches Barbecue im Park (Anmeldung bitte über Larry Marsh)

4. Besuch der Stadtversammlung – auf Ihre Verantwortung ;-)

5. Eisgekühlte Milchshakes in Cole's Diner

Prolog

Isabelle

Etwas scheu sah sich Isabelle im Buchladen ihrer Grandma um, in dem es an diesem Sonntagnachmittag geradezu von Kindern wimmelte. Nahezu fremden Kindern, die sie eigentlich nur vom Sehen kannte, wenn sie ihre Großeltern in Little Falls für ein paar Tage besuchte. Die meisten von ihnen waren um einiges älter als sie, bis auf diesen Jungen im Woody-Kostüm samt Cowboyhut, von dem sie wusste, dass er Chase hieß und zwei ältere Brüder hatte.

Argwöhnisch beobachtete sie den Jungen mit den Grübchen, der erneut einen verstohlenen Blick auf das einladende Buffet warf, das ihre Grandma Josephine für später vorbereitet hatte. Pah, von wegen Märchenstunde. Sie hatte diesen kleinen Hosenscheißer bereits durchschaut. Sie war sich ziemlich sicher, dass er nur wegen der Snacks hier war, und nicht um eine gute Story zu genießen.

Isabelle setzte sich nun ebenfalls auf eines der dicken Kissen am Boden und sah erwartungsvoll zu ihrer Grandma, die bereits in ihrem gemütlichen Sessel Platz genommen hatte.

„Herzlich willkommen, meine kleinen Bücherfreunde. Seid ihr bereit für eine märchenhafte Geschichte?"

Josephines Worte gingen in frenetischem Jubel unter, der Isabelle viel zu laut war und eher zu einem Sportwettkampf passte als zu einer Lesung. Unbehaglich sah sie sich um. Sie musste zugeben, dass ihr ein Vormittag allein, nur sie mit ihren Großeltern, viel lieber gewesen war. Zuerst hatte sie mit ihrem Grandpa Jonathan eine große Bücherlieferung ausgepackt und später mit ihrer Grandma die Auslage im Schaufenster dekoriert. Wie jedes Jahr zur Weihnachtszeit verwandelte sich der Buchladen mit seinen unzähligen Lichterketten und dem nostalgischen Christbaumschmuck ihrer Urgroßmutter in einen magischen Ort.

Ihr Blick wanderte erneut zu „Woody", dessen Begeisterung sich eindeutig in Grenzen hielt. Erwischt, jetzt wusste sie mit Gewissheit, dass er nur wegen der Snacks hier war. Nicht nur, dass er nicht mitjubelte, nein, er hatte die Augen fest geschlossen und lag halb unter dem Büchertisch mit den Weihnachtsromanen. War er etwa noch während der Begrüßung eingenickt?

Isabelle schüttelte verärgert den Kopf, das hatte ihre Grandma nicht verdient. Sie gab sich mit den Lesungen, die jeden ersten Sonntagnachmittag im Monat stattfanden, sehr viel Mühe.

Der Applaus verebbte, dann schlug Josephine mit geheimnisvoller Miene das dicke Buch auf, das auf ihrem Schoß lag. Es war auch für Isabelle jedes Mal eine Überraschung, welche Geschichte sie zum Besten geben würde. Insgeheim hoffte sie auf ein Kapitel aus dem Nussknacker, aber der Grinch wäre auch okay.

Vielleicht sollte sich ihre Grandma besser als Fernseher verkleiden oder als Buzz-Lightyear, schoss es Isabelle amüsiert durch den Kopf, dann hätte sie die Aufmerksamkeit dieses Lesemuffels garantiert auf ihrer Seite.

Aus dem Augenwinkel bemerkte sie, wie er sich plötzlich auf den Rücken drehte und die Beine nach oben streckte, als wollte er den Tisch anheben. Sie musste dem Ganzen ein Ende setzen oder ihren Grandpa rufen, damit er den Störenfried aus dem Laden warf, bevor er die Lesung ruinierte. Erst letzten Monat, als sie mit ihrer Mom die Kinderabteilung im *Strand Book Store* besucht hatte, war sie Zeuge geworden, wie ein ebensolcher Tyrann einfach den Pappaufsteller von Hermine umgeboxt hatte – *von Hermine*. Leider kam solch blinder Vandalismus in ihrer Heimatstadt New York häufiger vor. Zum Glück war die Stadt so groß, dass die Wahrscheinlichkeit, ihn wiederzutreffen, gegen null ging, sonst hätte sie *ihn* bei ihrer nächsten Begegnung umgeboxt.

Schnell schaute Isabelle nach vorne, denn ihre Grandma hatte bereits zu lesen begonnen, während sie ihren Gedanken nachgehangen war. Mist, jetzt hatte sie wegen ihm den ersten Absatz verpasst!

Schnell warf sie ihm einen vernichtenden Blick zu, von dem er jedoch nichts mitbekam, und rutschte anschließend mit dem Kissen weiter nach vorne, um nichts mehr zu verpassen.

Isabelle hing förmlich an Josephines Lippen, als diese den Grinch in all seiner Hässlichkeit beschrieb. Hach, sie liebte es einfach, wenn ihre Grandma, so wie jetzt, ihre Stimme verstellte und den Figuren Leben einhauchte. *Besser als jedes Fernsehprogramm*, schoss es ihr durch den Kopf. Auch das Mädchen neben ihr verfolgte wie gebannt Josephines Ausführungen und zuckte erschrocken zusammen, als die Buchhändlerin plötzlich vom Sessel aufsprang. Isabelle schmunzelte, sie hatte es kommen sehen. An dieser Stelle ging jedes

Mal der Grinch mit ihrer Grandma durch. Ein tiefes Gefühl von Zuneigung durchflutete sie – nicht nur, weil ihre Granny die beste Vorleserin war, sondern weil sie ihr auch erlaubte, jedes Buch im Laden anzuschauen.

Später, wenn hier wieder Ruhe einkehren würde und sie mit ihren Großeltern allein wäre, wollte sie sich selbst noch einmal in den großen Sessel kuscheln. Sie erkannte zwar noch nicht jedes Wort – sie hatte erst mit dem Lesen begonnen –, aber es reichte, um den Inhalt zu erfassen. Wenn nicht, würde sie einfach die wunderschönen Cover bewundern oder mit der Hand vorsichtig über diejenigen Bücher streicheln, die mit einer besonderen Prägung versehen waren.

Erst vor Kurzem hatte ein Junge aus ihrer Klasse sie deswegen seltsam genannt ... Na, wenn der wüsste, dass sie auch an Büchern schnupperte. Ihre Grandma verstand sie, sie liebte den Duft von altem Papier ebenfalls. Bei ihrem letzten Besuch in New York hatten sie sich stundenlang in der Public Library herumgedrückt und jeden Winkel des imposanten Gebäudes erkundet. Der große Lesesaal mit seinen stuckverzierten Wänden, dem Deckengemälde und den Kronleuchtern gefiel ihr jedoch am besten. Er erinnerte sie an die riesige Bibliothek aus „Die Schöne und das Biest". Kein Wunder, dass Belle so überwältigt gewesen war, als sie diesen Saal im Schloss des Biests zum ersten Mal betreten hatte.

Eine Bewegung rechts von ihr holte sie abrupt aus ihren Gedanken. Chase. Der Junge hatte seinen Posten unterm Büchertisch verlassen und sich vor dem Buffet platziert. So unauffällig wie möglich robbte Isabelle zu ihm, nur für den Fall, dass er auf die Idee kam, sich ungeniert zu bedienen. Doch zu spät. Mit großen Augen verfolgte sie, wie er sich blitzschnell einen Keks vom Teller schnappte und diesen komplett in seinem Mund verschwinden ließ.

„Hey, lass das", zischte sie ihm leise, aber bedrohlich zu.

„Warum, das Buffet ist doch für alle da?"

Isabelle verdrehte über Chase' stumpfsinnige Antwort die Augen. „Aber erst nach der Lesung. Das weiß doch jeder."

Der Junge musterte Isabelle daraufhin nachdenklich. „Ich kenn dich doch von irgendwoher", murmelte er mit vollen Backen und wischte sich einen Krümel aus dem Mundwinkel.

Unter seinem eingehenden Blick fühlte sie sich sofort unwohl. Sie mochte es einfach nicht, derart angestarrt zu werden. Zum Glück betrat ihr Grandpa in diesem Moment den Buchladen, voll bepackt mit einem Blech Lebkuchenmänner, die sie für heute in der Bäckerei bestellt hatten. Ein frischer Windstoß fegte durch den Raum, ebenso wie einige Schneeflocken, dann schloss sich die Tür wieder. Überrascht stand Isabelle auf, denn hier unten am Boden hatte sie nicht mitbekommen, dass es zwischenzeitlich zu schneien begonnen hatte.

„Brrr, ist das kalt", flüsterte Jonathan. „Sei doch so lieb und nimm mir das Blech ab, mein Schatz, bevor ich noch den ganzen Matsch hineintrage."

Isabelle eilte zu ihrem Grandpa und nahm das Blech entgegen, dabei stieg ihr der Duft von Zimt und Zucker in die Nase. Sogleich verzogen sich ihre Lippen zu einem Lächeln, das beim Anblick der dicken Schneeflocken hinter der Scheibe noch breiter wurde.

Behutsam stellte sie die frische Ladung bei den anderen Leckereien auf dem Buffet ab.

„Ah, jetzt. Du bist Josephines Enkelin aus New York", bemerkte Chase im Flüsterton und stand ebenfalls auf. Er hob die Hand und tippte sich kurz an den Hut, als wollte er sie mit dieser Geste in Little Falls willkommen heißen. Fehlte nur noch das Wort „Ma'am".

Für einen Moment starrte sie ihn perplex an. Nicht nur weil sie noch nie auf diese Art und Weise begrüßt worden war, sondern weil sie es irgendwie süß fand. Hatte sie diesen Chase vielleicht zu voreilig verurteilt?

„Ähm, ja, ich bin Isabelle, und in den Weihnachtsferien zu Besuch", klärte sie den Jungen jetzt etwas versöhnlicher auf. Dabei entging ihr nicht der amüsierte Blick, den ihr ihre Grandma zuwarf. Ehe sie sich fragen konnte, warum ihre Granny auf einmal derart schmunzelte, fragte Chase mit Neugierde in der Stimme: „Sind die Cops in New York wirklich so cool wie im Fernsehen?"

Isabelle blinzelte verwirrt. Sie war noch nie mit dem Gesetz in Konflikt geraten; davon abgesehen, wusste sie auch nicht, was Chase mit „cool" meinte. Kurz überlegte sie, ob sie überhaupt einen Film mit Cops kannte, bis auf Police Academy, eine uralte Serie, die sich ihr Grandpa gerne ansah.

Sie verzog den Mund, ehe sie erwiderte: „Die Officers am Times Square sind immer sehr nett, die machen sogar Fotos mit den Touristen."

Chase' Gesicht leuchtete auf. „Wow, wie cool. Und hast du auch schon mal eine Verfolgungsjagd gesehen?" Der Junge hing förmlich an ihren Lippen, das Buffet und vor allem das Blech mit den Lebkuchenmännern war vergessen.

Isabelle kicherte, dann antwortete sie ehrlich. „Hm, ob es eine Verfolgungsjagd war, weiß ich nicht, aber neulich ist eine ganze Einheit am Columbus Circle ausgerückt, mit Blaulicht und Sirenen." Für einen Moment war sie hin- und hergerissen, ob sie die Geschichte etwas ausschmücken sollte. Nein, sie würde bei der Wahrheit bleiben und ihm stattdessen einen tieferen Einblick in ihre Gefühle geben. Darauf kam es doch bei guten Geschichten an, oder nicht? „Ehrlich gesagt war mir schon etwas mulmig zumute. Erst der schrille

Alarm und als die Cops schwer bewaffnet aus ihren Autos gesprungen sind, schlug mir das Herz bis zum Hals. Von irgendwoher roch es verbrannt … und damit meine ich nicht den Hot-Dog-Stand, der an der Ecke Central Park West steht.“

Chase starrte sie wie gebannt an und seltsamerweise störte es sie jetzt nicht mehr, im Gegenteil, sie freute sich über sein unverhohlenes Interesse.

Jubelnder Applaus holte sie wieder zurück zur Lesung, die sie völlig ausgeblendet hatte. *Tut mir leid, Grinch*, schoss es ihr durch den Kopf, *aber dieser Junge wollte eine gute Story von mir.* Was für ein unglaubliches Gefühl musste es erst sein, seine *eigenen* Welten und Charaktere zu erschaffen?

1

Chase

16 Jahre später

Im gleichmäßigen Rhythmus trugen ihn seine Füße über den weichen Waldboden, die Schritte perfekt auf die tiefen Atemzüge seiner Lungen abgestimmt. Chase liebte diese morgendliche Runde, sie stärkte nicht nur seine Ausdauer, sie förderte auch seine Disziplin und ließ ihn alles um sich herum vergessen. Wie praktisch, dass er sein Fitnessstudio – den Wald und den See – direkt vor der Haustür hatte. In seiner täglichen Routine umrundete er den Little Pond einmal und legte ungefähr auf der Hälfte seiner Strecke noch einen Stopp bei den Geräten des Trimm-dich-Pfads ein. Hier trainierte er auf einem morschen Balken seinen Gleichgewichtssinn, absolvierte dreißig Liegestützen und dreißig Klimmzüge am Reck, das mittlerweile uralt und verrostet war und wohl noch aus der Zeit stammte, als sich die Schachopis dort körperlich verausgabt hatten. Nichtsdestotrotz war er froh um diese Möglichkeit, denn das nächste Fitnessstudio lag meilenweit entfernt. Außerdem sparte er so eine Menge Zeit ein, die ihm morgens vor der Arbeit heilig war.

Chase' Atem ging stoßweise und formte kleine Wölkchen in der Morgendämmerung. Zu dieser Zeit traf er ringsum den See niemanden. Seine einzigen Zuschauer waren ein paar Eichhörnchen und Vögel in den Bäumen. Auch das Bed & Breakfast, dem er sich jetzt auf seinen Rückweg näherte, war stockdunkel. Halt. In diesem Moment flackerte ein schwaches Licht im hinteren Teil des Gebäudes auf. Sein Mund verzog sich zu einem liebevollen Lächeln. Wahrscheinlich war auch Dorothy bereits auf den Beinen, um das Frühstücksbüffet vorzubereiten.

Für einen Moment überlegte er, Hallo zu sagen, aber nein. Dorothy würde ihn wieder mit Pancakes und Bacon mästen und sein hartes Training zunichtemachen. Erst letzte Woche hatte er dieser Versuchung nachgegeben und sich im Anschluss selbst wie ein aufgeblähter Pancake gefühlt. Kurz vor dem Ziel wollte er im Training nicht zurückfallen, schließlich stand für ihn sehr viel auf dem Spiel. Er konnte selbst kaum glauben, dass man ihm nach so kurzer Zeit und vor allem in seinem Alter schon den Posten als Sheriff angeboten hatte – was eine große Ehre war. Andererseits hatte es auch nicht viele Bewerber gegeben, zumindest nicht aus Little Falls, und die Bürgermeisterin wollte nun mal jemanden, dem sie vertrauen konnte. Sie war der Meinung, dass es immer besser war, wenn man wusste, aus welcher Familie jemand stammte.

Mehr als einmal beschlich ihn das Gefühl, dass sie ihre Finger im Spiel gehabt hatte. Niemand sonst wusste so sehr zu schätzen, wie ernst ihm die Sicherheit und die Belange der Stadt waren. Martha und er waren ein Dreamteam im Auftrag der Stadt, was seinen Brüdern regelmäßig ein Augenrollen abverlangte. Aber das war ihm egal, für ihn war es eine große Ehre. Schade war nur, dass er sich schon bald von Bill verabschieden musste, denn der langjährige Sheriff von Little Falls stand kurz vor dem Ruhestand. Gerne hätte er noch mehr von seinem Vorgesetzten gelernt, der seit Chase' Kindheitstagen für Recht und Ordnung sorgte.

Erst jetzt bemerkte er, dass er das B & B hinter sich gelassen hatte und im leichten Laufschritt auf sein Elternhaus zusteuerte. Mittlerweile war es sechs Uhr morgens. Zeit, die Langschläfer in seiner Familie zu wecken. Ok, zwischenzeitlich war der einzige Langschläfer von ihnen ausgezogen – Clayton. Sein zweitältester Bruder wohnte seit Kurzem in seinem eigenen Haus. Also waren da nur noch seine Eltern und natürlich sein Grandpa Larry, der trotz Ruhestand ebenfalls frühmorgens wach war.

Chase erreichte die vordere Veranda, streifte seine Laufschuhe ab und öffnete die Tür. Sofort stieg ihm der Duft von frisch aufgebrühtem Kaffee in die Nase. Sein Grandpa kümmerte sich wie jeden Morgen darum, dass eine volle Kanne für alle bereitstand. Chase schmunzelte. *Beinahe wie früher,* schoss es ihm durch den Kopf, als seine Großeltern noch den Diner geführt hatten und in den Stoßzeiten kaum mit Nachschenken hinterhergekommen waren.

„Guten Morgen, Grandpa", begrüßte Chase den älteren Herrn, der bereits rasiert war und über seinem Hemd einen Pullunder trug.

„Oh, hallo, Chase. Du kommst genau richtig." Larry schnappte sich einen großen Becher vom Regal und füllte diesen bis oben hin mit dem heißen Gebräu.

„Danke." Chase nahm den Becher mit der Aufschrift „Cole's Diner" entgegen, dann hob er fragend eine Augenbraue. „Seit wann haben wir hier Tassen vom Diner?" So langsam nahm dieses Merch-Ding überhand. Erst hatte sich sein Bruder gegen jegliche Art von Werbung gesträubt – das Restaurant lief schließlich seit über fünfzig Jahren ohne – und jetzt wurde er beinahe an jeder Straßenecke mit dem Logo konfrontiert.

„Oh, die Tasse!" Larry lachte herzhaft. „Cole hat sich bei der Bestellung etwas vertan und eine null zu viel hinzugefügt – nun hat er 500 anstatt 50 Tassen."

„Nicht dein Ernst?" Chase schüttelte fassungslos den Kopf, ehe er fortfuhr. „Aber ich muss sagen, in diesen Tassen schmeckt der Kaffee noch besser – oder ist vielleicht nur Einbildung."

Larry stützte sich am Tresen ab, dann sah er seinen jüngsten Enkelsohn fragend an. „Wundert mich, dass du überhaupt noch Kaffee trinkst bei deinem Fitnesswahn. Mach dich doch nicht so verrückt wegen der Prüfung."

Chase verzog das Gesicht, in wenigen Tagen war es so weit, er musste eine Leistungsprüfung ablegen, die Voraussetzung für die Wahl zum Sheriff war. Um den Hindernisparcours machte er sich weniger Sorgen, denn es kam letztendlich darauf an, ob er genügend Stimmen bekam. Kurz überlegte er, ob er irgendwelche Feinde oder Widersacher unter seinen Mitmenschen hatte. Klar war er mit seiner forschen und teilweise autoritären Art nicht immer beliebt, aber auf Anhieb fiel ihm niemand ein, der ihm schaden könnte. Außer vielleicht die alte Lady, schoss es ihm nun amüsiert durch den Kopf, die trotz seiner Verwarnungen jeden Morgen im absoluten Halteverbot vor der Bäckerei stand.

„Kaffee muss sein", nahm Chase das Gespräch wieder auf. „Dafür verzichte ich auf Alkohol und Zigaretten."

„Pah, der war gut!" Logan Cassidy betrat mit seiner Frau Arianna die Küche. „Zigaretten haben dich noch nie gereizt ... und Alkohol hast du zuletzt auf Coles und Jennas Hochzeit getrunken."

„Hi, Mom, hi, Dad", begrüßte Chase seine Eltern.

„Guten Morgen, Chase." Arianna hauchte ihrem Jüngsten ein Küsschen auf die Wange. „Ich bin so froh, wenn du deine Prüfung endlich hinter dir hast und wieder etwas zur Ruhe kommst."

„Ich denke, mit Ruhe wird es vorerst vorbei sein, wenn Chase unser neuer Sheriff ist. Weißt du mittlerweile, ob du auch die Station in Woodbury unter dir hast?", fragte Logan interessiert.

Tatsächlich wollte er seinen Boss heute noch einmal darauf ansprechen, denn bisher war das Sheriff's Office in Little Falls auch für polizeiliche Aufgaben im gesamten County zuständig gewesen.

„Ich gehe mal davon aus, ich kann mir nicht vorstellen, dass sich daran etwas ändert." Chase nahm einen weiteren Schluck vom Kaffee. „Nur leider ist der Bürgermeister dort nicht so umgänglich wie Martha."

„Wenn du ihm Brombeertörtchen aus der Bäckerei mitbringst, schon." Larry zwinkerte frech. „Am besten fragst du Bill, der weiß, wie man mit ihm umgeht."

„Danke für den Tipp, Grandpa." Chase stellte seine Tasse auf dem Tresen ab. „Ich springe kurz unter die Dusche."

„Alles klar!", rief ihm Arianna fröhlich hinterher. „Ein Spiegelei oder zwei?"

„Weder noch, heute gibt es zum Frühstück nur einen Eiweißshake", erwiderte Chase und verschwand eilig im Badezimmer, um weiteren Versuchungen aus dem Weg zu gehen. Da hatte er es geschafft, unbeschadet an Dorothys B & B vorbeizujoggen, schon kam ihm seine Mom mit Eiern, zu denen sie immer eine großzügige Portion Bacon und weißen Toast servierte.

Chase zog sich sein verschwitztes Laufshirt über den Kopf, dann folgten seine Jogginghosen, Boxershorts und Socken. Bevor er unter die Dusche stieg, warf er einen zufriedenen Blick in den Spiegel. Sein hartes Training hatte sich eindeutig gelohnt. Vor drei Monaten war sein Oberkörper nicht derart gestählt gewesen. Es ging ihm aber nicht nur ums Optische, sondern auch um ein gutes Körpergefühl und Kondition, wenn er diese so wichtige Stelle übernahm. Nicht dass er mit etwas Bauchfett inkompetent gewirkt hätte, nein, Bill trug schließlich auch seinen Wohlfühlbauch zur Schau und wirkte gerade deswegen sehr respekteinflößend. Manchmal kam ihm sein Boss vor wie einer dieser Sheriffs aus dem Wilden Westen, die ganz alleine gegen Outlaws und Viehdiebe kämpften. Wehmut mischte sich in seine Gedanken, als er unter die Dusche stieg und den Wasserhahn aufdrehte. Bill war ihm ein guter Lehrmeister und Freund gewesen.

Das warme Wasser, das auf seinen verspannten Nacken prasselte, ließ ihn kurz aufstöhnen, es tat so gut, einen Moment alles um sich herum zu vergessen. Vielleicht sollte er sich wirklich etwas lockermachen und lernen zu entspannen. Auch seine Brüder hatten ihm schon mehr als einmal gesagt, dass er viel zu verkniffen war und oft übertrieb, wenn er im Auftrag des Sheriffs unterwegs war. Er nahm seinen Job eben ernst und dazu gehörten auch unliebsame Dinge, wie zum Beispiel seinen Grandpa und dessen Freunde darauf hinzuweisen, wenn sie die Bänke im Park stundenlang blockierten. Er hatte ja Verständnis dafür, wenn sich die Senioren zum Schachspielen am Pavillon trafen, aber nicht, wenn sie anderen Besuchern oder gar Touristen, die besten Sitzgelegenheiten wegschnappten. Ok, was dieses Thema anging, verhielt er sich wirklich wie Marthas Musterschüler, die immer das Gesamtbild der Stadt im Blick hatte.

Mist, die Uniform, schoss es ihm durch den Kopf. Chase unterbrach die wohltuende Massage in seinem Nacken und seifte sich eilig ein. Wie hatte er vergessen können, dass er noch eine wichtige Aufgabe erledigen musste?

Schnell spülte er das Duschgel wieder ab, trat aus der Dusche und hüllte sich in ein Handtuch. Wenige Minuten später war er bereits in seinem Zimmer, schlüpfte in seine Boxershorts und klappte das Bügelbrett auf. Warum dauerte es nur so lange, bis das Bügeleisen aufheizte? Er warf einen hektischen Blick auf die Uhr. Dieser ungeplante Zwischenfall würde ihn mindestens fünfzehn Minuten seiner Zeit kosten. Das Eisen musste wegen des Leinenstoffs sehr heiß sein, dazu kam noch, dass für ein Hemd viel mehr Sorgfalt nötig war als für ein T-Shirt. Kragen, Manschetten, Ärmel, Schulterpartie und zuletzt die Knopfleiste. Und zwar genau in dieser Reihenfolge – er hatte sich dazu extra ein Video auf YouTube angesehen.

Normalerweise bügelte er die khakifarbenen Hemden, die zu seiner Uniform gehörten, bereits am Vorabend. Gestern allerdings war er so in ein Fachbuch über den Strafvollzug vertieft gewesen, dass er total die Zeit vergessen hatte. Wenn er bald öfter im County Jail zu tun haben würde, waren diese zusätzlichen Informationen jedoch unumgänglich.

Chase warf einen Blick auf die Kontrollleuchte, ehe er das frischgewaschene Hemd über das Brett spannte. Seine Mom bügelte diese zwar, aber nach einigen Tagen im Schrank waren die Hemden eben nicht mehr ganz so bügelfrisch und steif, wie er sie gerne hatte. Vielleicht war es auch ein rein psychologisches Ding, wie es sein Grandpa einmal ausgedrückt hatte, und Chase wappnete sich so für seinen Arbeitstag, beinahe als trüge er eine Rüstung. Ganz nebenbei zollte er mit einem tadellosen Erscheinungsbild seiner Berufung Respekt. Er könnte niemals in zerknitterten T-Shirts, die direkt aus einem Karton kamen, seinen Job machen. Sein Bruder Cole hatte damit keine Probleme. Er lebte geradezu aus diesem Karton, der sich unter seinem Tresen befand und an dem er sich gerne bediente, wenn sein Oberteil während der Arbeitszeit schmutzig wurde.

Chase schüttelte kurz den Kopf, dann legte er, am Kragen beginnend, los. Seinen Eiweißshake würde er sich auf dem Weg zur Arbeit gönnen, wenn er nicht zu spät kommen wollte.

Zwanzig Minuten später verließ Chase sein Zuhause, wie aus dem Ei gepellt und mit Shake, in Richtung Park. Nicht nur um dort einen ersten Kontrollgang vor Arbeitsantritt zu machen, sondern weil die Main Street am Morgen viel zu „gefährlich" war – Josephine nahm zu dieser Zeit ihre Buchbestellungen in Empfang.

Sicher war sicher, denn er wollte der Buchhändlerin unter keinen Umständen geschäftlich begegnen – er liebte Josephine, sie war eine gute Freundin seiner Grandma gewesen –, aber die Gefahr war einfach zu groß, dass sie ihn in den Laden zog oder ihm direkt an der Ladekante ein brandneues Buch in die Hand drückte.

Er interessierte sich nur für Bücher, die für seinen Job wichtig waren. Punkt. Und daraus machte er keinen Hehl. Im Grunde wusste die ganze Stadt, dass er seit Kindheitstagen ein Lesemuffel war. Seine Brüder waren, was das anging, anders. Cole gönnte sich regelmäßig einen Roman und Clayton stand auf Ratgeber. Ihm selbst waren Filme eindeutig lieber, am liebsten mit viel Action.

Als Chase den Pavillon erreichte, warf er kurz einen prüfenden Blick hinein. Sehr gut. Kein Müll, keine Schmierereien und auch keine anderen verdächtigen Spuren, die auf illegale Geschäfte, Sex and Crime oder gar Drogenkonsum hinwiesen – nicht, dass Little Falls damit je Probleme gehabt hätte. Bei dieser Gelegenheit nahm Chase einen Schluck von seinem Shake. Im Gehen war ihm das Risiko einfach zu groß, sich den Inhalt über sein Hemd zu kippen.

Nach einem zufriedenen Rundumblick setzte er seinen Weg wieder fort. Zu seiner Linken befand sich das Rathaus und wenige Meter vor ihm sein Arbeitsplatz, das County Sheriff's Office, in dem es drei Angestellte gab, plus ihre betagte Schreibkraft Mildred, die sich um Bills Papierkram kümmerte, weil er davon Ausschlag bekam. Dies erledigte sie wie immer an der alten Schreibmaschine anstelle vom PC, weil sie von Tuten und Blasen keine Ahnung hatte.

Chase überlegte schon die ganze Zeit, wie er die ältere Frau diesbezüglich schulen konnte. Es war äußerst mühselig, wenn man die Berichte nicht digital zur Verfügung hatte. Bisher hatte er ein Auge zugedrückt und diese selbst manuell in die Datenbank übertragen – in seiner Freizeit –, damit wäre in Zukunft jedoch Schluss, wie auch mit dem angestaubten Ablagesystem, in dem sie ihre Berichte ablegte. Der Schrank war mindestens fünfzig Jahre alt und dessen Registerauszüge teilweise sehr instabil, auch wenn er zugeben musste, dass Mildred den kompletten Durchblick hatte und ihm mit einem einzigen Handgriff geben konnte, was er brauchte.

Was moderne Technik anging, stellte sie sich allerdings genauso quer wie sein Grandpa. Immerhin konnte sie mit einem Faxgerät umgehen, wie er ehrlicherweise zugeben musste. Sie liebte es geradezu, denn so wurde aus analog digital, auch wenn sie das Gerät hauptsächlich dazu nutzte, ihrem Verehrer auf dem Revier in Woodbury heimliche Nachrichten zu schicken. Aber Chase war ihr auf die Schliche gekommen.

Als er das zweistöckige Gebäude erreichte, das um diese Uhrzeit bereits hell erleuchtet war, wurde ihm warm ums Herz. Schon als kleiner Junge war es sein Traum gewesen, irgendwann bei der Polizei zu arbeiten. Das Woody-Kostüm, das er als Kind permanent getragen hatte, befand sich immer noch in irgendeiner Erinnerungsbox seiner Mutter. Sie würde es wahrscheinlich nie wegschmeißen, sondern sogar für ihre Enkelkinder aufbewahren.

Chase öffnete die Tür, nahm seinen braunen Stetson ab, und auch hier stieg ihm sogleich der Duft von Kaffee in die Nase, der es allerdings mit dem von heute Morgen nicht aufnehmen konnte. Es war ein Gebräu aus der sehr alten Filtermaschine und irgendwie hatte hier das Verhältnis von Wasser zu Pulver noch nie gestimmt. Entweder war der Kaffee zu dünn oder er haute einen dermaßen aus den Latschen, dass einem schwindelig wurde. Es wunderte ihn, dass Bill nach all den Jahren mit diesem Risiko und seiner Bypassoperation überhaupt noch am Leben war. *Neuer Kaffeevollautomat*, schoss es ihm durch den Kopf. Ja, er würde hier einiges umkrempeln, wenn er das Sagen hätte, und das Sheriff's Office endlich fit fürs 21. Jahrhundert machen.

2

„Bist du mit deinem Exposé schon weitergekommen?" Nora warf Isabelle einen neugierigen Blick zu, während sie drei ganze Tütchen Zucker in ihren Chai Latte mit extra Sirup kippte.

„Nicht wirklich", stammelte Isabelle, schnappte sich ihren Kaffee – schwarz – und verfolgte, wie ihre Agentin ihr morgendliches Getränk verfeinerte, beziehungsweise, verunstaltete. „Irgendwie komm ich nicht voran und ich will nicht wieder über einen Millionär schreiben."

Nora verzog mitfühlend das Gesicht. „Ich weiß, aber das ist genau das, was deine Leser erwarten. Und heute wäre doch die Gelegenheit, um etwas anzuteasern."

„Hm, ich würde damit lieber noch etwas warten. Der Plot ist noch nicht perfekt ... Lass uns doch lieber noch mal den Ablauf für später durchgehen", schlug Isabelle vor, als sie gemeinsam eine Starbucks-Filiale in Greenwich Village verließen.

Isabelle konnte nicht beschreiben, wie aufgeregt sie heute war. In wenigen Stunden hätte sie ihre erste große Lesung samt Autogrammstunde bei *Red's Bookstore*, einer riesigen Buchhandlung direkt am Union Square.

„Gut, dann warten wir noch“, erwiderte Nora mit einem verständnisvollen Lächeln, „aber allzu lange haben wir nicht mehr Zeit, der Verleger sitzt mir im Nacken.“

Nora nahm einen Schluck aus ihrem Becher und verzog kurz das Gesicht. „Brrr, ist das süß, aber egal, jetzt, wo ich geschieden bin, gönn ich’s mir.“

Isabelle kicherte. Sie freute sich für ihre Agentin und mittlerweile gute Freundin, dass sie wieder glücklich war. Nora und sie hatten sich vor zwei Jahren eher durch Zufall kennengelernt. Zu diesem Zeitpunkt hatte Isabelle noch als Bibliothekarin in der Public Library gearbeitet und von einer Schriftstellerkarriere nicht einmal zu träumen gewagt. Wie jeden Tag hatte sie ihre Mittagspause im Bryant Park verbracht, der direkt hinter der Bibliothek lag. Im Winter hielt sie sich gerne an den weihnachtlich geschmückten Ständen auf oder schaute den Besuchern des Winter Villages beim Schlittschuhlaufen zu. Aber im Sommer gehörte der kleine Park zu ihren absoluten Lieblingsorten. Sie freute sich nicht nur auf die Kinovorstellungen und die Musicaleinlagen von echten Broadwaydarstellern, nein, sie machte es sich in der Mittagspause oft mit ihrem Laptop an einem der Tischchen bequem, um an ihren Geschichten zu schreiben. An diesem Tag war Nora auf sie aufmerksam geworden, sie waren ins Gespräch gekommen und der Rest ist Geschichte.

„Ach so, der Ablauf“, fiel es Nora nun wieder ein, ehe sie Isabelle beruhigend die Hand tätschelte. „Halte dich nur an mich, meine Liebe, dann kannst du nichts falsch machen.“

Dessen war sich Isabelle sicher, denn in Gegenwart ihrer Agentin konnte sie sich voll auf ihre Geschichten konzentrieren und alles Organisatorische komplett ausblenden. Die Frau mittleren Alters wirkte mit ihrem speziellen Stil – wallende Tuniken, Leggins und selbst gebasteltem Ohrschmuck – eher wie eine Frau auf spiritueller Reise oder als würde sie jeden Moment eine Meditationsstunde leiten.

Isabelle nahm einen Schluck von ihrem Kaffee und folgte Nora eilig über die Straße, die jetzt ihr klingelndes Handy aus der Handtasche fischte und den Anruf annahm. „Perfekt, das hört sich wundervoll an … Ja, Scones und Sandwiches wären super. Danke, Rose, und bis später."

Rose. Jetzt fiel es ihr wieder ein. Die nette Mitarbeiterin bei *Red's*, die sich um die Organisation der Lesung kümmerte.

Nora blieb abrupt stehen, ungeachtet der Menschenmassen, die sich hinter ihnen stauten, und strahlte Isabelle übers ganze Gesicht an. „Die Lesung ist komplett ausgebucht! Und im Backstagebereich warten leckere Scones und Sandwiches auf uns." Ihr Ausdruck wechselte schlagartig, als ihr ein Anzugträger ein verständnisloses Kopfschütteln zuwarf. „Was denn, dann weichen Sie doch aus!" Sie senkte die Stimme. „Vollidiot."

Isabelle zog Nora zur Seite, sodass sie in Ruhe reden konnten. „So, jetzt noch mal von vorne. Komplett ausgebucht? Das heißt, es werden über 200 Gäste da sein?" Die Häppchen interessierten sie nur zweitrangig.

Nora klatschte in die Hände. „Ja, hach, ich bin so stolz auf dich! Alles treue Leser und Fans. Alles klar, Kindchen? Du siehst auf einmal so blass aus."

Isabelle starrte auf Noras Lippen, die sich bewegten. Warum hörte sie nichts? Komisch, auch der Lärm und das permanente Hupen waren schlagartig verschwunden. Benommen sah sie sich um, dabei verschleierte sich ihr Blickfeld, schwarze Flecken tanzten vor ihren Augen. „Ich … ich muss mich setzen."

***

„Da ist sie ja wieder. Willkommen zurück", begrüßte Nora ihren Schützling erfreut.

Verwirrt sah sich Isabelle um. Wo war sie, war es noch morgens oder bereits am Nachmittag? Ihre Lesung, hatte sie ihre eigene Lesung verpasst?

„Keine Sorge, Isabelle, du warst nur kurz weg", bemerkte Nora im beruhigenden Ton. „In ein paar Minuten bist du wieder die Alte. Hach, das Wetter heute ist aber auch schwül."

Isabelle drehte leicht den Kopf und entdeckte mehrere Police Officer, die sich unweit von ihnen aufhielten.

„Da hinten steht übrigens dein Retter, der mit dem knackigen Hintern", informierte Nora sie nun mit einem amüsierten Zwinkern.

Erst jetzt fiel ihr auf, dass sie auf einer Bahre lag. „Was ist passiert? Mir war plötzlich schwarz vor Augen."

„Deine Augen sind auf einmal zugegangen und du bist mir in die Arme gesunken. Zum Glück bin ich so kräftig – Tai Chi sei Dank – und wie der Zufall es will, waren diese netten Jungs in der Nähe."

Isabelle drehte erneut den Kopf zu besagtem Officer mit dem Knackpo, der, wie sie zugeben musste, in der Uniform perfekt zur Geltung kam.

„Er hat dich einfach auf die Arme gehoben, als wärst du eine Feder. Kaum lagst du in der Horizontalen und nach etwas Wasser, das er dir fürsorglich eingeflößt hat, bist du wieder zu dir gekommen."

„Wie geht es Ihnen, Miss?" Der dunkelblonde Cop kam mit besorgtem Blick auf die Frauen zu, dann griff er nach Isabelles Hand, um ihren Puls zu fühlen. Seine Lippen verzogen sich zu einem erfreuten Lächeln. „Das fühlt sich doch gut an. Alles wieder im grünen Bereich. Allerdings sollten sie mehr trinken. Sie sind heute nicht die Erste, die bei diesem dämpfigen Wetter umgekippt ist."

Isabelle nickte nur brav, unfähig, irgendetwas zu sagen. Sie war noch nie mit einem Polizisten derart in Berührung gekommen – zum Glück –, aber sein gleichzeitig besorgter wie auch liebevoller Gesichtsausdruck ließ sofort ihr Kopfkino anspringen.

„Und dazu noch die Aufregung", mischte sich Nora ein und strich Isabelle über die Stirn. „Vielleicht kennen Sie Isabelle Clark, ihr Buch ist in den *New York Times* Bestsellerlisten."

„Ähm, tut mir leid, Ma'am, ich fürchte nicht, ich lese viel mehr Krimis." Er zuckte entschuldigend mit den Schultern.

Isabelle erhob sich langsam, sie musste diesem Geplänkel schnell ein Ende machen, bevor es noch peinlicher wurde. Zu spät.

„Oh, nein, sie schreibt keine typischen Liebesromane", klärte Nora den jungen Mann weiter auf. „Schon mal was von Dark Romance gehört? Viel Sex, Gewalt, böse Jungs?"

Schlagartig lief der Mann bis unter die Mütze knallrot an, dann warf er Isabelle einen abschätzenden Blick zu, der ihr ebenfalls die Schamesröte ins Gesicht trieb.

Ok, mit dieser Reaktion hatte sie gerechnet. Die meisten stellten sich hinter den Büchern eine männerfressende Amazone vor, die bereits selbst alle Sexpraktiken aus ihren Büchern ausprobiert hatte, mit mindestens einem straffälligen Bad Boy aus jeder Sparte. Isabelle dagegen war das komplette Gegenteil. Sie kannte weder jemanden, der gegen das Gesetz verstoßen hatte, noch konnte sie auf einen großen Erfahrungsschatz an Liebhabern zurückgreifen.

Tatsächlich hatte sie das meiste Wissen aus Büchern und ihre letzte Beziehung lag schon Monate zurück.

Aus dem abschätzenden Blick des Cops wurde ein interessierter. Sie wollte nicht wissen, welches Kopfkino

Nora da ausgelöst hatte, aber ihre Haut begann auf einmal, unter seinem Blick zu kribbeln.

Auch wenn sie ihren Job über alles liebte – es war ihr Traumberuf seit Kindheitstagen –, war er nicht gerade förderlich, um einen passenden Mann zu finden. Diejenigen, die von vornherein wussten, mit was sie ihr Geld verdiente, gingen automatisch davon aus, dass sie selbst so tickte wie ihre weiblichen Romanfiguren, und die Männer, die erst im Nachhinein von ihren Büchern erfuhren, waren regelrecht überfordert, wenn nicht sogar schockiert. Auf beide Sorten konnte sie gut verzichten!

Dieses Exemplar vor ihr gehörte wohl zur ersten Gruppe. Isabelle rutschte von der Bahre. „Nora, wir müssen los."

Glücklicherweise wusste ihre Agentin genau, was in ihr vor ging und nahm den Faden auf. „Du hast recht. Wir sind ziemlich spät dran."

Mit einem verbindlichen Lächeln wandte sich Nora an den jungen Officer. „Vielen Dank für ihre Hilfe und ein ganz dickes Lob ans NYPD." Sie salutierte kurz, was in ihrem Aufzug irgendwie komisch wirkte. Ein Mitglied aus einer Hippie-Kommune würde doch auch nie vor einem Soldaten salutieren, oder doch? Wie war das noch mal in Forrest Gump?

Isabelle schüttelte über ihre Überlegungen den Kopf, nickte dem Officer kurz zu, der ob ihres abrupten Aufbruchs etwas enttäuscht wirkte, dann hakte sie sich bei Nora unter. Ihr Kaffee. Suchend sah sie sich um, konnte ihren Pappbecher jedoch nirgends entdecken. Mist. Irgendjemand hatte ihr Grundnahrungsmittel entsorgt.

Sie brauchte dringend Koffein, um ihren Kreislauf wieder in Schwung zu bringen, nicht auszudenken, wenn sie auf der Lesung erneut zusammenbrach.

„Hier, Schätzchen, ist zwar süß, aber hilft." Nora wusste mal wieder genau, was sie in diesem Moment brauchte. Trotz drei Tütchen Zucker und Sirup nahm sie den Becher dankbar entgegen und leerte ihn bis zur Hälfte. Anschließend setzten sie ihren Weg fort.

„Gleich sind wir im Buchladen, dann isst du erst mal ein Sandwich und ruhst dich aus. Die haben dort im Backstagebereich superbequeme Sessel."

„Danke, Nora. Ich wüsste nicht, was ich ohne dich machen würde."

„Wir halten zusammen, oder nicht? Wer hat mir die Tränen getrocknet, als ich durch die Scheidung ging? Wer hat mir Thai-Curry vorbeigebracht um meinen Frust wegzufuttern – du, meine Liebe."

Sie zwinkerte Isabelle verschwörerisch zu, ehe sie nach einer kurzen Pause fragte. „Der Cop war doch ganz süß? Also ich hätte mich Hals über Kopf in ein kleines Abenteuer gestürzt – wäre ich nicht im Alter seiner Mom." Nora lachte herzhaft. „Nein, Mrs Robinson liegt mir nicht. Außerdem wären mir die jungen Kerle viel zu anstrengend."

Isabelle verzog schmunzelnd den Mund, dann erwiderte sie nachdenklich: „Nachdem er erfahren hat, welche Art Bücher ich schreibe, hat er mich ganz anders angesehen."

Nora warf Isabelle einen mitfühlenden Blick zu. „Erfolg hat leider immer zwei Seiten."

„Mmh, da hast du wohl recht", erwiderte Isabelle, als sie nun den Eingang der Buchhandlung erreichten. „Aber ich gebe zu, sein Hintern war in dieser Uniform wirklich knackig."

Nora stieß schwungvoll die Tür auf, dabei schlug ihnen sogleich ein Schwall klimatisierter Luft entgegen – eine Wohltat an diesem schwülen Augusttag. Nach ihrem kleinen Zwischenfall war ihr die Abkühlung mehr als willkommen. Trotz hochsommerlicher Temperaturen herrschte hier drinnen reger Betrieb, der sie lächeln ließ.

Sie folgte Nora in Richtung Kasse, dabei bewunderte sie die schön arrangierten Büchertische, die bestimmt auch für männliche Besucher interessant waren. Neben einem Bildband über die New York Yankees entdeckte sie passendes Merch wie Baseballhandschuhe, Bälle und Kappen. Ob ihre Grandma in Little Falls wohl auch einen Extratisch für männliche Leser hatte? Hm, rein aus Platzgründen konnte sie es sich nicht vorstellen.

Als sie den Kassenbereich erreichten, kam ihnen direkt eine junge Frau entgegen, die sich als Rose vorstellte und sehr aufgeregt wirkte.

„Herzlich willkommen bei *Red's*, Ms Clark. Ich freue mich riesig, Sie endlich persönlich kennenzulernen. Wenn Sie Wünsche haben, ganz gleich welche, zögern Sie nicht, mich anzusprechen.“

„Vielen Dank, Ms Stenton, es ist alles perfekt. Und nennen Sie mich doch bitte Isabelle.“

„Sehr gerne, dann bin ich Rose. Am besten gehen wir direkt in den Backstagebereich, dort haben sie etwas Privatsphäre, bevor es losgeht und ein paar Snacks, um sich zu stärken.“

„Das hört sich toll an, aber zuerst möchte ich mich noch etwas umschauen, ich kann von Buchläden nicht genug bekommen.“

„Aber sicher, hier unten haben wir den Bereich für Erwachsene, wo auch die Lesung stattfinden wird, und im Obergeschoss befindet sich die Kinderabteilung und unser Café, in dem wir hausgemachtes Gebäck anbieten.“

„Ok, alles klar.“ Isabelle wandte sich an Nora, die sich bis jetzt im Hintergrund gehalten hatte. „Kommst du mit?“

„Nein, geh nur ohne mich, ich werde mir eines dieser Sandwiches gönnen und mit Rose die Bücher zum Signieren vorbereiten."

Isabelle nickte den beiden zu und verabschiedete sich kurz darauf. Ihr Blick fiel erneut auf das gigantische Aquarium, das sich entlang der Wand hinter den Kassen befand. Dann entdeckte sie die kleine Bühne im hinteren Bereich der Buchhandlung. Ihr Herz setzte für einen Schlag aus, als sie realisierte, dass sie in weniger als zwei Stunden der Stargast sein würde. Ein Teil der Bestuhlung stand schon bereit, den Rest würde man vermutlich erst kurz vorher aufstellen, um den Verkauf nicht zu stören.

Isabelle nahm nun die Rolltreppe hinauf ins Obergeschoss, das ein wahres Paradies für kleine Bücherfreunde war. Gemütliche Sitzsäcke dominierten den gesamten Raum und harmonierten perfekt mit den rot lackierten Bücherschränken, die unter der Fülle an bunten Büchern ächzten. Hier und da entdeckte sie ein niedliches Kuscheltier oder riesige Pappaufsteller mit Werbefiguren – ihr Blick fiel auf einen pummeligen Hamster im Ringelshirt, über den es eine eigene Buchreihe gab. Auch hier fand sich ein weiteres Aquarium, an dem sich einige Kinder die Nasen platt drückten. Isabelle musste zugeben, dass sie sich hier pudelwohl fühlte und ihre Aufregung wie weggeblasen war.

Als Isabelle am Café vorbeilief, stieg ihr sogleich der süße Duft von heißer Schokolade und frisch gebackenen Waffeln in die Nase und weckte sogleich Erinnerungen an ihre Kindheit in Little Falls. Schlagartig breitete sich ein Gefühl von Geborgenheit in ihr aus, weil sie diese Kombination sofort mit den Märchenstunden im Buchladen ihrer Granny in Verbindung brachte. Die Sehnsucht nach ihren Großeltern wurde auf einmal übermächtig.

Gerne hätte sie noch etwas mehr Zeit hier oben verbracht, aber sie musste sich vorbereiten und dringend etwas essen.

Wie beflügelt machte sich Isabelle wieder auf den Weg nach unten. Auch wenn sie bis jetzt etwas traurig gewesen war, dass ihre Grandma nicht an der Lesung teilnehmen konnte, hatte sie nun das Gefühl, dass sie irgendwie doch dabei war – nur aus der Ferne. Sobald sie im Backstagebereich war, würde sie sie direkt per Videochat anrufen und ihr erzählen, wie sehr sie diese Buchhandlung an Little Falls erinnerte. Vielleicht könnte sie das Handy auch während ihrer Lesung weiterlaufen lassen ... warum war sie nicht schon früher auf diese geniale Idee gekommen? Ihre Grandma war nicht nur ihr größter Fan, sie hatte auch einen erheblichen Anteil daran, dass sie nun Autorin war. Die Liebe zu Büchern wurde ihr quasi in die Wiege gelegt.

Isabelle durchstreifte das Erdgeschoss und öffnete schließlich die Tür, die in den Backstagebereich führte. Auf ihrem Weg dorthin war ihr aufgefallen, dass mehrere Mitarbeiter gerade dabei waren, die restlichen Stühle zu arrangieren und kleine Programmhefte auf den Plätzen zu verteilen. Nora und Rose waren zwischenzeitlich auch fleißig gewesen und hatten mehrere Stapel ihres neuesten Buches samt Autogrammkarten und Lesezeichen vorbereitet, die sie im Anschluss an die Lesung signieren würde.

Perfekt. Nach dem Zwischenfall von vorhin war sie nun mehr als zuversichtlich, dass es ein gelungenes Event werden würde.

Knackpo in Uniform.

Nein, nicht jetzt, sie wollte jetzt nicht an den Cop denken, der sie wie eine Feder auf Händen getragen hatte. Aber sie konnte nichts dagegen tun, neue Buchideen flogen ihr einfach zu, wenn sie nicht mit ihnen rechnete und nicht, wenn sie zwanghaft nach ihnen suchte.

3

Chase

„Herzlich willkommen zur heutigen Bürgerversammlung, meine Lieben! Ich freue mich riesig, dass ihr alle trotz der tropischen Temperaturen, die Little Falls nun schon seit Tagen in Schach halten, zur Bürgerversammlung erschienen seid."

Die Bürgermeisterin, die heute in einem luftigen Sommerkleid steckte, wedelte sich mit einem farbenfrohen Fächer – vermutlich ein Mitbringsel aus ihrem Spanienurlaub – Luft zu.

Chase starrte auf das Souvenir mit typisch andalusischen Elementen. Ein kampfbereiter Torero, ein schwarzer Stier und eine vollbusige Señorita im Flamencokleid. Okay, er hatte noch nie etwas Geschmackloseres gesehen, dennoch beneidete er Martha für einen Moment um ihr Accessoire, denn der leichte Windstoß, der ab und zu durch die offenen Fenster des Bürgersaals hineinschwebte, verschaffte ihm nur minimale Abkühlung.

Aus dem Augenwinkel verfolgte er, wie sein Grandpa einen Schluck aus der mitgebrachten Wasserflasche nahm – warum hatte er nicht so weit gedacht? –, dann wanderte sein Blick zu Eugene, der sich mit einem kleinen Handtuch die Schweißperlen von der Glatze wischte. Die Senioren waren eindeutig besser vorbereitet als der Rest der Gemeinschaft, denn auch Dean aus dem B & B fischte nun einen batteriebetriebenen Miniventilator aus der Hemdtasche.

„Am besten legen wir gleich mit dem ersten Punkt los. Wir brauchen Freiwillige für unseren Kalender.“

Für einen Moment dachte Chase, er hätte sich verhört, aber als Marthas Augen nun begeistert aufleuchteten, wusste er, dass sie diese Schnapsidee tatsächlich umsetzen wollte.

Hätte Josephine am Lichterfest nur ihren Mund gehalten, aber nein, sie hatte der Bürgermeisterin ja unbedingt brühwarm erzählen müssen, dass die Feuerwache in New Haven einen Kalender herausgebracht hatte – mit zwölf sexy Feuerwehrmännern.

„Ein Kalender?“, fragte Mildred, seine Schreibkraft interessiert nach. „Tolle Idee, dort kann ich all meine Termine eintragen.“

„Und welche Motive kommen hinein? Unser Little Falls hat so viele schöne Motive, dass man sich gar nicht für zwölf entscheiden kann“, gab Dorothy zu bedenken.

„Ich habe auch nichts von Landschaften gesagt.“ Martha zwinkerte der ehemaligen Geschäftsführerin des B & B geheimnisvoll zu und wandte sich dann an die Buchhändlerin. „Liebe Josephine, da es deine Idee war und du dich auch um den Bildband zum Jubiläum gekümmert hast, stellst du es am besten selbst vor.“

Die ältere Dame schien nur auf ihren Einsatz gewartet zu haben. Mit einem breiten Lächeln stand sie auf. „Vielleicht habt ihr es schon mitbekommen. Die Feuerwehrleute aus New Haven bringen wieder einen neuen Kalender heraus, mit knackigen Männern in Uniform.“

„Aber wir haben hier doch gar keine eigene Feuerwache", meldete sich Eugene irritiert zu Wort, das Handtuch hatte er zwischenzeitlich über die Schulter gehängt.

„Na, aber wir haben eine Polizeiwache!" Ihr Blick wanderte zum Sheriff. „Bill, wie viele Männer kannst du entbehren?"

Ehe Chase' überrumpelter Vorgesetzter irgendetwas erwidern konnte, antwortete Mildred. „Wir sind nur zu dritt, plus meine Wenigkeit."

„Mal davon abgesehen, dass uns dann immer noch ein paar Leute zu einem vollständigen Kalender fehlen, halte ich das Ganze für eine Schnapsidee", brummte Bill, das Sheriffhemd bis zur Hälfte aufgeknöpft. Chase' Blick fiel auf das weiß gerippte Unterhemd, das bereits völlig durchnässt war.

„Aber Martha wäre nicht Martha, wenn sie nicht schon eine Idee hätte", erwiderte Josephine unbeeindruckt.

„Genau, wir holen einfach die beiden anderen Cassidy-Brüder dazu und füllen mit den Schachopis auf."

„Wie bitte?", meldete sich Cole sichtlich schockiert zu Wort. „Wir sollen für einen Kalender blankziehen?"

„Was denn sonst? Sex sells, mein Lieber!", flötete Josephine mit einem verständnislosen Kopfschütteln.

Martha kicherte nervös und fächelte sich auf einmal noch hektischer Luft zu. „Ihr könnt die Hosen auch anbehalten ... es wird niemand zu etwas gezwungen."

„Na, das wäre ja noch schöner." Clayton, der mittlerweile wohl auch den Ernst der Lage erfasst hatte, warf Chase einen vorwurfsvollen Blick zu.

„Ich hab damit nichts zu tun", zischte er in Richtung seiner Brüder, „ihr glaubt doch wohl nicht, dass ich bei so einem Zirkus mitmache."

Erst recht nicht vor meiner Wahl zum Sheriff, fügte er in Gedanken hinzu.

Wie auf Kommando hob die Bürgermeisterin nun in ihrer typischen Geste die Hand und zeichnete einen Schriftzug in die schwüle Luft. „‚Nackte Haut für einen guten Zweck‘ ... Vielleicht für eine Klimaanlage im Bürgersaal.“

Chase musste zugeben, dass Martha ziemlich ausgefuchst war, denn kaum hatte sie den Satz ausgesprochen, meldete sich sein Großvater Larry zu Wort. „Hm, für ein einziges Foto lass ich mit mir verhandeln. Was meint ihr, Männer?“

Moment mal, hatte er gerade richtig gehört, sein eigener Grandpa wollte sich für eine Klimaanlage prostituieren – und seine Schachfreunde gleich mit? Zumindest wirkten die Senioren nicht so, als wären sie gänzlich abgeneigt.

„Ziert euch nicht so“, mischte sich nun Francis aus der Bäckerei ein und wandte sich direkt an die Cassidy-Brüder. „Wir werden schließlich nicht jünger und die Hitze macht uns jeden Sommer mehr zu schaffen.“ In einer theatralischen Geste verdrehte sie die Augen, als stünde sie kurz vor einem Kreislaufkollaps. „Nicht auszudenken, wenn hier jemand vom Stuhl kippt.“

„Aber dann wären wir trotzdem nur zu neunt oder meldet sich jemand freiwillig für mehrere Fotos?“ Dean war wohl der Einzige, der sich die Mühe gemacht hatte, nachzurechnen.

„Hm, du hast recht.“ Martha verzog nachdenklich den Mund, ehe sich ihr Gesicht aufhellte. „Matt, was ist mit dir?“

Sofort richteten sich alle Blicke auf den Kinobesitzer, der erst seit letztem Herbst zur Gemeinschaft in Little Falls gehörte.

„Ähm, nun ja, wenn es für einen guten Zweck ist, bin ich dabei. Sehr gerne stelle ich mich auch als Fotograf zur Verfügung.“

„Oh, das wäre wunderbar!" Martha klatschte begeistert in die Hände, was sich mit dem Fächer etwas schwierig gestaltete. Aufgeregt wedelte sie dann weiter. „Vielleicht könnten wir auch einen Teil der Fotos im Kino aufnehmen, was meinst du?"

„Tolle Idee, dort könnte ich eine entsprechende Kulisse aufbauen mit Requisiten."

Ok, sein Kumpel Matt war wirklich eine Bereicherung für Little Falls.

„Aber ich möchte ein Bild am Pavillon", unterbrach Eugene Chase' Gedankengänge. „Ich denke, natürliches Sonnenlicht wird meinen Beinen viel besser schmeicheln als künstliches Scheinwerferlicht – es ist wie ein Weichzeichner."

Chase verdrehte die Augen, das war jetzt nicht wahr, oder? Das war Eugenes einzige Sorge, ob man seine Krampfadern sah?

Ihn interessierte im Moment vielmehr das Motto. Musste er seine Uniform tragen oder richtete sich das Foto nach der entsprechenden Jahreszeit? Auf einmal tauchte Eugene als Mister April vor seinem geistigen Auge auf, der als Osterhase samt Plüschohren durch den Park hoppelte, um Eier zu verstecken.

„Die Details besprechen wir alle in einer separaten Sitzung, ihr wisst schon, alles streng geheim. Es soll schließlich auch eine Überraschung für die anderen sein." Martha warf einen zufriedenen Blick in die Runde, dann richtete sie ihre Aufmerksamkeit auf Cole und Clayton. „Und damit wir die zwölf Monate vollbekommen, fragt ihr beiden noch eure Mitarbeiter, Ricky und Donny."

Die Bürgermeisterin schnappte sich ihr Hämmerchen und klopfte damit voller Elan auf das Pult. „Punkt eins wäre somit erledigt."

Chase entging nicht, wie Josephine der Bürgermeisterin einen höchst zufriedenen Blick zuwarf. Hm, die

Buchhändlerin bekam eindeutig zu viel mit. Nicht einmal er wusste was von einem Kalender, dabei stand er in engem Kontakt mit der Feuerwache in New Haven. Aber vielleicht war dieses Thema auch schlicht an ihm vorbeigegangen.

„Der nächste Punkt liegt mir ganz besonders am Herzen. Es geht um Chase' Wahl zum Sheriff, die kurz bevorsteht", fuhr Martha mit der Versammlung fort.

„Also meine Stimme hat er!" Dorothy nickte ihm wohlwollend zu und reckte dabei den Daumen in die Höhe.

Chase schenkte ihr ein Lächeln, denn plötzlich wurde es ihm sehr unangenehm, derart im Mittelpunkt zu stehen. Außerdem wollte er ein faires Wahlergebnis und nicht eines aus Gefälligkeit, weil man ihn von Kindesbeinen an kannte. Er wollte für seine Kompetenz und seine Leistungen gewählt werden.

„Die Wahl findet am kommenden Freitag hier im Rathaus statt. Ich zähle darauf, dass ihr alle von eurem Recht Gebrauch macht und zum Wohle der Stadt eine vorausschauende Entscheidung trefft."

Martha nickte Chase zu, dann fuhr sie mit glasigen Augen fort. „Bill, dir danken wir für deine Treue und Einsatz. Du hast in den letzten vierzig Jahren dafür gesorgt, dass Gewalt und Verbrechen in Little Falls keine Chance haben. Hier ist es sicher, wir passen aufeinander auf, und das wünsche ich mir auch für die Zukunft."

Okay, Martha drückte derart auf die Tränendrüse, dass selbst er kurz schlucken musste. Das waren genau die Werte, für die er einstand. Wenn er sich die Zustände in Woodbury ansah, konnte er nur hoffen, dass dieser Ort aus seinem Bereich herausfiel, nur leider gehörte Woodbury zum selben County wie Little Falls.

Als hätte Martha seine Gedanken gelesen, fuhr sie mit emotionaler Stimme fort. „Schaut euch an, was in

Woodbury los ist. Weder die Deputys haben den Zirkus im Griff und von ihrem inkompetenten Bürgermeister will ich erst gar nicht anfangen." Martha verstummte schlagartig, als ob ihr erst jetzt bewusst wurde, dass sie ihren Gedanken laut ausgesprochen hatte. Wahrscheinlich war es die Hitze, die ihr zunehmend zu schaffen machte, denn unter normalen Umständen hätte sie sich nie derart geäußert, und schon gar nicht auf der Stadtversammlung.

Wie süß, dass ihr mal wieder Eugene zu Hilfe kam. „Wir wissen, wo wir unser Kreuzchen machen müssen, stimmt's, mein Honigtöpfchen?"

Eugenes Einwurf wurde von Applaus und Zustimmung begleitet, dann klopfte wieder das Hämmerchen. Okay, Martha hatte es offensichtlich eilig, zum Ende zu kommen, denn der Fächer war wieder im Einsatz.

„So, kommen wir zu unserem vorletzten Tagesordnungspunkt. Es sind Anfragen bei mir eingegangen, ob man den neuen Tisch im Park für private Feiern wie Barbecues oder Geburtstage nutzen könne."

„Ja, genau, die Anfrage war von mir", meldete sich Mildred erneut zu Wort. „Ich würde dort gerne meinen Geburtstag feiern … Ihr wisst doch, wie winzig meine Wohnung ist, da passen nicht alle rein."

Ja, der neue Tisch im Park reicht mit Sicherheit aus, schoss es Chase ob der zehn Meter amüsiert durch den Kopf. Der massive Holztisch wurde vor einigen Monaten eigens für den Kuchenwettbewerb des Erdbeerfests errichtet … und es hatte eine Menge Kuchen gegeben.

„Ich finde die Idee großartig, es wäre doch wirklich schade, wenn man den Tisch nur einmal im Jahr nutzen würde." Chase sah zu seiner Mom, die selbst schon den Gedanken geäußert hatte, dort ein gemeinsames Familienpicknick zu veranstalten.

„Am besten stimmen wir schnell ab", schlug Martha mit hochroten Wangen vor. Okay, so langsam machte er sich etwas Sorgen um sie, schließlich war sie die Einzige, die seit Beginn der Sitzung auf den Beinen war.

Glücklicherweise war die Abstimmung innerhalb kürzester Zeit erledigt und Martha nahm neben ihrem Ehemann Platz.

Etwas verwundert verfolgte Chase, wie nun Josephine samt einer Stofftasche hinter das Rednerpult stieg und mit der Fingerspitze prüfend ans Mikrofon tippte. Anschließend holte sie aus der Tasche einen kleinen Buchständer heraus, den sie demonstrativ auf dem Pult aufstellte. In aller Seelenruhe kramte sie weitere Utensilien wie Kulis, Postkarten und sogar eine Tasse hervor, die ebenfalls auf dem Pult landeten. Zuletzt folgte ein Buch, das ihm irgendwie bekannt vorkam. Moment mal, dieses sexistische Cover war ihm doch schon einmal untergekommen.

Chase verzog nachdenklich das Gesicht, dann fiel es ihm wieder ein. Es war am Lichterfest gewesen, als er sich mit Martha und Josephine einen Tisch geteilt hatte und sie mit der Idee zum Kalender kam. Dort hatte sie ebendieses Buch auch aus ihrer Handtasche gezogen und es direkt vor seiner Nase auf den Tisch geknallt.

Josephine stellte das Buch in den Ständer, ehe sie mit einem stolzen Lächeln in die Runde sah. Ihm schwante Böses. Sie wollte aus der Bürgerversammlung doch wohl nicht eine Buchtour machen, um das neueste Werk ihrer Enkelin zu bewerben? Da mied er den Buchladen schon, wo er nur konnte, nur um auf eine derart hinterhältige Weise zu einer Lesung genötigt zu werden? Mist, er saß in der Falle.

Mittlerweile herrschten im Saal gefühlt vierzig Grad, ohne einen einzigen Windzug. Musste das jetzt sein? Da hatte Martha extra Gas gegeben, um ihre Zuhörer nicht unnötig lang der lähmenden Hitze auszusetzen und dann das.

Ungehalten sah sich Chase um, doch den sehr interessierten Gesichtern nach zu urteilen, schien er der Einzige zu sein, der sich gerade über diese Tatsache aufregte.

„So, meine Lieben", begann Josephine ihre Ansprache. „Es wäre toll, wenn ihr mir noch fünf Minuten eurer Aufmerksamkeit schenkt."

Innerlich atmete Chase erleichtert auf. Josephine war für gewöhnlich eine Frau, die ihr Wort hielt ... Fünf Minuten würde er gerade so noch aushalten.

„Ui, ist das Isabelles neues Buch?", rief seine Schwägerin Jenna rechts neben ihm.

„Ganz genau. Und ich bin untröstlich, dass ich bei ihrer Lesung gestern nicht persönlich dabei sein konnte. Sie war Stargast bei *Red's* in New York – New York City", betonte sie überflüssigerweise, oder war es gar pure Absicht, um sich Gehör zu verschaffen? Ein Teil der Senioren drohte nämlich bereits einzunicken. Bei Dean würde sie es wohl nicht mehr schaffen, dieser schnarchte leise in der letzten Reihe.

Chase' Aufmerksamkeit war auf jeden Fall geweckt, auch wenn er es nie zugeben würde.

„Ihr neuestes Buch ist New York Times Bestseller!", verkündete die ältere Frau mit Begeisterung.

Nachdem das freudige Klatschen und die Glückwunschrufe verebbt waren, fuhr sie fort.

„Einige von euch kennen den ersten Band ja schon, besonders diejenigen, die letzten Herbst im Buchladen bei meiner Lesung dabei waren ... und ich kann euch verraten, dass es im zweiten Band ganz schön heiß weitergeht."

Chase war nicht sicher, ob er solche Informationen wissen wollte, schließlich war Josephine im selben Alter wie sein Großvater. Allein der Gedanke, dass sich die Golden Girls diese Art von Literatur reinzogen, war verstörend.

„Gibt es auch wieder einen Bad Boy?", fragte Francis quickfidel. Ihre kleine Einlage von vorhin schien vergessen und sie wirkte auch nicht mehr, als stünde sie kurz vor einem Kreislaufkollaps.

„Aber natürlich, meine Liebe. Ich würde euch ja zu gern meine Lieblingsstelle vorlesen, aber ich denke, die ist für diesen Rahmen zu explizit ... Und mal unter uns, Isabelles Romane sind doch eher was für uns Frauen." Sie tauschte einen verschwörerischen Blick mit Jennas Großmutter Francis und wandte sich dann wieder an alle. „Wenn ich euch neugierig gemacht habe, würde ich mich morgen riesig über euren Besuch im Laden freuen. Bookmerch dürft ihr auch gerne heute mitnehmen."

Glücklicherweise stand Martha nun wieder auf und beendete ihre sonntägliche Sitzung mit einem letzten Hämmern.

4

Josephine

„Hallo, mein Liebling, und, wie war deine Lesung bei *Red's*? Ich will jedes Detail wissen!"

Josephine machte es sich mit Telefon und Teetasse im Sessel bequem. Nach dem Ansturm am Morgen und dreißig verkauften Exemplaren von Isabelles Buch hatte sie sich diese kleine Pause wirklich verdient.

„Es war unglaublich, Grandma. Kannst du dir vorstellen, dass über 200 Gäste da waren? Und beinahe jeder wollte ein signiertes Buch mitnehmen."

„Wow, das freut mich riesig. Siehst du, ich hab dir doch gesagt, dass Band 2 einschlagen wird wie eine Bombe. Ich habe heute übrigens auch dreißig Exemplare verkauft, nachdem ich bei unserer Bürgerversammlung die Werbetrommel gerührt habe."

„Bei der Bürgerversammlung?", stieß Isabelle prustend aus.

„Aber natürlich, schließlich habe ich dort gleich alle Damen auf einem Haufen und ich kann dir sagen, deine Fangemeinde hier in Little Falls wächst von Tag zu Tag."

„Vielen Dank, Grandma, das ist so lieb von dir, dass du dich so für mich einsetzt, obwohl das Thema eher nicht so in eine verschlafene Kleinstadt passt."

Josephine lachte herzhaft, dabei schwappte die randvolle Tasse Hagebuttentee leicht über. „Nicht hineinpasst? Oh, es wird nicht nur von jüngeren Frauen gekauft, nein, meine Golden Girls sind deine größten Fans!

Isabelle kicherte. „Ach, das ist ja herrlich, dann richte deinen Freundinnen ganz liebe Grüße aus.“

„Das mache ich. Glaub mir, in diesem Alter liest man nicht nur Strickmuster oder das monatliche Magazin aus der Apotheke.“

„Das glaub ich dir aufs Wort, und da soll noch einer behaupten, Little Falls sei verschlafen.“

„In mancherlei Hinsicht schon, aber nicht, was die Literatur angeht – denn dafür bin ich ja zuständig.“ Josephine warf einen zufriedenen Blick auf die sommerlich dekorierte Auslage … Hm, vielleicht hatte sie mit dem Treibgut und den roten Plastikkrabben doch etwas übertrieben.

„Ich kann mir geradezu bildlich vorstellen, wie du in deinem gemütlichen Ohrensessel im Buchladen sitzt“, holte Isabelle sie aus ihren Gedanken. „Die Kinderabteilung bei *Red's* hat mich übrigens sofort an die Märchenstunden von früher erinnert.“

„Die gibt es heute noch … Warum kommst du nicht einfach auf eine kleine Auszeit vorbei, jetzt, wo du mit der Buchtour durch bist? Bei der Gelegenheit kannst du mir dabei helfen, den ersten offiziellen Buchclub von Little Falls zu gründen.“ Josephine hielt erwartungsvoll inne.

„Einen Buchclub? Das ist eine tolle Idee, aber ich stecke gerade mitten in der Planung zu meinem nächsten Roman und da es dieses Mal etwas ganz anderes wird, gestaltet sich das Ganze schwieriger als gedacht.“

„Jetzt machst du mich aber neugierig. Schieß los, du kannst doch deine arme Granny nicht so auf die Folter spannen“, erwiderte Josephine mit weinerlicher Stimme.

„Du weißt, dass du nach Nora stets die Erste bist, die ich einweihe. Okay, wo fange ich an? Ich hatte auf dem Weg zur Lesung Kreislaufprobleme, bin zusammengeklappt und ein hübscher Officer vom NYPD hat mich gerettet.“

„Was, du bist ohnmächtig geworden? Und das erzählst du mir erst jetzt?“ Josephine stellte die Tasse eilig auf dem Beistelltischchen ab. Hätte sie ihre Enkelin an diesem Tag begleitet, dann hätte sie darauf geachtet, dass sie genügend trank – schließlich wusste sie von ihrem exzessiven Kaffeekonsum. „Ich hoffe, du bist nicht am Boden aufgeschlagen. Nicht auszudenken, wenn so etwas mitten in der Rush Hour passiert.“

„Keine Sorge, es ist nichts passiert, Nora war bei mir und hat mich aufgefangen“, beruhigte Isabelle ihre Großmutter schnell. „Für eines war es ja gut, mein nächster Roman wird von einem heißen Cop handeln.“

„Ein Cop? Kein dominanter Millionär?“ Josephines Stimme spiegelte ihre Enttäuschung wider.

„Vorerst nicht“, antwortete Isabelle amüsiert.

Nach einer kurzen Pause hatte sich die ältere Frau jedoch von dieser Neuigkeit erholt, denn sie fuhr begeistert fort. „Aber das ist doch prima, wir haben hier ein ganzes Office voll knallharter Cops, die du zur Polizeiarbeit befragen kannst. Dazu wohltuende Ruhe, frische Luft und keinerlei Ablenkungen. Little Falls ist geradezu perfekt für eine Schriftstellerin.“ Ein Cop war sogar noch besser als ein Millionär, ihre Enkelin könnte bei Ermittlungen hautnah dabei sein und lernen, wie man Schusswaffen einsetzte. Okay, mit einem Millionär könnte Little Falls ohnehin nicht aufwarten.

„Ich muss zugeben, die Idee ist nicht mal so schlecht. Schreiben kann ich überall. Aber ich weiß nicht, ob die

Polizisten in Little Falls mich ... Ähm, wie sage ich das am besten ..."

„Inspirieren?", beendete Josephine den Satz ihrer Enkelin. „O doch, Bill hat gleich mehrere junge Deputys, die alle sehr gut gebaut sind." Okay, eigentlich war es nur Chase, denn sein Kollege Bob hatte sich als zweifacher Familienvater bereits eine kleine Plauze zugelegt. Die Rädchen in ihrem Kopf überschlugen sich geradezu, denn in diesem Moment erinnerte sich Josephine an ein Gespräch mit Martha und wie sie den jüngsten Cassidy-Spross am besten vor sich selbst retten konnten – der junge Mann hatte nur seinen Job im Kopf!

„Na wenn das so ist", erwiderte Isabelle lachend. „Aber vielleicht sollte ich vorab doch erst einmal anfragen, ob sie mir helfen wollen. Beim NYPD könnte ich auch nicht so einfach reinschneien."

„Mach dir keine Sorgen, in Little Falls ticken die Uhren etwas anders und ich glaube, die sind ganz froh um etwas Abwechslung. Ich werde später gleich mit dem Sheriff reden." *Mit dem alten Sheriff,* fügte sie in Gedanken hinzu, denn bei Chase hätte sie nicht so leichtes Spiel. Dazu kam, dass er direkt abblocken würde, wenn sie das Wörtchen „Buch" nur in den Mund nahm. Aber bis Freitag war ja noch Bill ihr Ansprechpartner, also durfte sie keine Zeit verlieren und schnell alles unter Dach und Fach bringen. Bei ihm war sie sich sicher, dass er nichts dagegen hätte. Sie waren nicht nur seit Jahrzehnten miteinander befreundet, er gehörte auch zu ihren Stammkunden und liebte es, über seinen Job als Sheriff zu reden und junge Menschen zu fördern.

„Das wäre super, Grandma, vielen Dank. Und neben dem Schreiben könnte ich dir beim Aufbau deines Buchclubs helfen."

„Prima, wann kannst du hier sein?", fragte Josephine ungeduldig. Nun konnte sie es kaum mehr erwarten, ihre Enkeltochter wiederzusehen.

„Frühestens am Freitag. Ich habe hier noch ein paar Sachen zu erledigen und am Donnerstag noch ein Meeting im Verlag."

„So spät? Nun gut, bis dahin werde ich alles vorbereiten, sodass du direkt starten kannst. Hast du noch Bookmerch übrig?"

„Hab ich da und ich bringe alles mit … auch deine Lieblings-Lesezeichen mit Secret Santa drauf", informierte Isabelle ihre Großmutter.

„Aber nicht zu wenig", entgegnete sie hastig. „Wenn wir das Ganze richtig aufziehen, brauchen wir viele Santas im Schlüpfer – und damit meine ich mindestens einen für jeden Besucher. Hm, der Park wäre als Location perfekt, falls der Platz im Buchladen nicht ausreichen sollte." Sie ignorierte die Tatsache, dass es für eine private Veranstaltung einer Genehmigung bedurfte. Aber da es sich um einen sittsamen Buchkreis handelte und nicht um eine ohrenbetäubende Musikveranstaltung, sah man es sicher nicht so streng.

„Moment mal, eins nach dem anderen. Du willst im Buchclub *mein* Buch drannehmen?"

„Na klar, die Frauen werden begeistert sein, wenn die Autorin auch unter ihnen sitzt und für Fragen bereitsteht. Das gibt es sonst nirgends", antwortete Josephine begeistert. „Ich wurde schon oft gefragt, woher du deine Ideen nimmst oder ob du gar ein kleines Techtelmechtel mit einem New Yorker Millionär hattest?"

„Nein, da muss ich leider passen … aber entscheiden nicht normalerweise die Mitglieder, welches Buch sie lesen wollen?"

„Da hast du vollkommen recht, mein Schatz", unterbrach Josephine sie, „doch als Initiatorin und Buchhändlerin bin ich beim ersten Treffen mal so frei und suche selbst eins aus. Beim nächsten Mal können wir immer noch einen langweiligen Klassiker lesen." Josephine erhob sich von ihrem Sessel und trat ans Fenster, dabei fiel ihr Blick auf den Pavillon – die perfekte Location, wenn es nach ihr ginge. Besonders jetzt im Sommer und mit erfrischenden Snacks.

„Na gut, ich sehe schon, du hast bereits alles geplant", erwiderte Isabelle schmunzelnd.

„Ich träume schon seit dreißig Jahren davon, einen Buchclub zu gründen, und dann muss ich erst diesen Film mit Jane Fonda und Diane Keaton sehen, um endlich in die Gänge zu kommen."

„Du meinst *Book Club*?", fragte Isabelle hörbar erstaunt.

„Ja, der war super. Genau mein Humor", erwiderte Josephine, während sie die Deko im Schaufenster neu arrangierte.

„Dann muss ich wohl nicht fragen, ob du Fifty Shades of Grey auch gelesen hast?" Isabelle kicherte.

„Nicht nur ich! Ich habe den Golden Girls auch ein Exemplar untergeschoben. Erst haben sie sich gesträubt, aber jetzt wollen sie mehr." Josephine hob hilflos die Arme, ehe sie zu ihrem Sessel zurücklief und wieder Platz nahm.

„Ich kanns kaum erwarten, deine Freundinnen wiederzusehen. Ehrlich gesagt erinnere ich mich nur noch an Francis aus der Bäckerei ... Nein, warte, da waren auch drei Brüder. Der Kleinste von ihnen steckte immerzu in einem Woody-Kostüm."

Josephine, die gerade einen Schluck aus der Tasse nahm, verschluckte sich leicht. „Daran kannst du dich erinnern? Ihr seid euch vielleicht ein-, zweimal begegnet."

Ihre Enkelin war während ihrer Besuche in Little Falls einfach zu scheu gewesen, um sich unter andere Kinder zu mischen und Freundschaften zu knüpfen. Sie hatte sich lieber hier im Buchladen aufgehalten.

„Was machen die drei heute? Wohnen sie immer noch in Little Falls?", fragte Isabelle interessiert.

„O ja, Cole, der Älteste, hat den Diner von seinem Grandpa übernommen und ist mittlerweile sogar verheiratet und Clayton, der Mittlere, hat sich erst im Frühjahr ein Haus am See gebaut und ist glücklich mit seiner Audrey." Josephine hielt kurz inne. Sollte sie ihrer Enkelin verraten, dass Chase einer der gut gebauten Deputys war, der ihr schon bald bei der Recherche helfen würde? Nein, noch nicht. „Und Chase, der kleine Woody, macht immer noch einen großen Bogen um den Buchladen", fuhr sie stattdessen fort.

„Ha, wusste ich's doch! Er war nur auf die Snacks scharf!", stieß Isabelle lachend aus.

„Mmh, daran hat sich bis heute nichts geändert. Ich frage mich schon all die Jahre, warum er so ein Lesemuffel ist."

„Es gibt eben Jungs, die einfach nichts mit Büchern anfangen können."

„Da hast du wohl recht, mein Liebling." Josephine nickte bedächtig, dann sah sie überrascht auf, als die Tür zum Buchladen aufgestoßen wurde. „Oh, dein Grandpa kommt gerade."

„Wie schön, dann kann ich ihm auch Hallo sagen."

Mit einem Sonnenhut auf dem Kopf kam Jonathan näher. „Ist das Isabelle?" Sein Gesicht hellte sich bei der Frage schlagartig auf.

„Ja, und es gibt tolle Neuigkeiten, aber die erzählt sie dir am besten selbst", antwortete Josephine geheimnisvoll, ehe sie das Telefon auf laut stellte – sie wollte schließlich nichts verpassen – und es ihrem Mann übergab.

„Ist dein Buch etwa noch weiter in den Bestsellerlisten nach oben geklettert?", fragte er hoffnungsvoll.

Josephine ging das Herz auf, denn Jonathan war einfach zu süß, wie er sich über den Erfolg seiner Enkeltochter freute. Er hatte zwar noch keines ihrer Bücher gelesen – vielleicht war es besser so, die expliziten Stellen würden ihn nur verwirren – dennoch war er ihr größter Fan.

„Ja, etwas, es ist jetzt in den Top Ten. Aber ich habe andere Neuigkeiten. Ich werde nach Little Falls kommen, um ein paar Tage abzuschalten und etwas Recherche zu betreiben.“

„Das sind ja wundervolle Neuigkeiten!“ Jonathan strahlte seine Frau freudig an, dann fragte er interessiert: „Aber was willst du denn hier recherchieren? Hab ich was verpasst und du schreibst neuerdings Kleinstadtgeschichten?“

„Nein“, erwiderte Isabelle mit einem amüsierten Lachen, „in meinem nächsten Buch geht es um einen Cop.“

Jonathans Blick richtete sich argwöhnisch auf seine Frau. Sie konnte ihm förmlich ansehen, wie sich die Rädchen in seinem Kopf drehten. Schnell hob sie die Teetasse, um sich dahinter zu verstecken.

„Grandma hatte die Idee dazu und ich freu mich schon jetzt darauf, eurem Sheriff über die Schulter zu schauen und die Deputys kennenzulernen.“

Jonathans Augen verengten sich zu dünnen Schlitzen, dabei schüttelte er unmerklich den Kopf. Oh, wenn er diesen strengen Blick draufhatte, wirkte er selbst wie ein knallharter Cop, vor dem sie zittern musste. Schnell legte sie den Finger auf die Lippen und machte ihm ein Zeichen, dass er das Gespräch beenden sollte. Sicher war sicher, denn das Risiko war einfach zu groß, dass er sich doch verplapperte. Isabelle und Chase waren geradezu perfekt füreinander, auch wenn sie davon noch nichts ahnten.

„Weißt du eigentlich, dass du verrückt bist?", fragte Jonathan einige Minuten später, nachdem er das Gespräch beendet hatte.

„Nun, Genie und Wahnsinn liegen bekanntlich dicht beieinander." Sie zwinkerte ihm frech zu. „Chase wäre der perfekte Mann für unsere Isabelle."

„Die beiden sind sich zuletzt als Kinder begegnet", erinnerte Jonathan sie mit hochgezogener Augenbraue. „Außerdem kann er mit Büchern nichts anfangen. Ist das nicht etwas unvorteilhaft, wo sie doch mit dem Schreiben ihren Lebensunterhalt verdient?"

Josephine machte eine wegwerfende Handbewegung. „Vertrau mir, genau das wird sie zusammenbringen. Hach, was werden die beiden sich aneinander reiben!" Sie knetete sich aufgeregt die Hände. „In Stolz und Vorurteil war es schließlich genauso ... Und was ist daraus geworden? Die beste Liebesgeschichte aller Zeiten!"

„Ich kann dir nicht ganz folgen. Und wer von den beiden ist jetzt stolz und wer voll Vorurteile?"

„Na, Chase wird voll Vorurteile sein." Josephine schüttelte verständnislos den Kopf. „Er ist wie Mr Darcy: gut aussehend, ehrenhaft und respektabel – allein schon wegen seiner Uniform."

„Aha, ok, erzähl weiter", forderte Jonathan seine Frau nachdenklich auf.

„Und unsere Isabelle ist wie Elizabeth. Schön, klug und dazu noch schlagfertig."

„Da gebe ich dir vollkommen recht. Nur leider sind wir hier nicht auf einem englischen Landsitz, sondern in Little Falls, Connecticut."

„Jetzt sei doch nicht so kleinlich, ich seh dir doch an, dass du Feuer gefangen hast." Josephine legte amüsiert den Kopf schief.

„Hm, Chase ist ein guter Junge, daran besteht gar kein Zweifel, und mit ihm wird sie sicher keine bösen Überraschungen erleben wie mit diesem ... Wie hieß er noch mal?" Jonathan kratzte sich am Kopf.

„Ja, ich weiß, wen du meinst. Dieser Kerl, der dachte, unsere Isabelle sei die personifizierte Verkörperung ihrer Romanfigur. Wie ich das hasse. Der denkt wohl auch, dass alle Krimiautoren mindestens eine Leiche im Keller haben."

„Blödmann!", polterte Jonathan.

„Sag ich doch und so oberflächlich wie die Dating-Szene in New York City ist, kann ihr das jederzeit wieder passieren", orakelte Josephine. „Am besten geh ich direkt zu Bill und mach die Sache klar." Sie warf einen schnellen Blick auf die Uhr neben dem Kamin. „Chase müsste um diese Zeit noch im Diner zum Mittagessen sein. Montags bleibt er meist etwas länger und gönnt sich im Anschluss noch einen doppelten Espresso."

Jonathan lachte laut auf. „Und weißt du, welche Romanfigur du verkörperst, meine Liebe?" Um Jonathans Mundwinkel zuckte es amüsiert.

„Miss Marple?", fragte Josephine hoffnungsvoll.

„Genau, du bist genauso scharfsinnig wie sie und stricken kannst du auch."

5

Larry

„Wisst ihr, was ich am Sommer am meisten liebe?“ Larry sah seine Freunde lächelnd an. „Dass wir bis spät in den Abend hinein draußen sitzen können.“

„O ja, das kannst du laut sagen“, stimmte Eugene ihm zu und nahm neben ihm auf der Bank am Pavillon Platz, ehe er freudig sein Schachbrett aufklappte.

„Dazu ein eiskaltes Bier“, sinnierte Dean, der es sich bereits auf seinem Hämorrhoidenkissen bequem gemacht hatte, während er aus einer Stofftasche vier Dosen Bud Light hervorzauberte und diese mitten auf den Tisch stellte.

„Vielen Dank, Dean!“ Jonathan, der jetzt ebenfalls ihren inoffiziellen Stammtisch im Park erreichte, setzte sich neben den Besitzer des B & B. „Fehlen nur noch die salzigen Nüsschen.“ Er warf einen schnellen Blick in Richtung Buchladen und schien hin- und hergerissen, ob er noch etwas Knabberzeug besorgen sollte.

„Beim nächsten Mal denken wir dran.“ Larry öffnete nun ebenfalls seinen Schachkasten und positionierte die Figuren auf dem Brett. „Na, Dean, bist du bereit für eine weitere Niederlage?“, fragte er mit einem amüsierten Grinsen.

„Pah, mit dir werde ich schon noch fertig. Nur weil ich die letzten Spiele verloren habe, heißt das nicht, dass ich dich heute nicht nass mache." Der stämmige Mann, der eher körperliche Arbeit gewohnt war als Denksport, stellte seine Figuren ebenfalls auf. Dabei verschwanden die zierlichen Figuren beinahe vollständig in seinen Pranken.

„Aber ich muss sagen, Dean hat sich in den letzten Monaten sehr gesteigert, seit Dorothy ihm dieses elektrische Schachbrett zum Üben besorgt hat", kam ihm Jonathan zu Hilfe.

„Nur dass es nun permanent von unseren Gästen benutzt wird", erwiderte Dean lachend. „Entweder suche ich es auf der Veranda oder irgendjemand hat es mit aufs Zimmer genommen."

Eugene zuckte unbeeindruckt mit den Schultern. „Gewinnen hin oder her. Der Spaß steht im Vordergrund, nicht wahr, Männer?"

„Ja, da stimme ich dir vollkommen zu." Larry nickte Eugene zu und gab Dean kurz darauf ein Zeichen, damit dieser den ersten Zug machte. Eugene und Jonathan, die zwischenzeitlich ebenfalls ihre Figuren aufgestellt hatten, starteten nun ihren ersten Zug.

„Oh, Jonathan, da fällt mir ein, dass Arianna gerne je ein Exemplar von Isabelles Büchern hätte. Bestimmt habt ihr alle auf Lager?"

„Ja, sicher", antwortete Jonathan voller Stolz. „Ich sage Josephine nachher gleich Bescheid, dass sie sie für deine Tochter auf die Seite legt."

„Vielen Dank. Seit der kleinen Buchvorstellung auf der Stadtversammlung redet sie von nichts anderem mehr", klärte Larry seinen Freund auf. „Ihr müsst mächtig stolz auf sie sein."

„Darauf kannst du Gift nehmen. Ich frage mich nur immer wieder, woher sie nur ihre Ideen nimmt. Von mir kann sie ihre Fantasie nicht haben." Jonathan lachte herzhaft.

Die Männer fielen in sein Lachen ein, ehe Dean trocken erwiderte: „Na Gott sei Dank, ich würde mir auch ernsthaft Sorgen machen, wenn du dich so gut mit unersättlichen Millionären auskennen würdest." Mit einem Zischen öffnete er die Lasche seines Dosenbiers. „Auf Isabelle und ihre Bücher."

Seine Freunde taten es ihm gleich, dann stießen sie auf Jonathans Enkelin an, das Schachspiel war für einen Moment vergessen.

„Oh, es gibt übrigens tolle Neuigkeiten. Isabelle kommt uns besuchen, um etwas auszuspannen und neue Ideen zu sammeln."

„Wirklich? Das ist ja schön. Sie war schon seit einer Ewigkeit nicht mehr in Little Falls", entgegnete Eugene. „Ob ich sie wohl wiedererkenne?"

„Hm, ich denke kaum. Aus unserem kleinen Mädchen ist eine junge Frau geworden." In Jonathans Augen schlich sich ein sentimentaler Glanz. „Aber sie ist immer noch derselbe Bücherwurm wie damals und lebt sehr zurückgezogen."

„Ist vielleicht besser so", warf Larry ein. „Würde mich nicht wundern, wenn irgendein verrückter Fan da was durcheinanderbringt." Soweit er informiert war, fanden sich in ihren Büchern auch sehr eindeutige Passagen.

„Mmh, viele ihrer Kolleginnen, die ebenfalls in diesem Genre schreiben, halten sich lieber bedeckt. Da gibt es nicht einmal ein richtiges Autorenfoto im Buch und wenn, dann nur im Profil oder sehr schemenhaft."

Eugene kicherte. „Ich frage mich gerade, wie viele davon sich wohl als jemand ausgeben, der sie nicht sind. Stellt euch mal vor, da schreibt einer in unserem Alter oder gibt nur vor, eine Frau zu sein!"

Dean hielt sich lachend den Bauch. „Warum geht mir gerade unsere Josephine durch den Kopf? Bei ihrer lebhaften Fantasie könnte ich es mir durchaus vorstellen!"

„Bring sie bloß nicht auf verrückte Ideen. Ich glaube, sie würde jeden von uns in ihrem Buch einbauen." Jonathan schüttelte schmunzelnd den Kopf, ehe er einen Schluck aus seiner Bierdose nahm.

Larry grinste, ja, der Buchhändlerin wäre dies durchaus zuzutrauen. Schließlich wusste sie über alles und jeden in der Stadt Bescheid und für manche würde dieses Buch sehr peinlich enden. Sein Grinsen verwandelte sich in ein freudiges Lächeln, als er auf einmal seinen jüngsten Enkel Chase zwischen den Bäumen erkannte, der allerdings mit einem eher mürrischen Ausdruck auf sie zukam.

„Das ist jetzt nicht wahr, oder?", fragte Chase ohne jede Begrüßung und warf einen missbilligenden Blick auf die Bierdosen, die mitten auf dem Tisch standen. „Alkohol in der Öffentlichkeit ist nicht gestattet!"

„Sei doch kein Spielverderber." Dean war der Erste, der antwortete. „Hätte ich gewusst, dass du vorbeikommst, hätte ich eine Dose mehr eingepackt."

„Das wäre Bestechung von Beamten", antwortete Chase mit strenger Stimme.

„Wir wollen keinen Ärger", erwiderte Eugene schnell, „wir wissen alle, dass du wegen deiner anstehenden Prüfung und der Wahl zum Sheriff unter Druck stehst, aber Bill hat auch immer ein Auge zugedrückt."

„Ich weiß, dass mein Vorgesetzter vieles anders geregelt hat. Nur habt ihr hier auch eine Vorbildfunktion. Da hab ich die Teenager so weit, dass sie nicht mehr im Pavillon rauchen, dann kommt ihr mit euren Dosen her."

„Beim nächsten Mal verstecken wir sie in diesen braunen Papiertüten, so wie man es immer in den Filmen sieht", antwortete Larry und tätschelte seinem Enkel versöhnlich auf den Arm.

„Es wird kein nächstes Mal geben und heute kommt ihr mit einer Verwarnung davon!"

Okay, diese Ansage hatte gesessen, und Larry musste zugeben, dass sein Enkel nicht ganz unrecht hatte. Nicht auszudenken, wenn sie die Teenager mit ihrer unüberlegten Aktion zu irgendetwas anstifteten.

„Das geht auf meine Kappe." Dean verzog entschuldigend den Mund. „Dürfen wir die Dosen wenigstens noch austrinken?"

Chase nickte kurz, aber wenig überzeugend, dann wandte er sich an seinen Grandpa. „Es ist mir wirklich ernst. Ich will nicht, dass wir irgendwann dieselben Zustände haben wie in Woodbury."

„Du hast recht. Allerdings trägt dort auch der Bürgermeister seinen Anteil zum Verfall bei", antwortete Larry ehrlich.

„Es ist halt nicht jeder mit solch einem Herzblut und Einsatz dabei wie meine liebe Martha. Dieser Franklyn hat es doch nur auf Prestige und die Vorteile abgesehen, die ihm der Posten als Bürgermeister bringt." Eugene fuhr sich fahrig über die Glatze. „Und zu diesen schicken ‚Partys' wird er doch nur eingeladen, weil jeder weiß, wie gerne er isst und trinkt, und man ihm dort ohne Probleme eine Unterschrift entlocken kann. Seinen neuen Mercedes hat er nur dieser Art Vetternwirtschaft zu verdanken."

Larry nickte zustimmend. Es war bekannt, dass der Bürgermeister aus dem Nachbarort nicht im Sinne der Einwohner agierte, sondern im Sinne zahlender Unternehmer und Sponsoren. Er hoffte, dass sein Enkel Chase endlich schaffte, was Bill in all den Jahren nicht gelungen war. Nämlich das Polizeioffice in Woodbury so zu festigen, dass sie hart durchgriffen.

„Die sind doch selbst schuld, wenn sie ihn immer wieder wählen", bemerkte Jonathan unbeeindruckt.

„Wenn du dich da mal nicht täuschst", warf Dean ein. „Dorothy und ich bekommen viel mit, aber ich kenne keinen, der ihn gewählt hat."

„Wahlbetrug?“ Eugene wirkte, als verstünde er die Welt nicht mehr, und griff daraufhin erst einmal nach seiner Bierdose.

„Ich werde der Sache auf jeden Fall nachgehen, nur bitte tut mir einen Gefallen und behaltet solche Sachen für euch.“

„Alles klar, Chase. Wenn du zufällig unauffällige Spione brauchst, dann melde dich bei uns“, schlug Eugene ihm nun etwas gefasster vor. „Wir können uns auch dort im Park auf die Lauer legen, irgendwo müsste ich noch diesen Trenchcoat haben.“

„Bitte“, erwiderte Chase mit Nachdruck und schnaufte ungeduldig auf. „Haltet euch da raus. Ich werde alles Nötige mit Martha und Bill besprechen.“

„Aber sicher doch. Wir wollen die Ermittlungen doch auf keinen Fall gefährden, nicht wahr, Männer?“ Eugene sah in die Runde.

„Mach dir um uns keine Sorgen, Chase“, beruhigte ihn Larry. „Wir wissen von nichts.“ Dabei zwinkerte er seinem Enkelsohn verschwörerisch zu.

„Alles klar.“ Chase warf einen letzten missbilligenden Blick auf die Bierdosen, dann tippte er sich zum Abschied an den Stetson. „Ich muss wieder los.“

„Mach’s, gut Chase!“, rief ihm Dean hinterher. „Und immer locker bleiben, die Prüfung schaffst du mit links!“

Chase schnitt eine Grimasse und verschwand eilig in Richtung Sheriff’s Office.

„Deinem Enkel steht die Anspannung ja geradezu ins Gesicht geschrieben“, bemerkte Jonathan, als er mit seinem Läufer auf dem Schachfeld einen Schritt nach vorne rückte.

„Ich bin langsam mit meinem Latein am Ende. Ich hoffe, dass sich das Ganze etwas legt, sobald er Sheriff ist.“ Larry senkte die Stimme. „Dann ist hoffentlich

Schluss mit Eiweißshakes und diesem Fitnesswahn in aller Herrgottsfrüh.“

„Was würde ich für so einen Körper tun.“ Eugene sah Chase bewundernd hinterher. „Nicht mal zu meinen besten Zeiten hatte ich solche Muskeln.“ Der glatzköpfige Mann hob den Arm und spannte kurz seinen Bizeps an.

„Und dann sollen ausgerechnet wir fürs Shooting Blankziehen“, warf Dean brummend ein. „Ich wage zu bezweifeln, dass meine Plauze den Verkauf der Kalender antreibt. Zum Glück war Dorothy so vorausschauend und hat mir ein ‚Kostüm‘ besorgt, damit ich etwas kaschieren kann.“

„Sie hat was?“ Larry hielt sich vor Lachen den Bauch.

„Ja, so ein luftiges Piratenhemd, das knöpfe ich vorne nur etwas auf … Nach dem Motto: Weniger ist mehr“, klärte Dean seine Freunde auf.

„Die Idee ist nicht mal so schlecht“, erwiderte Jonathan nachdenklich. „Ich könnte meine Verkleidung von Halloween noch einmal verwenden.“

„Herman Munster in einem Sexy-Kalender? Hm, ich weiß nicht.“ Eugene verzog den Mund. „Oder wir machen einen auf Village People?“

Larry schüttelte den Kopf. „Auf was haben wir uns da nur eingelassen – und alles nur wegen einer Klimaanlage für den Bürgersaal.“

„Du warst doch der Erste, der sich freiwillig gemeldet hat“, wies Dean ihn grinsend auf den Umstand hin.

„An diesem Nachmittag war es unerträglich heiß und die Aussicht auf ein Klimagerät hat meinen Verstand aussetzen lassen.“ Larry hob hilflos die Arme.

„Ach, das wird schon schiefgehen“, winkte Jonathan ab. „Ein einziges Foto tut nicht weh.“ Nach einer kurzen Pause wandte er sich an Larry. „Was haben deine Enkelsöhne geplant?“

„Du meinst als Foto? Ehrlich gesagt habe ich keine Ahnung und ich kann mir nicht vorstellen, dass sie da freiwillig mitmachen.“

„Na, Jenna und Audrey werden schon dafür sorgen, dass Cole und Clayton mitmachen“, erwiderte Dean mit einem dröhnenden Lachen. „Meine Nichte hat schon ein paar Ideen gesammelt, die allesamt nicht ganz jugendfrei sind.“

„Jetzt machst du uns aber neugierig.“ Jonathan stellte den Bauern, mit dem er den nächsten Zug ausführen wollte, wieder ab und sah Dean erwartungsvoll an.

„Da Clayton Handwerker ist, wollte sie ihm so einen ledernen Werkzeuggurt besorgen und dazu einen Bauhelm ... Das Ganze natürlich ohne jegliche Kleidung – nicht einmal sein Flanellhemd darf er anbehalten!“

Eugene rieb sich die Hände. „Genau so etwas hat sich meine Martha vorgestellt – ganz nach dem Motto: Sex sells.“

Larry verzog skeptisch den Mund, denn er bezweifelte, dass sein mittlerer Enkelsohn Audreys Idee umsetzen würde – auf der anderen Seite war er frisch verliebt und seine Freundin sehr gewieft. „Ich gehe mal davon aus, dass Clayton noch nichts von seinem Glück weiß?“, fragte Larry amüsiert.

„Ich glaube kaum. Genauso wenig wie Cole. Ich bin mir sicher, die beiden Frauen haben gleich für alle zwei etwas ausgeheckt.“ Dean hielt sich herzhaft lachend den Bauch.

„Dann kommt Chase noch am besten davon, ohne Freundin, die ihn zu irgendwas drängt ... Schade, dabei hat er als Einziger eine schicke Uniform.“ Eugene kratzte sich nachdenklich am Kopf. „Wir brauchen in diesem Kalender zwingend eine Autoritätsperson, sonst haben wir keine Chance gegen die Feuerwehrmänner aus New Haven. Martha hat sich diesen Kalender zwischenzeitlich besorgt und ist begeistert!“

Die anderen Männer wechselten einen vielsagenden Blick.

„Wo hat sie ihn denn aufgehängt?", fragte Jonathan mit verräterischem Zucken um den Mund.

„Im Flur, und der Kalender ist perfekt, um alle Termine festzuhalten", antwortete Eugene. „Mister Mai gefällt ihr am besten, der hält einen besonders dicken Schlauch in den Händen."

Larry, der gerade einen Schluck Bier aus der Dose nahm, verschluckte sich. Seinem Freund Eugene war offenbar nicht einmal bewusst, dass man diesen Satz auch anders verstehen könnte, denn der Senior fuhr munter fort: „Ich frage mich, ob der nur fürs Foto war oder ob die Jungs in New Haven immer so schweres Gerät auffahren?"

„Ruf doch mal an und frag nach, die geben dir bestimmt Auskunft", erwiderte Dean lachend.

„Weißt du was, ich hab eine bessere Idee: Ich werde mit Martha einfach beim nächsten Feuerwehrfest vorbeigehen und mich selbst überzeugen." Eugene strahlte ob seiner Idee übers ganze Gesicht. „Vielleicht ist Mister Mai auch zufällig anwesend."

„Josephine steht auf Mister Oktober", meldete sich Jonathan schmunzelnd zu Wort. „Der junge Mann hält ein hilfloses Kätzchen auf seinem Arm und ist ganz rußverschmiert – wahrscheinlich weil er es todesmutig aus einem Feuer gerettet hat."

„Okay, neben diesen Helden sehen wir ganz schön alt aus", bemerkte Dean trocken. „Außer Chase reißt noch was raus."

Larrys Mund verzog sich zu einem liebevollen Lächeln. Sein jüngster Enkel konnte es locker mit diesen eingeölten Feuerwehrmännern aus New Haven aufnehmen. Nein, alle seine Enkelsöhne waren durchtrainiert, charismatisch und jeder auf seine Art attraktiv.

Cole hatte diesen leicht genervten, teilweise bedrohlichen Blick und bereits im Bildband zum Jubiläum bewiesen, dass er sehr fotogen war. Clayton war aufgrund seines Egos schon immer ein Frauenmagnet gewesen und Chase wirkte in seiner frisch gebügelten Uniform und dem Stetson sehr autoritär.

Da brauchte es seiner Meinung nach gar nicht viel Haut. Die drei waren auch in Kleidung absolute Hingucker.

„Vielleicht kannst du Chase noch mal ins Gewissen reden, schließlich ist es für einen guten Zweck", erinnerte Eugene seinen Freund. „Am besten nach der Wahl, dann ist er sicher etwas lockerer."

„Na, wenn du dich da mal nicht täuschst", antwortete Larry. „Als Sheriff wird er sich dazu erst recht nicht hinreißen lassen."

„Da gebe ich Larry vollkommen recht", stimmte Dean ihm zu, „ihr habt ihn doch vorhin gesehen. Wir können von Glück reden, dass wir nur mit einer Verwarnung davongekommen sind."

Larry nickte nachdenklich. Ja, sein Enkelsohn musste dringend auf andere Gedanken kommen. Er lebte jetzt schon wie der lonesome Cowboy schlechthin. Fehlte nur noch, dass er auf einem Pferd durchs County ritt, überall nach Recht und Ordnung sah und sein Leben als Sheriff gänzlich dem Gemeinwohl opferte.

6

Isabelle

„Ein ganz schöner Kulturschock zu New York, nicht wahr?" Jonathan warf seiner Enkelin, die neben ihm auf dem Beifahrersitz saß, einen liebevollen Blick zu, ehe er einen Gang runterschaltete.

„Und wie! Ich glaube, ich habe seit einer halben Stunde kein einziges Haus mehr gesehen – die riesigen Scheunen ausgenommen", erwiderte Isabelle amüsiert. „Nur Wälder, goldene Weizenfelder und Seen."

Kaum zu glauben, dass sie noch am Morgen mit einem Taxi inmitten der Rushhour festgesteckt hatte und um ein Haar ihren Flug nach New Haven verpasst hätte. Hier gab es keine Blechlawinen, die sich im Schneckentempo zwischen Wolkenkratzern hindurchschlängelten, geschweige denn unablässiges Hupen – das in so einem Fall auch nicht weiterhalf. Aber so waren die New Yorker nun mal, immer in Eile. Hier, in dem alten Buick LeSabre ihres Großvaters, mit dem er sie auch schon vom Flughafen abgeholt hatte, als sie noch ein kleines Mädchen war, war von Hektik keine Spur. Der bronzefarbene Kombi mit Weißwand-Reifen und verchromtem Kühlergrill tuckerte in gemächlichem Tempo durch die Landschaft, während aus dem Radio mit Kassettenfach ein Oldie trällerte.

Isabelle kurbelte die Fensterscheibe ein Stück hinunter, da sich das Auto mittlerweile stark aufgeheizt hatte und auch das Gebläse zwischenzeitlich an seine Grenzen kam. Sofort drang etwas Fahrtwind ins Innere des Wagens – was hätte sie in diesem Moment für eine Klimaanlage getan.

„Gute Idee", bemerkte ihr Großvater mit einem Lächeln, ehe auch er seine Scheibe ein Stück hinunterließ und das Auto einen Augenblick später auf Schrittgeschwindigkeit abbremste. Sofort hellte sich Isabelles Mimik auf, als sie die überdachte Brücke wenige Meter vor ihnen erkannte.

Unbewusst hielt sie die Luft an, denn die rote Holzbrücke führte nicht nur über einen reißenden Fluss, sondern war im Inneren ziemlich duster. Diese Konstruktion erinnerte sie sofort an den Film „Die Brücken am Fluss" mit Meryl Streep. Ob es hier auf dem Land auch Frauen gab, die sich etwas mehr Aufregung in ihrem Leben wünschten? Ein Fremder, der plötzlich vorbeikam und alles durcheinanderwirbelte, oder ein Ehemann, dem auf einmal klarwurde, wie nachlässig er in all den Jahren geworden war.

Isabelle verzog lächelnd den Mund. Die rote Scheune vorhin wäre perfekt als Setting geeignet, zusammen mit einem einladenden Farmhaus, aus dem es nach frisch gebackenem Apfelkuchen duftete. Der Fremde mit halbaufgeknöpftem Hemd würde diesen Kuchen lieben, weil man ihm noch nie mit so viel Hingabe etwas gezaubert hatte, und die Farmersfrau würde bei seinen Komplimenten wie Wachs schmelzen, bevor sie sich bei Kerzenschein die Kleider vom Leib rissen ...

Ok, Schluss jetzt. Das war wohl eher ein Roman, den ihre Grandma Josephine lieben würde, weil er so abgedroschen war. Hm, aber für den Anfang nicht schlecht. Wenn die Ideen sie schon während der Anreise derart ansprangen, begann ihr Urlaub in Little Falls sehr vielversprechend – auch wenn das nicht unbedingt ihr Thema war. Nein, sexy Cops waren ihr Thema.

„Du hast schon wieder die Luft angehalten", bemerkte Jonathan schmunzelnd, als sie aus der Brücke herausfuhren. „Wie damals als Kind."

„Tatsächlich?" Isabelle kicherte. „An die Brücke kann ich mich sogar noch erinnern."

„Oh, wirklich? Na, dann bin ich gespannt, ob dir in Little Falls auch noch einiges bekannt vorkommt."

Da Isabelles Besuche seit dem Teenageralter leider stark nachgelassen hatten, konnte sie sich das kaum vorstellen.

Jonathan gab auf der befestigten Straße wieder Gas, während Isabelle ihren Gedanken nachhing. Sie hatte in New York eine der besten Schulen besucht und auch in den Ferien immer diverse Kurse belegt, sodass ihre Großeltern oft für einen Besuch vorbeigekommen waren. Und wenn sie ehrlich war, hatte sie das kleine Nest in Connecticut ab einem gewissen Alter auch ziemlich langweilig gefunden. Sie war eben eine New Yorkerin durch und durch und dazu gehörten Verkehrsstaus, permanentes Hupen und Feuerwehrsirenen. Ihre kleinen Ruheoasen hatte sie in der Public Library, in Museen oder inhabergeführten Buchläden gefunden.

Isabelle sah gedankenverloren aus dem Fenster und staunte über die unendlichen Weiten und den wolkenlosen Himmel, ehe ihr Grandpa sie leicht anstupste.

„Wir sind gleich da!"

Wie lange hatte sie vor sich hingeträumt? Fünfzehn Minuten, eine halbe Stunde? Der Anblick unberührter Natur hatte sie einfach alles um sich herum vergessen lassen. Ein liebevoll gestaltetes Ortseingangsschild tauchte wenige Meter vor ihnen auf und hieß sie in Little Falls herzlich willkommen. Das weiße Holzschild war mit einem Blumentrog verbunden, in den man hellblaue Hortensien gepflanzt hatte.

Ein strahlendes Lächeln breitete sich auf ihrem Gesicht aus, denn jetzt fiel ihr wieder alles ein. Der Park von Little Falls war der zentrale Treffpunkt der Stadt, um den sich alles anordnete. Es gab eine Main Street mit kleinen Geschäften und auf der gegenüberliegenden Seite das Rathaus mit der kleinen Kirche im New Egland Stil.

Im Vergleich zur St. Patrick's Cathedral wirkte diese Kirche mit dem spitzzulaufenden Dach und dem weißen Anstrich wie aus einer anderen Welt. Irgendwie fühlte sie sich sofort an die Gründerzeit zurückerinnert, es fehlte nur noch ein wohlgenährter Bürgermeister mit Monokel.

Jonathan umrundete den Park, dann stoppte er direkt vor dem Buchladen. Isabelle schlug ergriffen die Hand vor den Mund, als unzählige Erinnerungen auf sie hereinstürzten. Sie sah eine jüngere Version von sich beim Märchennachmittag, lesend im gemütlichen Sessel oder vor dem festlich beleuchteten Buchladen zur Weihnachtszeit.

Die Tür wurde ruckartig nach außen hin aufgestoßen und eine weißhaarige Frau mit Dutt trat nach draußen. Als sich ihre Blicke trafen, verzog sich Josephines Mund sofort zu einem liebevollen, stolzen Lächeln.

Isabelle sprang aus dem Auto und schloss ihre Grandma stürmisch in die Arme, während das schlechte Gewissen in ihr aufstieg. Verschlafene Kleinstadt hin oder her, allein ihrer Großeltern wegen hätte sie sich regelmäßiger auf den Weg machen können, trotz regen Telefonkontakts.

„Isabelle. Ich konnte es gar nicht erwarten, bis du kommst!" Josephine wischte sich mit dem Ärmel eine Freudenträne aus dem Gesicht, dann entließ sie ihre

Enkelin aus der festen Umarmung. „Du siehst zauberhaft aus, mein Liebling, und so weltgewandt. Hach, das ist dieses New Yorker Flair, das du ausstrahlst."

„Hallo, Grandma! Es ist so schön, dass wir uns endlich wiedersehen. Ich hab euch schrecklich vermisst!"

„Wurde aber auch höchste Zeit, dass du mal hier raufkommst. Wir werden schließlich auch nicht jünger", tadelte die ältere Frau liebevoll. Doch ihr Lächeln strafte die Rüge Lügen, denn Isabelle wusste, dass ihre Grandma die Ausflüge nach New York liebte. Es war die perfekte Gelegenheit, um die Buchläden in Manhattan auszuspionieren und Ideen zu sammeln.

Isabelles Blick wanderte zum Schaufenster. „Euer neues Fenster sieht toll aus, es erinnert mich an einen Buchladen im West Village."

„Na, was denkst du, woher ich die Idee habe? Bei meinem letzten Trip bin ich zufällig aufs ‚Three Lives' gestoßen. Seitdem konnte ich an nichts anderes mehr denken als an Sprossenfenster!"

„O ja, das kann ich bezeugen", bemerkte Jonathan mit einem dröhnenden Lachen, als er den Kofferraum öffnete und mit Isabelles Reisetasche auf die Frauen zukam. „Und in Rot machen sie ganz besonders etwas her. Du müsstest das mal zur Weihnachtszeit sehen."

Isabelle konnte sich die Auslage geradezu bildlich vorstellen. Sie würde sich perfekt in die weihnachtlich geschmückte Main Street einfügen, auf der heute erstaunlich viel los war.

Verwundert sah sie sich um, dann entdeckte sie entlang des Gehwegs einige große Wahlplakate.

„Heute wird unser neuer Sheriff gewählt", klärte Josephine auf, die ihrem Blick gefolgt war. „Das ist eine wichtige Sache."

„Okay, das seh ich", erwiderte Isabelle schmunzelnd, als sie die lange Schlange vor dem Rathaus entdeckte, die bis in den Park hineinreichte. Sie hatte nicht gewusst, dass der Sheriff von den Bewohnern gewählt wurde. Bisher war sie davon ausgegangen, dass der Ranghöchste eines Reviers die Funktion innehatte. Sie notierte sich diese Info gedanklich für später, vielleicht konnte sie ihr beim Schreiben nützlich sein.

„Wir haben unsere Stimmen bereits heute früh abgegeben, damit wir es nicht vergessen", informierte ihr Grandpa sie mit ernster Miene.

Okay, diese Wahl schien wirklich eine sehr wichtige Angelegenheit zu sein. Sie konnte sich nicht erinnern, dass sie sich in New York jemals um derartige Dinge geschert hätte. Wurde dort ebenfalls ein Sheriff gewählt? Allein innerhalb des NYPD gab es unzählige Abteilungen und Zuständigkeiten. Na ja, dieser Vergleich hinkte etwas. Sie konnte kaum Birnen mit Äpfeln vergleichen.

„Dann lass uns mal reingehen", forderte Josephine ihre Enkelin auf und öffnete die Ladentür. „Du musst hungrig sein nach deiner Reise."

„Ehrlich gesagt habe ich bei dieser Hitze gar keinen Hunger", antwortete Isabelle, als sie ihrer Grandma in den Laden folgte und sich erstaunt umsah. Der Buchladen wirkte kleiner als in ihrer Erinnerung, aber immer noch genauso gemütlich wie damals. Sofort fiel ihr der neue Kamin auf der gegenüberliegenden Seite auf, vor dem der kuschelige Sessel aus ihrer Kindheit stand. Die Erinnerungen, die auf einmal in ihr aufstiegen, waren überwältigend. Sie fühlte sich an jenen gemütlichen Märchennachmittag im Dezember zurückversetzt, als ihre Grandma aus dem Grinch vorgelesen hatte.

„Wir freuen uns, dass du endlich wieder in Little Falls bist. Es waren so schöne Zeiten damals." Jonathan, der die Tasche zwischenzeitlich abgestellt hatte, legte fürsorglich den Arm um seine Enkeltochter, als ahnte er, was in ihrem Kopf vor sich ging.

Isabelle schluckte den Kloß, der sich in ihrem Hals gebildet hatte, hinunter, ehe sie antwortete. „Mir war bis eben nicht klar, wie sehr ich dieses kleine Städtchen vermisst habe.“

Josephine und Jonathan wechselten einen undeutbaren Blick, dann verschwand die Buchhändlerin hinter dem Tresen. „Sieh dich nur um, mein Schatz. In der Zwischenzeit bereite ich uns einen leckeren Eiskaffee zu.“

Isabelle entdeckte erst jetzt die kleine Kaffeestation, die auf einer hübschen Kommode aufgebaut worden war. Neben einem Vollautomaten, Minikühlschrank, Tassen und Besteck gab es auch eine gute Auswahl an Snacks. Neugierig trat sie näher. „Wow, deine Kaffeestation ist wirklich ein Hingucker, Grandma. Sind das etwa selbst gebackene Kekse unter der Glashaube?“

„Aus der Bäckerei“, klärte sie ihre Enkelin augenzwinkernd auf. „Heutzutage muss man auch als kleiner Buchladen mit den Trends gehen. Die meisten Kunden lieben es, einen Kaffee zu schlürfen, während sie einen ersten Blick in ein neues Buch werfen.“

„Da gebe ich dir vollkommen Recht. *Barnes & Nobles* hat erst vor Kurzem seinen Cafébereich vergrößert.“ Mit einem Schmunzeln verfolgte Isabelle, wie ihre Grandma den kleinen Kühlschrank öffnete und eine Karaffe mit Kaffee herausholte.

„Den habe ich bereits heute Morgen vorbereitet – es gibt nichts Besseres bei diesen Temperaturen ... und so locke ich auch all diejenigen in den Laden, die noch unentschlossen vor der Scheibe stehen.“

„Mmh, wirklich raffiniert“, gab Isabelle lachend zu, „und im Winter ist es die heiße Schokolade.“

„Genau, du hast deine Grandma durchschaut“, kommentierte Jonathan die Unterhaltung, bevor er einen prüfenden Blick aus dem Fenster warf. „Ich fahr mal eben das Auto hinters Haus, nicht dass ich noch ein Knöllchen bekomme."

Verwundert sah Isabelle auf. „Ihr dürft nicht vor dem Laden parken?"

„O nein. Auf der ganzen Main Street herrscht absolutes Parkverbot. Man darf nur zum Be- und Entladen kurz stehen bleiben", informierte Jonathan seine Enkelin.

„Und da hält sich wirklich jeder dran?", fragte Isabelle skeptisch. Der Verkehr in Little Falls war so ruhig, dass ein parkendes Auto wohl niemanden störte.

Jonathan war bereits draußen, weswegen Josephine eilig nickte. „Unser aktueller Deputy Sheriff ist da ganz streng – er macht nicht einmal Ausnahmen bei alten, gebrechlichen Damen, die sich mal eben ein Törtchen aus der Bäckerei holen wollen."

Isabelle verzog den Mund, denn sie dachte sofort an ihre Recherche bei der Polizei. Hoffentlich hatte sie mit diesem herzlosen Deputy nicht allzu viel zu schaffen. Ehe Isabelle sich weiter sorgen konnte, fuhr Josephine fort.

„Die Main Street ist ein Ort der Zusammenkunft und deshalb soll sie sicher sein, besonders für die Kinder, die hinter parkenden Autos keinen freien Blick mehr auf die Straße hätten."

Okay, dieser Standpunkt war mehr als vernünftig und sogleich wurde ihr dieser Deputy wieder etwas sympathischer.

Josephine kippte zu dem eisgekühlten Kaffee, den sie in Gläser gefüllt hatte, noch einen Schuss Milch und gab anschließend eine ordentliche Portion Sprühsahne samt Kakaopulver drauf.

„Ich wette, so eine Köstlichkeit gibt es in keinem Buchladen in New York." Lachend reichte sie ihrer Enkelin das Glas.

Isabelle nahm die Abkühlung mit einem Danke entgegen und kostete. „Mmh, sehr lecker und genau richtig bei diesen tropischen Temperaturen."

„Wem sagst du das, auf der Bürgerversammlung neulich war es kaum auszuhalten! Nächstes Mal bin ich schlauer, da pack ich mir auch eisgekühlte Getränke ein."

„Und dann hältst du die armen Leute noch für eine Buchvorstellung fest?" Isabelle kicherte.

„Na, was denkst du, wie die Temperatur erst angestiegen wäre, wenn ich diese Aufzugsszene vorgelesen hätte?" Josephine sah ihre Enkelin bedeutungsvoll an, ehe sie einen großen Schluck aus dem Glas nahm. „Oh, komm mal mit, ich möchte dir was zeigen."

„Du hast einen separaten Bereich mit meinen Büchern?", fragte Isabelle überwältigt, als sie das liebevoll arrangierte Regal neben dem offenen Kamin entdeckte. Darin fanden sich auch Lesezeichen, Kugelschreiber und Postkarten zu ihren Büchern.

„Na klar, ich bin schließlich dein größter Fan und auch die Leserschaft hier steigt von Tag zu Tag. Wir können den Buchclub gar nicht mehr abwarten – weswegen ich ihn direkt übermorgen im Park abhalten will."

„Schon übermorgen? Aber wir müssen doch erst alles organisieren."

Josephine zögerte einen kurzen Moment, ehe sie Isabelles Bedenken gut gelaunt vom Tisch wischte. „Wir machen das am Pavillon, dort gibt es ausreichend Bänke und wir stellen zusätzlich ein paar Klappstühle auf. Um die Snacks kümmert sich meine liebe Francis und ich sorge dafür, dass wir ausreichend Exemplare vom Millionär da haben."

Isabelle schmunzelte, denn bei ihrer Grandma hörte sich alles so unkompliziert an. Für gewöhnlich nahm die Vorbereitung einer Lesung oder eines Buchclubs tagelange Planung in Anspruch – manchmal sogar Wochen, wenn sie da an ihre Termine in New York dachte. Aber so wie es sich anhörte, schien auch das in Little Falls recht unkompliziert zu sein.

„Du brauchst dich um nichts weiter kümmern, mein Liebling, es ist für alles gesorgt", fuhr Josephine mit leuchtenden Augen fort. „Stell dir vor, die Bürgermeisterin wird sogar eine kleine Ansprache halten."

„Die Bürgermeisterin?", hakte Isabelle überrascht nach, woraufhin ihre Grandma freudig nickte.

Obwohl sich Isabelle schon jetzt riesig auf Sonntag freute, wurde ihr bei all der Aufmerksamkeit, die man ihretwegen veranstaltete, etwas flau. Hoffentlich artete der Buchclub nicht in eine Art Volksfest aus. Eine Lesung in einer Buchhandlung mit interessierten Fans war etwas gänzlich anderes als eine öffentliche Veranstaltung mitten im Park, die womöglich falsches Publikum anlockte. Wie zum Beispiel Teenager, die sich ob bestimmter Passagen kringelig lachten. Oder gar Männer, die sie wohlwollend anstarrten und sich fragten, ob sie ähnlich gestrickt war wie eine ihrer Protagonistinnen. Vielleicht hatte sie aber auch Glück und es gab irgendwo eine Sportveranstaltung oder ein Spiel der Little League, somit hätte sie zumindest die Familienväter vom Hals. Isabelle atmete tief durch und hoffte, dass sich der Sonntag nicht zu einem totalen Fiasko entwickeln würde.

7

Chase

Es würde wohl noch eine Weile dauern, bis er tatsächlich realisierte, dass er nun wirklich der neue Sheriff von Little Falls war. Seine gestrige Sportprüfung hatte Chase mit Bravour bestanden – dank seines harten Trainings – und auch die Wahl hatte er haushoch gewonnen.

Dabei war er sich zu keiner Zeit sicher gewesen, denn zu diesem Anlass waren nicht nur die Einwohner von Little Falls zur Wahlurne erschienen, sondern auch Bewohner aus zwei Nachbarstädten, die zum selben County gehörten.

Somit war er nun gleich für mehrere Städte als Leiter der Polizeibehörde verantwortlich, unter anderem für Alexandria und Woodbury – sein Sorgenkind.

Unbewusst ging seine Hand nach oben zum Sheriffstern, der seit dem Morgen an seinem frisch gestärkten Hemd prangte. Es war für ihn eine unbeschreibliche Ehre, dass die Einwohner von Little Falls ihm nahezu einstimmig ihre Stimmen gegeben hatten, und eines war sicher: Er würde sie in den nächsten vier Jahre nicht enttäuschen. Im Gegenteil, er wollte die Stadt zur sichersten in ganz Connecticut machen und Bills Vermächtnis fortführen und weiter ausbauen. Chase sah sich lächelnd um und jetzt saß er hier im Police Office von Little Falls und kümmerte sich um richtige „Sheriff-Dinge".

Nein, nicht ganz. Seit einer Stunde war er mal wieder damit beschäftigt, Mildreds Notizen in die Datenbank einzupflegen. Die langjährige Schreibkraft, die älter als ihre heiß geliebte Schreibmaschine war, hatte wohl vergessen, dass er nun andere Zuständigkeiten hatte, und ihm wie immer alles auf den Tisch geknallt. Er wollte am Montagmorgen gleich mit ihr reden und sie in die neuen Abläufe einweisen. Für derlei Dinge hatte er ab sofort wirklich keine Zeit mehr. Die Frage war nur, wie er die ältere Dame, die ebenfalls kurz vor der Rente stand, noch in ein neues System einlernen sollte – okay, ein System, das sie bereits seit den Neunzigerjahren nutzten und sich PC schimpfte.

Damals war er noch nicht mal auf der Welt gewesen, Mildred hatte also alle Zeit der Welt gehabt, sich mit den neuen Medien anzufreunden. Stattdessen stopfte sie lieber die Hängeregistratur voll, die unter dem Gewicht der Akten beinahe zusammenbrach.

Chase' Blick wanderte zur Uhr und anschließend zur Kaffeekanne mit dem abgestandenen Gebräu, das Mildred bereits am Morgen zubereitet hatte. Kurz schüttelte er sich, denn kalt bekam er ihren Spezialmix erst recht nicht hinunter. Aber in einer halben Stunde hätte er es geschafft, dann würde er sich im Diner einen richtigen Kaffee samt Burger gönnen.

Er schnappte sich das nächste Protokoll vom Stapel und machte sich wieder an die Arbeit, als auf einmal die Tür aufging und besagte Mildred ihn überrascht anstarrte.

„Du bist noch hier? Ich dachte, Bob übernimmt heute die Nachtschicht."

Ähm, ja natürlich bin ich noch hier, irgendjemand muss ja die Drecksarbeit machen, schoss es ihm durch den Kopf. Stattdessen antwortete er: „Bob hatte daheim einen Notfall – Wasserrohrbruch. Er kommt etwas später.“

Mildreds Gesicht verzog sich nachdenklich, als müsste sie diese Info erst einordnen. Gleichzeitig wunderte sich Chase, was seine Teilzeitkraft so Wichtiges mit seinem Kollegen zu besprechen hatte, dass sie an einem Samstagabend extra ins Revier hereinschneite. Um diese Zeit machte es sich die ältere Dame für gewöhnlich daheim auf dem Sofa gemütlich, strickte und unterhielt sich mit ihrer rotfelligen Katze, die angeblich jedes ihrer Worte verstand.

„Okay, dann zisch ich mal wieder ab, bevor mich mein kleiner Gizmo noch vermisst.“

Mildred war so schnell verschwunden, wie sie erschienen war, und ließ einen verdutzten Chase zurück. Nach einem kurzen Blick auf die Uhr erkannte er, dass es auch für ihn Zeit war zu gehen – zumindest für einen kleinen Snack –, bis Bob übernahm.

Chase schnappte sich seinen Stetson, den er auf der Hutablage der Garderobe drapiert hatte, und trat kurz vor den Spiegel. Sein Mund verzog sich zu einem zufriedenen Lächeln, wobei sich zwei Grübchen auf seinen Wangen bildeten. Er konnte sich an seinem neuen Erscheinungsbild einfach nicht sattsehen, denn der Stern war nicht nur ein Accessoire, sondern stand für all seine Werte und die Liebe zu Little Falls. Er setzte sich den Hut auf, anschließend holte er seine Waffe aus dem Schrank. Nachdem er sich vergewissert hatte, dass im Revier alles sicher verriegelt war, verließ er das Gebäude und schloss von außen ab. Er würde nicht lange fort sein und hatte auch den Notruf auf sein Handy umgeleitet – nur für alle Fälle. Außerdem war der Diner um die Ecke und er innerhalb weniger Minuten zur Stelle, falls man ihn brauchte.

Im Freien atmete Chase die laue Abendluft ein. Heute hatten sie einen weiteren sehr heißen Sommertag gehabt, der glücklicherweise dank ihrer Klimaanlage und dem Eis, das Mildred heute Morgen in einer kleinen Kühltasche mitgebracht hatte, erträglich gewesen war. Auch wenn die ältere Dame keinen Plan von Digitalisierung hatte, so verstand sie doch etwas von Mitarbeitermotivation und natürlich vom Telefonieren. Niemand reagierte bei einem eingehenden Notruf so souverän und kompetent.

Als Chase in Richtung Diner lief, warf er automatisch einen prüfenden Blick zum Park. Dort erkannte er jedoch nur einige junge Mütter, die auf einen abendlichen Spaziergang mit dem Nachwuchs unterwegs waren. Und auch von den rebellischen Senioren rund um seinen Grandpa fehlte jede Spur. Wahrscheinlich tranken sie ihr Bier heute zu Hause. Chase schüttelte amüsiert den Kopf. Die Senioren testeten immer wieder ihre Grenzen aus, ob dies jedoch bewusst geschah, wagte er zu bezweifeln. Aber eines war sicher: Mit fortschreitendem Alter benahmen sie sich mehr und mehr wie kleine Kinder oder unvernünftige Teenager.

Kurz vor dem Diner blieb Chase abrupt stehen, als er hinter der Scheibe Mildred samt Kater und sogar die Bürgermeisterin entdeckte. Na toll, nichts gegen seine Partnerinnen in crime, doch an einem Samstagabend und nach einer Vierzehnstundenschicht wollte er nur noch seinen wohlverdienten Feierabend genießen. Da Coles Diner jedoch der einzige in der Stadt war, blieb ihm nichts anderes übrig, als in den sauren Apfel zu beißen.

Gerade in dem Moment, als er die Tür zum Diner aufstieß, kam sein ehemaliger Boss und Sheriff mit einem Riesentablett voll Minihamburger aus Coles Küche, als hätte er nie etwas anderes gemacht.

„Überraschung!", rief ihm der ältere Mann fröhlich entgegen.

Ehe Chase fragen konnte, was hier vor sich ging, ließ Martha einen Sektkorken knallen und seine Familie stürmte bei diesem Signal aus der Küche.

Leicht verwirrt sah Chase zwischen seinen Eltern, seinen Kollegen und einer unbekannten Fremden, die es sich mit ihrem Laptop in der hintersten Ecke bequem gemacht hatte, hin und her. Dabei ließ sie sich von den ausgelassenen Jubelschreien nicht aus der Ruhe bringen, im Gegenteil, sie starrte wie gebannt auf den Monitor, ein seliges Lächeln auf den Lippen. Argwöhnisch kniff Chase die Augen zusammen. Er würde die Fremde vorsichtshalber im Blick behalten, auch wenn er sich gerade mitten auf seiner eigenen Überraschungsparty befand. In Little Falls war es normalerweise nicht üblich, sich einfach in ein Café oder einen Diner zu setzen und wie besessen auf eine Tastatur einzuhämmern.

Ehe Chase die junge Frau weiter observieren konnte, drückte ihm Martha ein volles Sektglas in die Hand und fiel ihm stürmisch um den Hals. „Hach, heute ist es wie Geburtstag und Weihnachten zusammen ... Ich glaube, ich muss gleich weinen."

Chase, der geistesabwesend das Glas entgegengenommen hatte, wandte den Kopf abrupt zur Bürgermeisterin, die nun in ihrer typischen Geste die Hand hob und einen imaginären Titel in die Luft malte. „„Chase Cassidy, der jüngste Sheriff in der Geschichte von Little Falls!""

Chase verzog verlegen den Mund, er mochte es nicht, im Mittelpunkt zu stehen. Besonders nicht, wenn ihn Martha derart anpries. Fehlte nur noch, dass sie ihm irgendeine Schärpe umhing mit dem Titel „Sheriff der Herzen". Zuzutrauen war es ihr, denn genau diese Worte hatte sie während des Wahlkampfes immer wieder fallen lassen.

Er schenkte seiner Vertrauten ein geduldiges Lächeln und wandte sich dann schnell an seinen Großvater, bevor die Gute noch auf die Idee kam, seinetwegen eine ausschweifende Rede zu halten.

„Wir sind so stolz auf dich, mein Junge", bemerkte Larry mit Tränen in den Augen, dabei tätschelte er seinem Enkel liebevoll den Rücken. „Dass ich das noch erleben darf." Der Senior wischte sich mit seinem Stofftaschentuch eine Träne aus den Augen, ehe er mit dem Finger auf den glänzenden Stern an Chase' Brust zeigte. „Siehst du, wenn man an seine Träume glaubt, werden sie auch wahr. Hach, es ist, als wär es erst gestern gewesen, dass du in deinem Sheriffkostüm herumgelaufen bist."

„Erinnere mich nicht daran", bemerkte Logan herzhaft lachend, als er sich zu den beiden gesellte. „Die Hose war ihm schon viel zu kurz, doch er wollte sich einfach nicht von ihr trennen."

Chase schnitt eine Grimasse. Er wusste genau, auf was sein Dad anspielte. Seine Mom hatte ihm erst vor Kurzem ein Foto gezeigt, auf dem besagte Hose knapp unterhalb des Knies geendet hatte, weil er schon längst aus ihr herausgewachsen war.

„Und der Cowboyhut war von deinen kleinen Schmutzfingern so speckig – nur den konnte ich leider nicht in die Waschmaschine stecken." Arianna drückte ihrem Jüngsten einen Schmatzer auf die Wange.

Er musste die alten Aufnahmen zerstören, bevor seine Mom noch auf die Idee kam, sie potenziellen Schwiegertöchtern zu präsentieren. Nicht dass diese Gefahr im Moment bestand – aber es wäre sicherer, die Beweisstücke rechtzeitig zu beschlagnahmen.

„Alles Gute auch von uns", krächzte Mildred rührselig und wackelte dabei mit Gizmos Pfote, als wollte auch der rote Kater ihm höchstpersönlich zu seinem neuen Posten gratulieren.

„Danke, Mildred", erwiderte Chase mit einem unterdrückten Schmunzeln und einem weiteren Blick auf den Kater, der ihn nur grimmig anstarrte, „die Überraschungsparty ist euch wirklich gelungen."

„Das freut mich, du kannst dir gar nicht vorstellen, wie schwierig es war, dichtzuhalten. Aber Bill hat mir gedroht, dass er mich zu einem Computerkurs schickt, wenn ich zwitschere."

Chase warf einen Blick zu Bill, der sich in diesem Moment einen ganzen Miniburger am Stück in den Mund schob und nie wieder mit Mildred über ihr verstaubtes Ablagesystem diskutieren musste. Für einen Moment beneidete er seinen ehemaligen Chef. Chase' Aufmerksamkeit wanderte zurück zu Mildred, die nun ohne jegliche Vorwarnung ein Ständchen anstimmte und ihn dabei stolz anblickte. Nur leider verstand Chase kein einziges Wort – es war auf Irisch, Mildreds Muttersprache, weswegen er nur ahnen konnte, dass es sich um gute Wünsche zum Einstand handelte. Eugene, Marthas Ehemann, der auf einmal hinter ihm aufgetaucht war, legte zu Mildreds Gesangseinlage ein spontanes Tänzchen hin.

Immerhin hatte Mildreds Geträller, samt Eugenes Stepptanz, auch die Aufmerksamkeit der Laptop-Lady geweckt, die jetzt wie gebannt auf die beiden Senioren starrte. So etwas hatte diese Stadtpflanze, die sie zweifelsohne war, ganz sicher noch nie gesehen – okay, er hatte bis eben auch nicht gewusst, dass seine Schreibkraft derart singen konnte.

Lauter Beifall holte ihn schlagartig zurück, während er sich fragte, was die Frau ausgerechnet in den Diner seines Bruders verschlagen hatte. War sie einer von Dorothys und Audreys Gästen im B & B? Er hatte sie nie zuvor gesehen. Dennoch legte sich sein Misstrauen etwas, als sie nun ebenfalls Beifall klatschte und sehr amüsiert aussah – okay, eine Straftäterin oder Flüchtige hätte bestimmt nicht so ein schönes Lächeln.

„Hey, Bruderherz, von mir auch noch mal alles Gute." Clayton rempelte ihn etwas unsanft an, dabei schwappte etwas Sekt über den Rand seines Glases. Toll, um ein Haar hätte er sich das Zeug über sein Hemd samt Uniform gekippt. Sein mittlerer Bruder schien ein Talent für solche Aktionen zu haben, denn in seiner Nähe musste er immer damit rechnen, dass etwas Soße aus einem Burger tropfte oder eine fettige Fritte nur knapp seine Hose verfehlte. Bei Clayton war es ja auch egal. Als Bauleiter trug er nichts lieber als abgewetzte Jeans und Flanellhemden, da störten ein paar Fettflecken nicht. Von Cole wollte er erst gar nicht anfangen. Dieser sah mal wieder aus, als hätte er sein heutiges Shirt direkt aus dem Karton mit den Werbeartikeln geschnappt, der hinter dem Tresen stand.

„Danke, Clayton", erwiderte Chase lächelnd, trat jedoch vorsichtshalber einen Schritt zurück, da Clayton sich nun ebenfalls einen Miniburger vom Tablett schnappte.

„Die sind wirklich lecker. Wusste gar nicht, dass Cole die im Angebot hat", murmelte er zwischen zwei Bissen.

„Hab ich auch nicht", erwiderte Cole lachend, als er näher trat. „Die waren Bills Idee und ich muss sagen, die sind perfekt für eine Party – sozusagen auf die Hand."

„Unglaublich, dass ich nichts von eurer Planung mitbekommen habe", bemerkte Chase kopfschüttelnd. „Sonst verplappert sich doch immer einer, erst recht bei so vielen Leuten."

„Bill hat uns angedroht, dass er uns für eine Nacht im County Jail einsperrt, wenn wir nicht dichthalten", klärte Cole seinen Bruder auf.

Chase' Mund verzog sich zu einem Lächeln. Das war typisch Bill. Niemand würde es wagen, den langjährigen Sheriff von Little Falls auch nur zu verärgern. Okay, an dieser Autorität musste er eindeutig noch arbeiten – besonders bei seinen Brüdern, die ihn nur allzu gern auf die Schippe nahmen.

„Ob Isabelle wohl auch einen Miniburger mag?" Seine Mutter warf einen fragenden Blick in Richtung Nische.

„Na, wenn sie nicht Vegetarierin ist oder eine von diesen Veganern", rätselte Mildred. „In New York soll es Restaurants geben, die nur Speisen aus Hummus anbieten – könnt ihr euch so was vorstellen?" Sie schüttelte fassungslos den Kopf und machte sich mit Gizmo auf dem Arm in Richtung Jukebox.

„Ihr kennt die Frau?", fragte Chase überrascht.

„Aber sicher! Das ist Isabelle, Josephines Enkelin", klärte seine Mom ihn lächelnd auf. „Die Bestsellerautorin."

Automatisch verengten sich Chase' Augen, gleichzeitig fragte er sich, was die junge Frau ins beschauliche Little Falls verschlagen hatte. Er konnte sich nicht erinnern, sie in den letzten Jahren hier gesehen zu haben.

„Sag bloß, du kennst sie nicht mehr?", fragte nun Larry. „Ihr seid euch doch bestimmt mal im Buchladen begegnet."

Chase zuckte mit den Schultern. Er konnte sich nicht erinnern, wann er zuletzt einen Fuß in Josephines Laden gesetzt hatte – als Kind?

Noch bevor seine Mom der jungen Frau einen Burger rüberbringen konnte, packte sie ihre Unterlagen samt Laptop zusammen und verließ eilig den Diner.

„Schade, dass sie schon geht. Aber vielleicht ist es ihr hier drinnen zu laut geworden", bemerkte Arianna bedauernd.

Erst jetzt fiel Chase auf, dass irgendjemand die Jukebox im Diner aufgedreht hatte und einige Gäste tanzten. Besonders Mildred schien heute in Feierlaune zu sein und bewegte sich samt grimmig dreinschauendem Kater im Takt. Entweder freute sie sich so sehr über seine Beförderung oder der Sekt war ihr bereits zu Kopf gestiegen. Vielleicht kamen heute auch nur die irischen Gene zum Vorschein.

„Bestimmt schreibt sie wieder an einem neuen Buch", bemerkte sein Bruder Clayton. „Wenn Audrey erfährt, dass sie hier in Little Falls ist, wird sie ausflippen."

„Und ich werde mir bei Gelegenheit gleich alle drei Bücher signieren lassen", erwiderte seine Mutter aufgeregt.

Chase zog argwöhnisch die Augenbrauen zusammen. Wollte er sich wirklich vorstellen, was für Bücher seine eigene Mom da las? Wenn er sich recht erinnerte, hatte der Mann auf dem letzten Cover kaum etwas angehabt. Er würde diese Isabelle auf jeden Fall im Auge behalten. Sicher war sicher. Die Bewohner von Little Falls waren schließlich anständige Leute. Er würde eventuelle Frivolitäten in aller Öffentlichkeit schon zu verhindern wissen – immerhin war er der neue Sheriff der Stadt.

8

Isabelle

„Wow, im Park ist ja ganz schön was los. Dabei fängt der Buchclub erst in einer halben Stunde an", bemerkte Isabelle, als sie erneut aus dem Fenster des Buchladens spähte.

„Wir legen halt viel Wert auf Pünktlichkeit. Und spätestens seit dem Open-Air-Kino, das seit diesem Jahr wieder in Little Falls stattfindet, wissen wir, dass nur der frühe Vogel den besten Platz für seinen Klappstuhl ergattert."

„Du machst Witze. Das heißt, zusätzlich zu den Stühlen, die Grandpa bereits aufgestellt hat, kommen noch mehr Teilnehmer mit eigener Sitzgelegenheit?" Okay, dieser Buchclub würde wohl ganz anders ablaufen, als sie es bisher gekannt hatte.

„Ja, ist das nicht wunderbar?" Josephine klatschte freudig in die Hände, ehe sie einen Karton mit Lesezeichen hervorholte. „Ich war so frei und hab gleich eine ganze Ladung mit Secret Santa bedrucken lassen."

„Im Sommer?", fragte Isabelle mit einem Schmunzeln und schnappte sich eines der Lesezeichen, die wirklich toll aussahen.

„Ach, das sehen wir hier nicht so eng. Außerdem ist er mein persönlicher Favorit. Der Millionär ist ja auch

85

ganz nett, aber Santas Enkel, gegen den kommt niemand an – so eine Bommelmütze und ein Waschbrettbauch haben schon ihren Reiz."

Isabelle legte das Lesezeichen zurück in den Karton und sah ihre Großmutter lächelnd an. Sie konnte nicht beschreiben, wie sehr sie ihr für alles dankbar war. Hätte die ältere Frau sie nicht von Anfang an ermutigt, gäbe es heute weder Santa noch irgendeinen Millionär.

„Danke für alles, Grandma. Es ist unglaublich, wie schnell du das auf die Beine gestellt hast, und noch alles neben deinem Alltagsgeschäft."

Josephine wischte Isabelles Bemerkung weg. „Ach, kein Ding. Wir veranstalten hier andauernd irgendein Event. Gemeinsam wuppen wir das mit links."

„Das glaube ich sofort", entgegnete Isabelle schmunzelnd. Sie konnte sich nicht nur an ein rauschendes Stadtfest vor vielen Jahren erinnern, sondern auch an eine schaurig schöne Halloweenparty im B & B.

„Am besten machen wir uns auch gleich auf den Weg", bemerkte Josephine, als sie ebenfalls einen Blick aus dem Schaufenster geworfen hatte. „Dann kann ich dich gleich mit den wichtigsten Personen bekanntmachen."

„Klar, warum nicht. Du meinst die Bürgermeisterin von Little Falls?", fragte Isabelle neugierig.

„O ja, Martha ist schon ganz aufgeregt ob deines Auftritts. Du musst wissen, dass sie nur das Beste für die Stadt will, und dazu gehört auch eine gute Portion Publicity."

Isabelle beschlich eine ungute Vorahnung. Hätten sie den Buchclub doch nur im Laden abgehalten, dann hätten sich im Park nicht bereits Schaulustige versammelt, die auf weiß Gott was hofften.

Josephine drückte ihrer Enkelin den Karton mit den Lesezeichen in die Hand, ehe sie sich den Stapel mit den frischgedruckten Flyern schnappte. Darauf war nicht nur das Programm für den heutigen Nachmittag gedruckt, sondern auch die Termine für spezielle Events, die Josephine für den Sommer plante. Unter anderem eine kleine Vorstellung von Grillbüchern, samt Angrillen.

Isabelle trat auf den Gehweg und verfolgte mit klopfendem Herzen, wie ihre Grandma den Laden abschloss. Sie konnte sich auch nicht erklären, warum sie auf einmal derart aufgeregt war.

„Sieh nur, Martha hat sogar den roten Teppich ausrollen lassen!", rief Josephine erfreut. „Da kannst du dir was drauf einbilden, der ist nur sehr prominentem Besuch vorbehalten."

„Ein roter Teppich? Okay, jetzt bin ich wirklich sprachlos." Die junge Frau konnte kaum glauben, was sich hier vor ihren Augen abspielte. In der Ferne erkannte sie sogar ein Rednerpult samt Mikrofon.

„Du kommst nie drauf, welcher Promi hier in Little Falls war." Josephine warf ihrer Enkelin einen bedeutungsvollen Blick zu, als sie die Main Street überquerten. „Jaleel White!"

„Wer?", platzte es lachend aus Isabelle heraus.

„Sag bloß, du kennst Steve Urkel nicht? Na, der junge Mann mit Hosenträgern und Hornbrille. Er spielt übrigens auch Akkordeon und ist Mitglied im Käse-Club."

Isabelle verzog schmunzelnd den Mund. Steve Urkel kannte sie natürlich, aber vielmehr beschäftigte sie die Frage, was den Schauspieler ausgerechnet nach Little Falls verschlagen hatte.

Ehe sie weitergrübeln konnte, entdeckte sie eine korpulente Frau im roten Kostüm, die eilig hinter das Rednerpult trat. Zusammen mit der Achtzigerjahre-Dauerwelle und den flachen Pumps wirkte die Dame ziemlich altbacken. Hierbei konnte es sich Erzählungen nach nur um die Bürgermeisterin Martha handeln. Moment mal, sie hatte die Frau doch bereits gestern Abend im Diner gesehen, als sie, ohne es zu wissen, mitten in einer Überraschungsparty gelandet war.

Noch bevor Isabelle den Pavillon erreichte, wurde sie von Martha reißerisch angekündigt. Dabei hob die Bürgermeisterin in einer theatralischen Geste die Hand. „Letzte Woche noch New York – heute hier in Little Falls. Liebe Gäste, begrüßen Sie mit mir die New-York-Times-Bestseller-Autorin Isabelle Clark."

Isabelle spürte, wie ihr ob der ungeteilten Aufmerksamkeit schlagartig die Röte ins Gesicht schoss und ihr Körper zu kribbeln begann.

„Na los, nicht so schüchtern", forderte Josephine ihre Enkelin unter tosendem Applaus zwinkernd auf und nahm ihr den Karton ab. „Zeig es ihnen. Ich verteile derweil die Flyer und die Lesezeichen."

Als sich Isabelle auf halbem Weg über den roten Teppich noch einmal nach ihrer Grandma umdrehte, war diese bereits im Getümmel verschwunden.

Trotz ihrer Aufregung kam sie nicht umhin, den wunderschönen Pavillon in Augenschein zu nehmen, der im Inneren ebenfalls voll besetzt war. Sie erkannte ein Sammelsurium an wild gemusterten Klappstühlen und ein ebenso bunt gemischtes Publikum. Glücklicherweise nur Erwachsene – wahrscheinlich hatte es sich auch schon bis zum letzten Einwohner herumgesprochen, dass ihre Bücher nicht jugendfrei waren. Ein älterer Herr, der unweit von Martha saß, nickte ihr wohlwollend zu, was sie zugegebenerweise etwas irritierte. Der unschuldig aussehende Opi hatte sich eindeutig verirrt.

Isabelle schenkte ihm ein nachsichtiges Lächeln und trat dann ebenfalls hinters Pult. Als sie das Mikrofon in die Hand nahm und sich kurz vorstellte, war ihre Nervosität schlagartig verflogen und sie ganz die Autorin. Mit einem Lächeln wandte sie sich an Martha. „Vielen

Dank für Ihre herzliche Vorstellung und den wunderschönen Empfang. Ich bin ehrlich gesagt überwältigt von dem großen Interesse an meinen Büchern."

„Wir freuen uns riesig, dass Sie heute beim allerersten Buchclubtreffen in Little Falls dabei sind. Wenn das kein guter Start ist, weiß ich auch nicht. Wo gibt es so was sonst, dass auch die Autorin für Antworten zur Verfügung steht?"

„Es ist mir eine Ehre und ich werde natürlich fleißig mitdiskutieren." Isabelle ließ ihren Blick über die anwesenden Teilnehmer schweifen, von denen nahezu jeder bereits ein Exemplar ihres letzten Werkes in der Hand hielt. Jetzt war sie wirklich baff.

„Wir haben unsere Hausaufgaben gemacht", flötete Martha aufgeregt und schaute in die Menge. „Die meisten von uns haben den Millionär schon gelesen, nicht wahr, Ladys?"

Und der Senior in der ersten Reihe wohl auch, warum sonst baumelte zwischen den Seiten ein gehäkelter Lesewurm?

„Aber wir würden uns freuen, wenn Sie vorab noch aus dem ersten Kapitel vorlesen würden." Marthas Bitte ging in begeistertem Jubel unter, dem Isabelle nichts entgegnen konnte.

In Windeseile wurde ein weiterer Klappstuhl herangeschafft und am Aufgang des Pavillons platziert. Von hier aus hatte sie den perfekten Überblick auf die gut fünfzig Gäste, die sich an diesem Sonntagnachmittag im Park versammelt hatten.

Wie auf Kommando eilte ihre Grandma heran und drückte ihr ein Exemplar in die Hand, dann nahm Isabelle Platz. Für einen Moment zögerte sie, denn ihr war klar, dass ihr Buch direkt mit einer eindeutigen Szene anfing. Dem Publikum wohl auch, da es vor dem Pavillon auf einmal mucksmäuschenstill war.

Isabelle schlug das erste Kapitel auf, dann begann sie zu lesen. Im Gegensatz zu ihren bisherigen Lesungen fieberte das Publikum nicht nur mit, nein es kommentierte auch eifrig. Die älteren Damen, die neben ihrer Grandma saßen, johlten laut auf, als sie bei der Fahrstuhlszene ankam und der Millionär die Hüllen fallen ließ. Es folgten einige Zwischenrufe wie „Fall bloß nicht auf diesen Mistkerl herein, Mädchen!" oder „Vorsicht, er wird dich ins Verderben führen!".

Auch wenn die Zwischenrufe es schwer machten, sich auf den Text zu konzentrieren, musste Isabelle zugeben, dass diese Art von „interaktiver Lesung" etwas hatte. Sie bekam ungefiltertes Feedback. Gleichzeitig musste sie sich zusammenreißen, nicht zu lachen, denn die Golden Girls in der ersten Reihe waren einfach zum Schießen. Francis und Dorothy hielten sich aufgeregt an den Händen, während Erstere sich unablässig Luft zufächelte und letztere Schnappatmung bekam. Vor dem nächsten Absatz hielt Isabelle kurz inne, dann wanderte ihr Blick nach links zu dem Opi. Bei dem untersetzten Senior musste es sich um den Ehemann der Bürgermeisterin handeln, denn die beiden teilten sich das Buch mit dem gehäkelten Lesewurm und wirkten dabei sehr vertraut. Die Bürgermeisterin hatte ihre Hand auf der ausladenden Brust abgelegt und lauschte mit offenem Mund Isabelles Worten. Für einen Moment überlegte sie, die nächste Passage einfach zu überspringen. Im Park vor einem bunt gemischten Publikum kostete es sie extrem viel Überwindung, die raffinierte Zungenfertigkeit des Millionärs in ihrer Explizität zu schildern. Besonders weil ihr Grandpa ebenfalls unter den Zuhörern weilte und der stämmige Mann neben ihm wirkte, als hätte er Fieber. Sein Kopf war knallrot angelaufen und der Schweiß floss ihm in feinen Linien die Schläfen hinunter. Da jedoch ein kleines Handtuch über seiner Schulter hing – wer sonst brachte ein Gästehandtuch mit auf eine Lesung –, ging sie davon aus, dass es an der unerträglichen Hitze lag.

Okay, alles oder nichts, schoss es Isabelle durch den Kopf. Das Publikum war wegen Isabelle Clark gekommen und es bekam Isabelle Clark.

Kaum hatte sie laut ausgesprochen, wie sich die Protagonistin unter den Berührungen des Millionärs wand, setzte wieder lautes Gejohle ein. Doch bevor sie ihren Zuhörern verraten konnte, wie sich die Frau bei ihrem Liebhaber revanchierte, wurde sie von einem sehr grimmig dreinschauenden Polizisten rechts neben ihr unterbrochen. Sein Gesichtsausdruck verhieß nichts Gutes, ganz und gar nicht. Dieser Mann sah aus, als wollte er sie mit seinen Blicken töten.

„Ist diese Veranstaltung angemeldet?", fragte er ohne Umschweife in einem Ton, der sie zusammenzucken ließ.

„Ähm, ja, natürlich. Meine Grandma hat sich um alles Organisatorische gekümmert", stammelte Isabelle, ehe sie einen hilfesuchenden Blick zu ebendieser warf. Erst jetzt fielen ihr die empörten Buhrufe aus dem Publikum auf.

„Dann bitte einmal die Genehmigung des Rathauses und den Sicherheitsplan", knurrte der Mann, der offensichtlich der Sheriff höchstpersönlich war – wenn man dem Stern auf seiner Brust Glauben schenken durfte. Isabelle starrte nachdenklich auf das reflektierende Stück Silber. Moment mal, war sie diesem Mann nicht erst gestern Abend im Diner begegnet?

Erneut wanderte Isabelles Blick zu ihrer Grandma, die jetzt eilig auf sie zukam. In wenigen Sekunden wäre hier alles geklärt und sie könnte endlich weitermachen.

„Heute noch?", herrschte der Mann sie unfreundlich an.

„Einen Moment, es handelt sich nur um ein Missverständnis, meine Grandma hat alle Unterlagen dabei", antwortete Isabelle schnell. Doch ihre Hoffnung schwand, als sie erkannte, dass ihre Grandma lediglich einen Flyer und das Lesezeichen mit dem halb nackten Santa mit sich führte.

„Chase, wie schön, dass du auch noch vorbeischaust. Du hast den besten Teil verpasst." Josephine zog eine Schnute, als bedauerte sie ihn wirklich um sein Versäumnis.

„Was geht hier vor sich, Josephine?"

„Hat Martha dir nichts gesagt? Heute findet unser erstes offizielles Buchclubtreffen im Park statt." Die ältere Frau blickte ihn verständnislos an. „Samt Minilesung mit meiner Enkelin."

Chase sah nicht aus, als hätte ihm seine sonst so zuverlässige Komplizin im Dienste der Stadt etwas mitgeteilt.

„Martha hat sogar eine Rede gehalten und den Teppich ausgerollt – den roten Teppich!", wies Josephine den jungen Mann auf diesen zeremoniellen Teil hin. Doch Chase schenkte dem roten Stück Stoff unter seinen Füßen keine Beachtung, sondern Isabelle einen argwöhnischen Blick, ehe seine Augen zum Cover wanderten. Missbilligend schüttelte er den Kopf.

„Schluss mit den Frivolitäten im Park. Solche Schamlosigkeiten haben in der Öffentlichkeit nichts zu suchen!"

Isabelle klappte der Mund auf. Sie hatte ja schon einiges erlebt, aber dieser Sheriff setzte allem die Krone auf. Auch einige Gäste hatten sich mittlerweile erhoben und sich um sie herum versammelt.

„Chase, nun sei doch nicht so. Es war alles ziemlich spontan", versuchte nun Francis einzulenken.

Der Sheriff hob skeptisch eine Augenbraue, dann erwiderte er unbeeindruckt: „Aber ihr hattet genügend Zeit, um Flyer für diese Veranstaltung zu drucken."

Schlagartig verstummte die Bäckermeisterin.

„Willst du uns etwa verhaften?" Josephine streckte ergeben beide Arme aus. „Dann nimm mich mit, ich melde mich freiwillig fürs Kittchen – Isabelle trägt keine Schuld."

Chase verdrehte ob Josephines theatralischem Auftritt die Augen. „Niemand wird verhaftet, auch wenn es hier ganz offensichtlich einige Fans von Fesselspielen gibt."

„Huhu, Chase!", flötete Martha und schwebte eilig auf die Gruppe zu. „Es ist alles abgesegnet. Ich habe für diese Veranstaltung eine Eilgenehmigung erlassen. Mildred muss sie auf ihrem Tisch haben."

„Das kann gut sein", meldete sich ein grauhaariger Senior mit getönter Brille zu Wort und kam aus dem Pavillon.

„Grandpa?", fragte Chase mehr als schockiert, doch dieser fuhr unbeirrt fort.

„In Mildreds Zettelwirtschaft kann sich alles befinden. Sie hat mir erst neulich erzählt, dass sie aus den Untiefen ihres Ablagesystems einen längst verjährten Strafzettel aus den Achtzigern ausgegraben hat." Der Mann, der Isabelle auf Anhieb sympathisch war, lachte herzhaft und steckte die Anwesenden mit an.

Sie war gespannt, wie der Sheriff jetzt zurückrudern wollte, wenn das Missverständnis wirklich auf dem Polizeirevier lag.

Seinem Gesichtsausdruck nach zu urteilen, war ihm diese Frage wohl ebenfalls durch den Kopf geschossen. Amüsiert sah sie ihn an, dabei konnte er einem schon etwas leidtun. Er hatte unfreiwillig den Zorn der Bücherwürmer auf sich gezogen und wurde ausgebuht. Armer kleiner Sheriff. Schlagartig hielt Isabelle inne, während sich die Rädchen in ihrem Kopf auf Hochtouren drehten. Nein, das konnte nicht sein, oder doch? Langsam formte sich eine Erinnerung in ihr, die immer greifbarer wurde. Dann fiel ihr Blick erneut auf den Sheriffstern. Woody? Woody, der es nur auf die Snacks abgesehen hatte?

„Ich kenn dich doch", platzte es ungläubig aus ihr heraus.

Chase wandte den Kopf abrupt zu Isabelle, die ihn mit offenem Mund anstarrte.

„Wir sind uns schon mal bei der Märchenstunde begegnet!", half sie ihm weiter auf die Sprünge. „Dein Kostüm, ähm, ich meine, deine Uniform hat dich verraten."

Anstelle von Chase antwortete Josephine. „Ich glaube nicht, dass er sich daran erinnert, mein Schatz. Chase war noch ein halbes Baby. Aber Bücher kann er nach wie vor nicht ausstehen." Sie schenkte dem jungen Mann einen bedauernswerten Blick.

Er mag keine Bücher, wiederholte Isabelle in Gedanken. Dann fiel ihr plötzlich ein, mit wem sie in den nächsten Tagen zusammenarbeiten musste – mit diesem spießigen Sheriff, der den ersten Buchclubtermin in Little Falls sabotiert hatte.

9

Chase

Na warte, Mildred, schoss es Chase durch den Kopf, als er am nächsten Morgen das Sheriff's Office betrat. Etwas umständlich schloss er die Tür hinter sich, denn mit dem neuen Kaffeevollautomat auf dem Arm war dies gar nicht so einfach. Doch bevor er das Gerät an seinen Platz stellte und die alte Filtermaschine endlich entsorgte, wollte er Tacheles mit seiner Bürokraft reden. Er hatte sich gestern bis auf die Knochen blamiert. Wie sich herausgestellt hatte, war die Lesung tatsächlich im Eilverfahren durch Martha genehmigt und abgesegnet worden. Sie hatte den Wisch bereits vor Tagen Mildred übergeben, damit sie diesen weiterleitete und die Polizei im Vorfeld über eine öffentliche Veranstaltung informiert war – nur leider zu spät. Nicht dass er mit irgendwelchen Ausschreitungen gerechnet hätte, aber das Gedränge um die letzten signierten Exemplare war dennoch grenzwertig gewesen. Herrgott, es handelte sich um bedrucktes Papier und nicht um ein Schnäppchen am Black Friday. Einige Fans hatten sich derart hemmungslos aufgeführt – vermutlich angeheizt durch den frivolen Millionär –, dass er mehrmals hatte einschreiten müssen. Bereits im Diner war sein Gespür richtig gewesen, diese Isabelle Clark im Auge zu behalten. Wobei die Autorin selbst eher scheu wirkte, es war Josephine, die lauthals Propaganda betrieb.

„Einen wunderschönen guten Morgen, Chase!", begrüßte Mildred ihren neuen Vorgesetzten, dann drehte sie sich eilig wieder zum Faxgerät. Okay, seine Bürokraft war offensichtlich so sehr beschäftigt, dass sie nicht einmal die Maschine auf seinem Arm registrierte.

„Guten Morgen, Mildred", erwiderte Chase freundlich, obwohl es in ihm immer noch brodelte, aber er wollte den Arbeitstag nicht schon mit einem Streit beginnen. Mit der älteren Dame musste er behutsam umgehen, denn er wusste, dass die Irin Kritik sehr persönlich nahm.

Chase stellte die Maschine auf einem Schränkchen ab, dann fiel sein Blick aufs Faxgerät, das unter Mildreds Einsatz regelrecht rauchte. Argwöhnisch kniff er die Augen zusammen. Es kam selten vor, dass die Frau die Knöpfe des Geräts derart bearbeitete, und schon gar nicht an einem Montagmorgen. Langsam trat er näher, dann erkannte er, was die Gute da trieb – es hatte eindeutig nichts mit Polizeiarbeit zu tun. Die Frau, die fast im selben Alter wie sein Grandpa Larry war, jagte Bilder von „Bad Santa" durchs Gerät, als gäbe es kein Morgen. Selbst er wusste mittlerweile, wie sich der halb nackte Kerl auf den Lesezeichen schimpfte. Die Frage war nur, wen sie damit beglücken wollte – ihre Enkelin in Dublin?

Chase hüstelte verhalten, doch Mildred ließ sich nicht aus der Ruhe bringen. Nein, sie hielt sogar für einen Moment inne und schmachtete den gut gebauten Mann mit roter Zipfelmütze an.

Kopfschüttelnd drehte sich Chase wieder um und machte sich daran, den Kaffeeautomat anzuschließen – er brauchte dringend Koffein und vielleicht hätte sich Mildreds Missbrauch von polizeilichem Eigentum in wenigen Minuten auch erledigt. So viele Empfänger gab es schließlich nicht mehr, die ein Faxgerät benutzten.

Chase zog den Stecker der Filtermaschine aus der Steckdose und wickelte das Kabel um die Maschine. Das gute Stück hatte erst mal ausgedient, zumindest auf seinem Revier. Was Mildred mit ihrem Fossil ab sofort anstellte, konnte ihm egal sein.

Er stellte das vergilbte Teil auf dem Fensterbrett ab und platzierte den neuen Vollautomaten auf dem Tisch, den sie als Kaffeestation nutzten. Nach wenigen Minuten war die Maschine angeschlossen und der Wassertank sowie der Bohnenbehälter befüllt. Ein Lächeln breitete sich auf Chase' Gesicht aus. Zum ersten Mal in seiner Laufbahn würde es auf der Arbeit anständigen Kaffee geben, der nicht nach warmgehaltener Brühe schmeckte. Schnell stellte er eine Tasse unter den Auslauf, dann betätigte er den Knopf.

Bei diesem Signal fuhr Mildred erschrocken herum. „Himmelherrgott, was ist das denn für ein Lärm?"

Neugierig kam sie näher und warf einen argwöhnischen Blick auf die silbern funkelnde Maschine. „Wo kommt denn dieses Ungetüm her?"

„Darf ich vorstellen, unsere neue Kaffeemaschine." Chase machte eine ausholende Handbewegung, als er der älteren Dame die neue Errungenschaft präsentierte.

Doch die schien nicht sehr überzeugt. „Sind da etwa ganze Bohnen oben drin?", fragte sie skeptisch nach.

„Ganz genau, für frisch gemahlenen Kaffee", klärte Chase sie geduldig auf. „Und die Bedienung ist ganz einfach. Man drückt auf das gewünschte Getränk und schon hast du einen Espresso, Cappuccino oder Kaffee." Chase fühlte sich mittlerweile wie ein Automatenvertreter, der ein unverkaufbares Stück an den Kunden bringen musste.

„Solche Beutel habe ich in Williams Shop noch nie gesehen." Sie verzog den Mund und griff nach der Packung mit den Bohnen.

„Die Bohnen habe ich im Internet bestellt, genauso wie den Filter und die Reinigungstabletten."

„Was, du bestellst Kaffee im Internet?" Mildred sah ihn an, als hätte er etwas Verbotenes getan. Okay, diese Unterhaltung wurde ihm zunehmend zu bunt.

Er schnappte sich eine weitere Tasse und ließ seiner Bürokraft einen Cappuccino heraus. „Nach dieser Tasse wirst du den Automaten lieben." Chase zwinkerte ihr zu, dann setzte er sich auf seinen Platz, der sich am anderen Ende des großen Raums befand.

Mit einem Schmunzeln verfolgte er, wie Mildred einen Moment später die Blechdose mit Shortbread öffnete und einen der selbst gebackenen Kekse probehalber ins Getränk dippte. Anscheinend traute sie dem Braten noch nicht gänzlich, denn sie verzog kritisch den Mund, ehe sie an ihrem Tisch Platz nahm. Chase schüttelte den Kopf und warf, während sein Rechner hochfuhr, einen Blick auf die Berichte, die Mildred am Morgen bereits abgetippt hatte.

Noch bevor Chase dazu kam, sie auf den Buchclub und ihre versäumte Unterweisung anzusprechen, vernahm er Schritte im Flur, die eindeutig zu einer Frau gehörten. Martha konnte es nicht sein, denn seine Kollegin aus dem Rathaus war nicht derart leichtfüßig unterwegs und vor allem nicht so leise. Der Bürgermeisterin entfuhr gelegentlich ein lautes Stöhnen, obwohl die drei Stufen wirklich kein nennenswerter Anstieg waren.

Ehe Chase weiterrätseln konnte, wer sie an einem Montagmorgen beehrte, klappte ihm die Kinnlade herunter, als Isabelle Clark im Türrahmen stand. Die Unruhestifterin vom gestrigen Nachmittag hatte ihm gerade noch gefehlt. Vielleicht wollte sie sich aber auch nur für den Aufruhr entschuldigen, den sie allein mit ihrer Anwesenheit in Little Falls ausgelöst hatte.

Wieder ging ihm der Gedanke durch den Kopf, dass sie so ganz anders aussah als die Autorin, die man hinter ihren Büchern vermutete. Was er erwartet hatte, wusste er allerdings selbst nicht so genau. Zumindest keine junge Frau, die aussah wie eine Klosterschülerin, denn Zölibat war etwas, was es in ihren Romanen nicht gab.

Nachdem Martha ihn gestern über die Genehmigung aufgeklärt hatte, war ihm nichts anderes übrig geblieben, als die Lesung von einem Posten mit gutem Überblick aus zu verfolgen. Die Frau Autorin hatte wieder auf ihrem Stuhl Platz genommen und aus diesem Buch vorgelesen, dass ihm Hören und Sehen verging. Einige Passagen hatten selbst seine kühnsten Fantasien überschritten. Und bis zum gestrigen Tag war ihm nicht einmal bewusst gewesen, dass er ebensolche hatte.

„Guten Morgen, mein Name ist Isabelle Clark", stellte sie sich unnötigerweise vor und sah sich irritiert im Office um. „Ich komme wegen meines Praktikums, das ab heute beginnt."

„Praktikum?", stammelte Chase etwas begriffsstutzig, dann wanderte sein Blick zu Mildred. Hatte sie schon wieder vergessen, ihm Informationen weiterzugeben?

„Ja, mein Praktikum für Recherchearbeiten. Meine Grandma sagte, sie hätte alles persönlich mit dem Sheriff abgeklärt – und dass er es kaum erwarten könne, mir ..." Isabelle verstummte schlagartig. Offensichtlich wurde ihr gerade klar, dass der Mann vor ihr über rein gar nichts Bescheid wusste.

„Josephine hat bestimmt mit Bill gesprochen, nur ist der ab heute im Ruhestand. Chase ist jetzt unser neuer Sheriff", mischte Mildred sich ein und sah anschließend erwartungsvoll zu ihrem neuen Boss.

Na toll, eine Praktikantin, von der er nichts wusste, konnte er gerade brauchen ... und dann noch so eine. Was hatte sich Bill nur dabei gedacht?

Er griff nach dem Telefon und wählte dessen Nummer. Ihm war egal, ob er seinen ehemaligen Vorgesetzten an seinem ersten freien Tag aus dem Bett klingelte.

„Wenn du gerade versuchst, Bill zu erreichen, muss ich dich leider enttäuschen; der besucht seine Tochter in Arizona. Aber stimmt, da war was. Ich erinnere mich, dass er mit Josephine gesprochen hat."

Chase knallte den Hörer auf und erhob sich ruckartig. „Da war was?", wiederholte er fassungslos. „Bin ich hier eigentlich immer der Letzte, der was mitbekommt?"

„Ich weiß ja auch nicht, was in letzter Zeit mit mir los ist", antwortete Mildred mit weinerlicher Stimme, „seit ich mich so sehr um Gizmo sorge, entfallen mir manche Dinge."

Die weinerliche Stimme nahm er ihr nicht ab, aber die Sorge um ihren Kater schon. Beinahe jeder in Little Falls wusste mittlerweile, dass der Kater nur noch auf einem Auge sah und ziemlich altersschwach war.

Isabelle Clark, die immer noch wie bestellt und nicht abgeholt im Türrahmen stand, schenkte Mildred einen mitfühlenden Blick, ehe sie fragte: „Ich hoffe, es ist nichts Ernstes?"

„Das Alter kann man nun mal nicht aufhalten, meine Liebe. Vielleicht wäre es für mich auch besser, direkt in Rente zu gehen, wenn ich so viele Fehler mache." Dabei schenkte sie Chase einen vorwurfsvollen Blick. Okay, genug mit diesem Kaspertheater.

„Wie lange soll dieses Praktikum denn gehen?", fragte er ohne Umschweife. Dabei brannte ihm eine andere Frage viel mehr auf der Zunge: Warum gerade bei der Polizei? Sattelte sie etwa auf Krimis um?

„Ein paar Tage würden mir schon reichen", erwiderte Isabelle schnell. „Ich verspreche Ihnen, dass ich Sie nicht behindern oder im Weg stehen werde."

Chase verzog kritisch das Gesicht, dann formte sich eine Idee in seinem Hinterkopf. Vielleicht konnte er das Unangenehme mit dem Nützlichen verknüpfen. Es gab noch jede Menge Berichte, die man ins System einpflegen musste, und dafür hätte er diese Woche ganz sicher keine Zeit.

„Hm", erwiderte er nachdenklich, denn er wollte ob seines genialen Plans nicht zu euphorisch klingen. „Es kommt zwar sehr überraschend, aber wenn Bill die Sache bereits abgesegnet hat, kann ich Sie wohl kaum wegschicken."

„Am besten setzt du dich zu mir, meine Liebe", übernahm Mildred das Kommando. „Und dann bereite ich uns erst mal einen richtigen Kaffee zu – dieser hier schmeckt ja grausig."

Ohne auf weitere Anweisungen von Chase zu warten, schob sie einen weiteren Drehstuhl an ihren Schreibtisch, dann lief sie hinüber zum Fensterbrett, um die Filtermaschine zu holen. Diese stellte sie kurzerhand auf ihrem Tisch direkt neben der Schreibmaschine ab. Chase schüttelte genervt den Kopf. Mildreds Arbeitsplatz wirkte mit diesen Museumsstücken und den gerahmten Bildern von Gizmo nun ziemlich überladen.

„Ich nehme an, du beherrschst das Zehn-Finger-System?", fragte Mildred, als sie beide am Tisch Platz nahmen und die Kaffeemaschine laut vor sich hin röchelte.

„Ja, blind", erwiderte Isabelle amüsiert, als Mildred ein Blatt in die Maschine einspannte.

„Perfekt! Dann kannst du ja direkt loslegen. Die handschriftlichen Notizen müssen mit der Maschine in dieses Formular übertragen werden."

„Nein, stopp", sprang Chase eilig dazwischen. „Wie wär's, wenn wir uns diesen Zwischenschritt einfach sparen und Ms Clark tippt die Daten direkt ins System ein?“

Isabelle sah unentschlossen zwischen den beiden hin und her.

„Aber das machen wir doch schon seit Jahren so“, protestierte Mildred und streichelte kurz über die Schreibmaschine, als hätte man sie beleidigt.

„Ich weiß, Mildred“, erwiderte Chase nachsichtig. „Darüber wollte ich mit dir heute reden. Ab sofort müssen wir effizienter werden. Ich habe schlichtweg keine Zeit mehr, mich darum zu kümmern, jetzt, wo Bill weg ist und ich die meiste Zeit unterwegs bin.“

„Ich hab’s gewusst. Du wirst hier alles umkrempeln!“ Sie zeigte vorwurfsvoll auf den neuen Kaffeevollautomaten. „Das Ding war nur der Anfang, stimmt’s? Was kommt noch? Willst du uns alle durch einen Roboter ersetzen?“

Chase fuhr sich hilflos über die Stirn. So hatte er sich seinen ersten Tag als Sheriff garantiert nicht vorgestellt.

„Ms Clark, Sie kommen bitte mit mir“, forderte er die Frau auf, die wirkte, als sei sie im falschen Film. „Ich zeige Ihnen, wie es geht.“

Zögernd erhob sich Isabelle, schenkte der älteren Frau einen entschuldigenden Blick und folgte Chase zu seinem Schreibtisch, der im Vergleich zu Mildreds puristisch wirkte. Darauf befand sich neben einem PC und Telefon lediglich ein gerahmtes Familienfoto.

„Bitte setzen Sie sich“, forderte er Isabelle auf, die daraufhin auf seinem Stuhl Platz nahm.

„Um welche Art Berichte handelt es sich?“, fragte Isabelle mit unverkennbarer Neugier in der Stimme.

„Von Knöllchen bis zu schweren Verbrechen ist alles dabei. Allerdings sind die Ortschaften Woodbury und Alexandria mit eingeschlossen.“

Isabelles überraschter Ausdruck blieb ihm nicht verborgen.

„Aber keine Sorge, meine Liebe. Hier in Little Falls ist es sicher", rief Mildred quer durch den Raum und winkte beruhigend mit der Hand.

Chase schnappte sich nun ebenfalls einen Stuhl und setzte sich zu Isabelle. „Haben Sie vor, einen Krimi zu schreiben?"

Bildete er es sich nur ein oder lief die junge Frau auf einmal knallrot an?

„Ähm, ich denke, Ihnen ist mittlerweile klar, welche Art von Büchern ich schreibe", erwiderte sie nervös lächelnd.

Chase starrte sie an. Es dauerte einige Sekunden, bis er realisierte, dass er sich nicht verhört hatte. Er war verwirrt. Was wollte sie dann hier für Recherche betreiben?

„In meinem neuen Roman wird es um einen Polizisten gehen – natürlich liegt das Augenmerk auf Romance –, aber das Drumherum sollte auch stimmen."

Er nickte nachdenklich. Selbst er als Büchermuffel konnte dieses Argument nachvollziehen, dennoch fragte er sich, warum sie ihre Recherche nicht direkt bei den Kollegen in New York durchführte, sondern in Little Falls. Hier gab es weder aufsehenerregende Verbrecherjagden noch eine Vielzahl unterschiedlicher Cops, die sie inspirieren könnten. Wenn auf dem Cover wieder ein halb nackter Kerl prangen sollte – und das würde es zweifelsohne –, war sie mit den Jungs vom NYPD sicher besser dran.

Mildreds Augen leuchteten auf. „Gott sei Dank und ich dachte schon, du wechselst das Genre!" Sie füllte einen großen Kaffeebecher mit ihrem Gebräu und kam auf Isabelle und Chase zu. „Lass ihn dir schmecken, der wurde noch mit Liebe aufgebrüht und nicht herzlos durch eine Maschine gepresst!"

Isabelle nahm den Becher dankend entgegen, dabei entging Chase nicht ihr amüsierter Ausdruck, den sie zu verbergen versuchte.

„Ist ja gut, Mildred, dir schmeckt mein Kaffee nicht." Chase schnitt eine Grimasse und wandte sich an Isabelle. „Die neue Kaffeemaschine steht Ihnen trotzdem jederzeit zur Verfügung. Ich denke, der kommt eher an das ran, was Sie gewohnt sind."

Wahrscheinlich war sie ein Kaffeejunkie. Das waren doch die meisten Autoren und New Yorker. Warum sonst gab es dort wohl so viele Starbucks-Filialen?

„Danke", entgegnete Isabelle höflich und überraschte ihn mit ihrer bodenständigen Art. Zwischen der Frau von gestern, die, ohne zu zögern, explizite Passagen aus ihrem Buch vorgelesen hatte, und der beinahe schüchternen Frau, die in einem Sommerkleid direkt neben ihm saß, lagen Welten.

Er räusperte sich schnell, dann konzentrierte er sich auf den Rechner. Es wurde höchste Zeit, dass er seine Praktikantin einwies, die Arbeit erledigte sich schließlich nicht von selbst.

Doch da hatte er die Rechnung ohne Mildred gemacht, denn die Irin kramte nun ein Exemplar von Isabelles neuestem Werk aus der Handtasche.

„Würdest du mir dieses Buch noch signieren, meine Liebe? Bitte mit folgender Widmung: ‚Wer braucht schon einen Millionär, wenn er einen Schatz wie Gizmo hat'".

„Aber selbstverständlich", erwiderte Isabelle mit einem liebevollen Lächeln, das Chase tief in seinem Inneren berührte und ihn gleichzeitig ziemlich verwirrte. Er verfolgte, wie sie in geschwungenen Lettern diese persönliche Widmung schrieb und darunter ihren Namen setzte.

Mit Tränen in den Augen nahm seine Bürokraft das Buch entgegen und tummelte sich zurück an ihren Schreibtisch.

„Okay, fangen wir an", schlug Chase einen Augenblick später vor, als er die Datenbank öffnete und Isabelle sich ihr Notizbuch zurechtlegte, um alle Schritte aufzuschreiben.

10

Isabelle

Isabelle nahm auf der Holzbank nahe dem idyllischen See am Bed & Breakfast Platz. Wer hätte gedacht, dass ihr Praktikum und die Ruhe in diesem kleinen Örtchen ihre Fantasie derart anregen würden? Mittlerweile hatte sie bereits den dritten Arbeitstag hinter sich und mit dem Sheriff vereinbart, dass sie nur noch vormittags kommen würde, den Nachmittag wollte sie zum Schreiben nutzen. Seine Reaktion war tatsächlich eine Mischung aus Überraschung und Bedauern gewesen. Sie konnte sich schon denken, warum, schließlich war sie nicht auf den Kopf gefallen. Sie hatte innerhalb von drei Tagen sämtliche Notizen aus Mildreds Sammelsurium in die Datenbank eingepflegt und sogar damit angefangen, die Ablage des Aktenschranks zu digitalisieren. Jedoch fühlte sie sich dabei keineswegs ausgenutzt oder gelangweilt – im Gegenteil. Sie hatte einen intensiven Einblick in die Arbeit des Sheriff's Office bekommen, samt persönlichen Anekdoten der älteren Dame.

Isabelle schmunzelte. Sie hatte außerdem geschafft, was Chase bisher nicht gelungen war. Sie hatte Mildred die Angst vor der Technik genommen, sodass die ältere Dame nun im Stande war, selbst Berichte in die Datenbank einzupflegen. Dank einigen Tricks und lustigen

Katzenvideos auf YouTube. Isabelle hoffte nur, dass Mildred nun keinen Ärger bekam, wenn sie sich während der Arbeitszeit Katzenvideos ansah. Sozusagen als Belohnung zwischen dem Einpflegen von Berichten.

Mittlerweile hatte Isabelle auch einen weiteren Kollegen, Bob, kennengelernt und den berüchtigten Kater Gizmo. Sie war schon auf Chase' Reaktion gespannt, wenn Mildred ihn mit ihren neuen Fertigkeiten überraschen würde.

Isabelle griff nach ihrem Notizbuch, das sie immer bei sich trug, und klappte es auf. Hier sammelte sie all ihre Ideen und Eindrücke. Sie schwankte immer noch zwischen einer dunkelblauen Uniform für ihren Polizisten, wie sie in New York getragen wurde, und einer khakifarbenen samt Stetson.

Augenblicklich zeichnete sich ein amüsiertes Lächeln auf ihren Lippen ab, denn der Sheriff wirkte immer wie aus dem Ei gepellt, und Mildred hatte sie auch ungefragt aufgeklärt, dass er nur in selbst gebügelten Hemden aus dem Haus ging. Ein Mann, der mit einem Bügeleisen umgehen konnte, hatte schon seinen Reiz. Sie hatte sich diese Information auch notiert, obwohl sie sie natürlich nicht verarbeiten würde – Chase' Grübchen jedoch schon.

Auf einmal musste sie an diesen New Yorker Polizisten denken, der sie nach ihrem Kreislaufkollaps zu offensichtlich gemustert hatte. Der Sheriff von Little Falls war, was das anging, ganz anders. Er zeigte kein unverhohlenes Interesse an ihr, nur um herauszufinden, ob sie genauso agierte wie die Frauen in ihren Büchern. Im Gegenteil, er wirkte ziemlich unbeeindruckt, was das anging.

Isabelles Aufmerksamkeit wurde auf den kleinen Strand gelenkt, der sich hinterm Bed & Breakfast befand und heute sehr belebt war. Kein Wunder bei den sommerlichen Temperaturen. Einmal mehr war sie froh, dass sie New York rechtzeitig zur Hitzewelle den Rücken gekehrt hatte. Ohne Klimaanlage in einem kleinen Ein-Zimmer-Appartement hätte sie wohl kaum einen klaren Satz zu Papier bringen können. Hier dagegen wehte immer ein laues Lüftchen, das etwas Abkühlung versprach, außerdem konnte sie nachts bei offenem Fenster schlafen, was in ihrer Heimatstadt unmöglich war.

Das Klingeln des Handys riss sie aus ihren Gedanken. Beim Blick aufs Display zeichnete sich sofort ein breites Lächeln auf ihren Lippen ab. „Hallo, Nora!", begrüßte sie ihre Agentin fröhlich.

„Na, da klingt jemand aber gut gelaunt." Nora wurde durch lautes Hupen für einen Moment unterbrochen. „Wie geht's dir?"

Sofort sah Isabelle die Frau vor sich, das Handy ans Ohr gepresst und mit wehender Tunika durch New Yorks Straßen schreiten.

„Es könnte nicht besser laufen. Am Wochenende hatte ich eine kleine Lesung samt Eröffung des ersten Buchclubs der Stadt und mit dem neuen Buch komme ich auch super voran."

„Wow, das klingt toll. Du hast bereits angefangen zu schreiben?", fragte die Frau erstaunt.

„Ja, dank des verstaubten Ablagesystems des Sheriff's Office", erwiderte Isabelle lachend. „Ich glaube, ich kenne jetzt jeden einzelnen Fall der letzten dreißig Jahre."

„Das klingt sehr spannend. Wie schade, dass du es nur als Hintergrundmaterial verwenden kannst, denn das Hauptaugenmerk liegt auf unserem Cop – unserem heißen Cop."

„Was das angeht, hätte ich in New York tatsächlich mehr Auswahl gehabt", bemerkte Isabelle lachend. „Es gibt hier nur einen Sheriff und einen Deputy. Aber demnächst lerne ich die Deputys aus den Nachbarorten kennen."

„Oh, die Ausbeute ist ja mehr als mager ... Und lass mich raten, beide haben eine kleine Plauze und lieben Donuts."

Isabelle kicherte. „Bob liebt Donuts, das stimmt. Aber der neue Sheriff ist ganz gut in Form."

Schlagartig begann Isabelles Herz zu klopfen, als sie an Chase dachte. Sie hatte sich in den letzten Tagen mehr als einmal dabei ertappt, wie sie ihn – natürlich rein aus Recherchezwecken – studiert hatte. Der junge Mann sah sogar in diesem hässlichen Khaki sehr gut aus. Ach was, dieser Farbton schmeichelte ihm sogar. Über seinen Stetson konnte man allerdings streiten und sie war immer noch hin- und hergerissen, ob sie ihrem Protagonisten ebenfalls einen Hut verpassen sollte oder nicht. Was sie jedoch bewunderte, war, dass er trotz seines jungen Alters eine gehörige Portion Autorität ausstrahlte und von den Einwohnern respektiert wurde.

„Ich kann's kaum erwarten, die ersten Seiten zu lesen." Noras Stimme klang aufgeregt. „Man hört dir schon an, dass du Feuer und Flamme für dieses Thema bist."

„Ich schicke heute Abend gleich eine Leseprobe raus. Ich hoffe nur, dass der Cop an die Millionäre anknüpfen kann", äußerte Isabelle ihre Bedenken.

„Mach dir keine Sorgen, ich schaue drüber und gebe dir umgehend Feedback. Konzentrier du dich nur aufs Schreiben."

Am anderen Ende der Leitung entstand eine kurze Pause, dann fluchte Nora laut auf. „Verdammt ist das heiß – und den Sirup hat er natürlich wieder vergessen!"

„Lass mich raten, du warst in der Filiale am Bryant Park?", fragte Isabelle amüsiert.

„Genau. Diese Vollidioten brauchen es wohl schrift-
lich!"

Obwohl Nora sonst die Ruhe in Person war, verstand
sie, was ihren täglichen Chai Latte mit Sirup anging,
keinen Spaß, erst recht nicht, wenn er beinahe jedes
Mal ohne Sirup über die Theke kam.

„Schnuckelig hin oder her, beim nächsten Mal werde
ich einfach woandershin gehen – auch wenn mir der
bärtige Barista immer den Tag versüßt." Die Frau
seufzte verträumt auf. „Hach, allein schon seine dunklen Augen wären eine Sünde wert."

„Dann habe ich ja richtig Glück, dass wir im Sheriff's
Office den neuesten Kaffeevollautomat haben." Mildreds Filterkaffee war ungenießbar, was sie der älteren
Frau natürlich nie gestehen würde. Dennoch kippte sie
jeden Morgen die Tasse hinunter, die bereits auf sie
wartete und nach absolut gar nichts schmeckte. Kein
Wunder, wenn die Dose mit dem Pulver immer offen
stand. Isabelle wunderte sich, wie es die anderen Kollegen all die Jahre mit diesem Gebräu ausgehalten hatten.

„Na immerhin. Ich hatte schon Sorgen, dass du auf
dem Land, fernab jeglicher Zivilisation, eingehst! Lass
mich raten, es gibt auch keinen Starbucks?"

„Hier in Little Falls nicht", antwortete Isabelle, „aber
dafür haben wir einen von diesen urigen Dinern samt
mürrischem Besitzer."

„Ein alter Kauz mit Glatze oder eher ein Luke?", fragte
Nora mit einem Kichern und spielte auf die Serie Gil-
more Girls an.

„Eher ein Luke, allerdings ein paar Jährchen jünger
und glücklich verheiratet."

„Hm, schade. Dann musst du dich eben mit deinem
fiktiven Cop begnügen."

Für einen Moment war Isabelle versucht, ihrer Freundin zu erzählen, dass es der örtliche Sheriff von Little
Falls durchaus mit ihrem fiktiven Cop aufnehmen

konnte, biss sich im letzten Moment aber auf die Zunge. Nora würde ihr keine Ruhe mehr lassen und sie tagtäglich nach ihm ausquetschen.

„So, meine Liebe, jetzt muss ich dich aber in die Tasche packen, bin an meiner Station angekommen", klärte Nora sie außer Puste auf. „Und vergiss nicht, mir deine bisherigen Kapitel zu schicken – ich platze vor Neugierde."

„Aber klar, Nora." Isabelle machte eine kurze Pause, dann fügte sie schmunzelnd hinzu. „Und sei nicht so nachtragend, was den bärtigen Barista betrifft. Bei so vielen Bestellungen würde ich auch den Überblick verlieren."

„Sirup! Ich möchte doch nur einen Schuss Sirup!", antwortete Nora lachend, bevor die Unterhaltung mit einem Rauschen unterbrochen wurde.

Amüsiert schüttelte Isabelle den Kopf und packte das Handy zurück in die Tasche. Erneut sah sie zum Bed & Breakfast, wo sich die Gäste nun drinnen tummelten. Vermutlich war es Zeit für den beliebten Afternoon Tea. Ihre Grandma hatte ihr erst gestern davon erzählt und ihre Neugierde geweckt. Ob es Dorothys Köstlichkeiten wohl mit denen im Plaza aufnehmen konnten? Isabelle hatte das bekannte Café im Hotel bereits unzählige Male besucht und auch eine dieser Etageren bestellt, die sehr beliebt und bekannt waren. Darauf fanden sich Mini-Sandwiches, feines Gebäck wie Macarons, aber auch Pralinen. Automatisch lief ihr das Wasser im Mund zusammen und ihre Notizen waren vergessen. Außerdem brauchte sie dringend einen Kaffee – brütende Hitze hin oder her.

Isabelle packte Stift und Notizbuch ebenfalls in die Handtasche und machte sich auf den Weg zum B & B.

„Isabelle, was für eine Freude! Schön, dass du vorbeikommst", begrüßte sie der Eigentümer des B & B als sie die Liegewiese erreichte.

„Hallo, Dean!" Isabelle schmunzelte. Der Freund ihres Grandpas saß auf einem riesigen Aufsitzrasenmäher und wirkte dabei wie ein König auf seinem Thron. Man musste kein Experte sein, um zu wissen, dass dieses monströse Gefährt zu den besten gehörte.

Dean schaltete den Motor ab. „Du kommst genau richtig. Dorothy und Audrey haben gerade den Tee serviert."

„Das hab ich mir fast schon gedacht. Grandma hat mir verraten, was es bei euch Leckeres gibt. Kann ich denn ohne Reservierung einfach teilnehmen?"

Dean warf ihr einen verdatterten Blick zu, dann lachte er herzhaft. „Reservierung? So was kennen wir hier nicht. Jeder ist willkommen, ob spontan oder nicht."

Isabelle lächelte verlegen. Wie hatte sie vergessen können, dass hier auf dem Land alles etwas anders lief. „Okay, im Plaza ist es nämlich so, dass die Tische Wochen im Voraus ausgebucht sind."

„Na, welch ein Glück, dass du hier in Little Falls bist." Dean zwinkerte ihr zu, schnappte sich das kleine Handtuch, das auf seiner Schulter hing und wischte sich übers Gesicht. „Ich kann zwar nicht nachvollziehen, wie man bei dieser Hitze Tee trinken kann – ein kühles Bier ist mir persönlich lieber –, aber gegen einen kleinen Snack hätte auch ich nichts einzuwenden."

Der rüstige Senior kletterte von seinem Aufsitzrasenmäher und sah Isabelle erwartungsvoll an. „Kommst du? Dorothy würde sich riesig freuen."

„Sehr gerne, Dean!", erwiderte die junge Frau und folgte dem hünenhaften Mann über die hintere Veranda ins Gebäude. Dabei schien es keinen der Gäste zu stören, dass der Pensionsherr gerade vom Rasenmähen kam und ob der Hitze etwas verschwitzt wirkte.

„Schau mal, Doro, wen ich mitgebracht habe!", posaunte Dean lauthals, als sie das Teezimmer erreichten.

Schlagartig richteten sich alle anwesenden Augenpaare auf Isabelle. Noch bevor Dorothy Josephines Enkelin begrüßen konnte, erhob sich eine ältere Dame und steuerte mit ihrem Rollator geradewegs auf Isabelle zu.

„Die Schriftstellerin aus New York!", rief sie entzückt. „Hätte ich das gewusst, hätte ich mich schick gemacht."

Isabelles Blick fiel auf die kleine Frau, die in einem pinkfarbenen Jogginganzug steckte und dazu eine lilafarbene Dauerwelle zur Schau trug. Silberne Sneaker rundeten dieses Bild perfekt ab.

„Sie sehen wundervoll aus", bemerkte Isabelle lächelnd. Beim Anblick der Dame musste sie sogleich an Nanny Fines Großmutter Yetta denken. Sie hatte diesen Charakter geliebt – fehlte nur noch die Zigarette, denn die Frau vor ihr war ebenfalls sehr kurzsichtig.

„Der Buchclub am Sonntag war entzückend. Wie schade, dass ich bald wieder nach Hause fahre und nicht regelmäßig dabei sein kann. Aber natürlich habe ich gleich ein Exemplar ergattert." Wie zum Beweis kramte die Dame aus dem Korb des Gehwagens eine Ausgabe hervor.

„Oh, das freut mich", erwiderte Isabelle ehrlich überrascht. Bis jetzt hatte sie nur deutlich jüngere Leserinnen kennengelernt – ihre Grandma ausgenommen – und musste sich erst an den Gedanken gewöhnen, dass auch Frauen weit über sechzig ihre Bücher lasen.

„Würden Sie mir vielleicht Gesellschaft leisten?", fragte Yettas Doppelgängerin hoffnungsvoll.

„Sehr gerne", antwortete Isabelle schmunzelnd und sah dann zu Dorothy, die sie amüsiert angrinste. Warum wurde sie das Gefühl nicht los, dass jeder hier bei der Veranstaltung am Wochenende dabei gewesen war.

Mit den Worten: „Ich halte Ihnen schon mal einen Platz frei" machte sich die ältere Dame zurück an ihren Tisch.

„Ich freu mich, dass du endlich mal im B & B vorbeikommst", begrüßte Dorothy die junge Frau. „Hast du dich schon etwas eingelebt?"

„Hallo, Dorothy! Ja, ich stecke schon mitten in der Arbeit. Mildred hat mich in sämtliche Fälle der letzten dreißig Jahre eingewiesen und ich sollte genügend Material für einen Nebenstrang haben."

„Oh, stimmt, deine Grandma hat mir erzählt, dass du dort ein Praktikum machst – wie läuft es mit Chase? Kommst du mit ihm klar nach dem unglücklichen Zwischenfall im Park?" Die ältere Frau schüttelte bei dieser Erinnerung missbilligend den Kopf.

Isabelle kicherte. „Ja, so schlimm ist er gar nicht. Es war alles nur ein Missverständnis."

„Puh, dann bin ich beruhigt." Sie tätschelte der jungen Frau den Rücken, dann begleitete sie sie zum Tisch. „Aber jetzt setz dich erst mal. Darf ich dir einen Kaffee oder ein Kännchen Tee bringen?"

„Kaffee, bitte", erwiderte Isabelle und nahm gegenüber der älteren Dame Platz, die sich gerade aus einer dampfenden Teekanne eingoss.

Dorothy nickte ihr lächelnd zu und verschwand daraufhin in der Küche.

„Ich bin Clarice und komme schon seit sechzig Jahren nach Little Falls", klärte die Frau mit der lilafarbenen Dauerwelle auf. „Deine Großeltern kenne ich beinahe genauso lange. Richte ihnen doch liebe Grüße aus."

„Das werde ich", antwortete Isabelle. „Wow, sechzig Jahre Urlaub in Little Falls. Ist Ihnen hier nie langweilig geworden?"

„Ganz und gar nicht. Es fühlt sich vielmehr an wie Nachhausekommen." In den Augen der Frau schimmerte ein sentimentaler Glanz. „Mein Mann stammt von hier – Gott hab ihn selig –, wir sind uns in diesem Städtchen zum ersten Mal begegnet."

Bei diesen Worten durchfuhr Isabelle ein wohliger Schauer. Die Geschichte hatte etwas sehr Romantisches, hörte sich aber gleichzeitig sehr traurig an.

„Ich wohne zwar in Boston bei meiner Tochter, doch mein lieber Malcom ruht hier in Little Falls ... Und sollte es für mich auch mal so weit sein, werden wir hier wieder vereint sein."

Isabelle schluckte, gleichzeitig sprang ihr Schriftsteller-Kopfkino an. Vielleicht probierte sie es doch einmal mit einer Geschichte ganz im Stil von Nicholas Sparks. Sie hatte seine Bücher früher verschlungen.

„Haben Sie mal daran gedacht, ihre Geschichte niederzuschreiben?", fragte Isabelle ergriffen nach.

Überrascht schaute die alte Dame sie an. „Da gäbe es tatsächlich einiges zu erzählen. Sie müssen wissen, dass wir auch eine lange Zeit getrennt waren – im Krieg. Er hat mir beinahe täglich geschrieben, und das, obwohl er so eine Sauklaue hatte." Die Frau kicherte bei diesem Geständnis.

Dorothy, die in diesem Moment eine gefüllte Etagere und eine Tasse Kaffee auf dem Tisch abstellte, schmunzelte. „Ihr redet von Malcom? O ja, an seine Hieroglyphen kann ich mich auch noch erinnern. Egal ob er hier ein Kreuzworträtsel gelöst hat oder einen Scheck ausstellte."

„Dafür war er der beste Militärarzt, den sich die Army hätte wünschen können", bemerkte die alte Dame voller Stolz. „Vielleicht sollte ich unsere Memoiren doch einmal aufschreiben."

„Eine tolle Idee, Clarice", pflichtete Dorothy ihr bei, ehe sie zu Isabelle sah, die fasziniert die Auswahl an Leckereien bewunderte.

„Das ist alles für mich?" Sie griff nach einer belgischen Waffel, die zimtig duftete.

„Na und ob, hier verlässt niemand hungrig das B & B.“
Die beiden älteren Frauen tauschten einen amüsierten
Blick.

„Und während du dich um die Etagere kümmerst, er-
zähle ich dir von dem Abend, als mein Malcolm und ich
uns hier kennengelernt haben.“

„Sehr gerne, Clarice“, erwiderte Isabelle mit einem
breiten Lächeln. Sie brannte darauf, mehr aus dem Leben dieser interessanten Dame zu erfahren.

„Also gut, wo fange ich am besten an“, sie sah gedankenverloren aus dem Fenster, als suchte sie dort nach
der perfekten Einleitung, dann begann sie mit geheimnisvoller Stimme. „Es war ein lauer Sommerabend im
August 1962. Auf der Main Street reihte sich ein
Cadillac an den anderen und die Bewohner aus Little
Falls hatten an diesem Tag über den Bau eines Pavillons
im Park abgestimmt …“

11

Chase

„Ist denn wenigstens das Fotoshooting morgen angemeldet?" Clayton hielt sich vor Lachen den Bauch, denn er spielte ganz offensichtlich auf den Zwischenfall im Park an.

„Der Buchclub und die Lesung waren ja angemeldet, im Eilverfahren, nur Mildred hat es nicht an mich weitergegeben", klärte Chase seinen älteren Bruder auf. War ja klar, dass dieser noch einmal darauf herumreiten musste. Seine Freundin Audrey hatte ihm bestimmt brühwarm erzählt, wie er sich bis auf die Knochen blamiert hatte. Dazu Josephines theatralischer Auftritt – als ob er sie ernsthaft verhaften würde.

„Ach so, und ich dachte schon, unsere Buchhändlerin hat das Ganze eigenmächtig aufgezogen. Wundern würde es mich nicht, so begeistert, wie sie von ihrer Enkelin und deren Büchern ist." Clayton schnappte sich seine Bierflasche, die auf einem Tischchen zwischen ihnen stand. Chase tat es ihm gleich, dabei ließ er seinen Blick über den Little Pond schweifen, der direkt vor ihnen lag. Sein Bruder hatte sich mit dem Bau seines Traumhauses selbst übertroffen. Entgegen seinen ursprünglichen Plänen hatte der Handwerker sein Projekt hier realisiert und nicht am abgelegenen Dragonfly Lake. So war er nicht nur in Audreys Nähe, die seit einigen Monaten ihre Tante Dorothy im B & B unterstützte, sondern hatte es auch nicht weit zur elterlichen Baufirma, in der er arbeitete.

Chase musste zugeben, dass er in dieses Holzhaus am See selbst sofort einziehen würde. Es hatte einen hellgrauen Anstrich bekommen, dazu weiße Fensterrahmen, die perfekt zum Geländer des Sonnendecks passten. Bei dieser Hitze beneidete er seinen Bruder, der sich jeden Tag mit einem Sprung in den klaren See abkühlen konnte.

„Mmh, Josephine ist Isabelles größter Fan. Sag mal, erinnerst du dich eigentlich noch an sie? Ich meine an früher, als wir Kinder waren?", fragte Chase nachdenklich.

„Ja, sie war ab und zu in den Ferien hier, aber nie mit uns unterwegs – sie ist ja auch um einiges jünger."

Chase überschlug kurz den Altersunterschied zwischen Isabelle und Jenna, die nebenan in der Bäckerei aufgewachsen war. Sechs Jahre konnten durchaus einen Unterschied machen und Chase war wahrscheinlich keine Option gewesen. Welches lesende Mädchen gab sich schon gerne mit einem kleinen Rambo ab, auch wenn er im selben Alter war?

„Ja, das stimmt. Ich kann mich nur fern an einen Märchennachmittag erinnern, mit leckeren Lebkuchenmännern, aber ansonsten hab ich um den Buchladen einen großen Bogen gemacht."

„Daran hat sich ja bis heute nichts geändert", erwiderte Clayton trocken.

Chase verzog das Gesicht, dann hellte sich seine Miene schlagartig auf. „Moment mal, kurz bevor ich einen dieser leckeren Lebkuchenmänner verdrückt hatte, war da dieses kleine Mädchen, das mir eine Geschichte über eine wilde Verfolgungsjagd in New York erzählt hat." Jetzt erinnerte er sich wieder an ihre erste

Begegnung, er musste damals in der Grundschule gewesen sein.

Clayton lachte. „Die Story muss ja sehr interessant gewesen sein, wenn du dich heute noch daran erinnerst."

Beim Gedanken an Isabelle begann sein Herz vor Aufregung leicht zu klopfen, denn auch ihre neueste Geschichte ging ihm nicht mehr aus dem Kopf, seit er sie im Park unfreiwillig gehört hatte. Und auch Mildred las nachmittags – wenn Isabelle nicht mehr da war – Passagen aus dem Buch vor. Er wusste zwar nicht, was sie damit bezwecken wollte, aber weil sie sich mittlerweile sehr kooperativ zeigte, was das Einpflegen in die Datenbank betraf, sah er es ihr nach – ebenso ihre Besuche auf YouTube. Er musste der jungen Frau auf ewig dankbar sein, dass sie seine langjährige Bürokraft fit fürs einundzwanzigste Jahrhundert gemacht hatte. Vielleicht sollte er ihr als kleines Dankeschön eine Schachtel Pralinen kaufen.

„Chase?", holte Clayton seinen Bruder aus den Gedanken, dabei grinste er frech. „Sag bloß, du bist scharf auf die Autorin?"

„Was? Nein, wir arbeiten zusammen", erwiderte er schnell und klang dabei wieder wie der Spießer, für den ihn seine Brüder hielten.

„Ja, klar", er zwinkerte frech, „aber sollte ich dich in nächster Zeit mit einem Buch antreffen, dann mache ich mir wirklich Sorgen."

Chase schnaufte laut auf. „Dass ihr immer darauf herumreiten müsst. Bücher sind mir einfach zu langweilig. Außerdem kannst du ganz ruhig sein, deine Auswahl an Literatur beschränkt sich lediglich auf Ratgeber. Darf ich dich an ,Fischen für Dummies' erinnern?"

„Hör mir bloß damit auf. Ich hab keinen einzigen Fisch aus dem Wasser gezogen. Grandpa hat das Buch mittlerweile – soll er damit glücklich werden."

„So wie ich Audrey kenne, würde sie ohnehin keinen Fisch ausnehmen." Chase drehte sich kurz um und warf einen Blick durch die Scheibe, ob Claytons Freundin in der Nähe war. „Sie war schon immer etwas komisch, was Essen angeht."

„Nicht nur das, sie mag auch keinen Fisch. Dafür hat sie meinen neuen Küchenschrank erst mal mit drei Packungen Salty Pebbles bestückt", klärte Clayton seinen Bruder mit einem liebevollen Lächeln auf.

Chase verzog beim Gedanken an die salzigen Cornflakes in Regenbogenfarben das Gesicht. Niemand mochte diese Sorte – außer Dorothys Nichte, die die Kringel bereits als Kind während der Sommerferien im B & B verschlungen hatte.

„Das muss Liebe sein", kommentierte Chase Claytons Aussage. „Wann ist es denn bei euch so weit, dass die Hochzeitsglocken klingeln?"

Clayton riss die Augen auf. „Eins nach dem anderen, wir sind ja erst wenige Monate zusammen."

„Ich mein ja nur, jetzt, wo ihr euch schon ein Haus teilt, ist der nächste Schritt auch nicht mehr weit", orakelte Chase mit bedeutungsvoller Stimme. Nach Jenna, die seinen ältesten Bruder Cole geheiratet hatte, konnte er sich auch Audrey als Schwägerin perfekt vorstellen. Beim Gedanken an die Hochzeit im Mai, als Audrey und Clayton als Trauzeugen fungiert hatten, musste er schmunzeln. Niemand hätte damit gerechnet, dass ausgerechnet die beiden Streithähne zusammenfinden würden – immerhin waren sie schon als Kinder permanent aneinandergeraten.

„Habe ich gerade das Gefühl, dass du von dir ablenken willst?" Clayton hob fragend eine Augenbraue.

„Nö, warum denn?", erwiderte Chase mit Unschuldsmiene.

„Sag mir nicht, dass da nicht mehr ist. Isabelle ist eine hübsche junge Frau, noch dazu hat sie allem Anschein nach viel Fantasie."

Claytons zweideutige Worte lösten schlagartig Unmut in ihm aus. Was wollte sein Bruder damit andeuten? Dass Isabelle leicht zu haben war? Er kannte sie doch gar nicht, wie konnte er da so über sie urteilen? Nicht dass er sie nach fünf Tagen komplett studiert hätte, aber die Autorin Isabelle Clark und die Frau, die er gerade kennenlernte, könnten unterschiedlicher nicht sein.

Ehe Chase seinem Bruder eine unbedachte Antwort entgegenschleudern konnte, stürmte Bailey auf ihn zu. Audreys Hund war wie immer außer sich, ihn zu sehen.

„Na du", begrüßte er den Golden Retriever, der gemeinsam mit Claytons Freundin von Chicago nach Little Falls gezogen war. Dabei spürte er immer noch Claytons Blick auf sich, der wohl seinen Hormonen geschuldet eine allzu lebhafte Fantasie hatte. Kein Wunder, so verliebt, wie der einstige Casanova war. Es würde ihn auch nicht weiter wundern, wenn ihm Audrey abends im Bett aus Isabelles Büchern vorlas, um sich gegenseitig in Stimmung zu bringen. Nein, stopp, so etwas wollte er sich lieber nicht vorstellen.

Er kraulte den Hund hinter den Ohren. „Wo hast du dich heute wieder herumgetrieben, bei den Rentnern im Park?"

Anstelle des Hundes antwortete Clayton. „Unser Grandpa hat ihn schon halb adoptiert. Wenn Audrey und ich arbeiten, holt er ihn immer zum Gassigehen ab – aber mittlerweile achtet er wenigstens darauf, dass ihn nicht jeder mit irgendwas füttert."

„Stimmt, ich hab die beiden schon öfters gesehen. Wenn mich nicht alles täuscht, war Bailey auch schon mit im Diner", erwiderte Chase schmunzelnd. Dabei verschwieg er seinem Bruder, dass er den Hund mit einer krossen Scheibe Bacon im Maul erwischt hatte.

„Hallo, ihr beiden!“, begrüßte Audrey die Brüder, als sie ebenfalls aufs Sonnendeck kam.

Die Frau, die er schon seit seiner Kindheit kannte, steckte wie auch damals in einer lässigen Latzhose und trug dazu Chucks. Chase schmunzelte innerlich. Audrey war so gar nicht der Typ Frau, den Clayton in den letzten Jahren gedatet hatte. Im Gegenteil, ihr war das Äußere ziemlich egal. Wenn sie sich aufbrezelte, dann nur zu besonderen Anlässen. Auch dass sie mittlerweile die inoffizielle Erbin des Bed & Breakfasts war, änderte nichts an dieser Tatsache.

„Dorothy hat mich heimgeschickt“, maulte Audrey, „wir sollen uns einen schönen Abend machen.“

„So wie du es sagst, hört sich das fast an wie eine Strafe“, bemerkte Clayton lachend. „Also ich hätte schon eine Idee, wie wir uns den Abend vertreiben können.“

Audrey schnitt eine Grimasse, dann wandte sie sich an Chase. „War euer Grandpa genauso, als Cole den Diner übernommen hat? Ich meine, dass er keine Arbeit abgeben konnte?“

„Puh, da bin ich überfragt. Aber Grandpa hat ja damals ganz aufgehört, um in den Ruhestand zu gehen. Dorothy und Dean mischen immer noch mit.“

„Nur leider zu hundert Prozent, dabei wollten sie doch etwas kürzertreten“, erwiderte Audrey zerknirscht. „Ich kann mich nicht erinnern, dass sie jemals verreist sind, zumindest nicht in den Sommermonaten, in denen ich zu Besuch war.“

Auch Chase fiel auf die Schnelle keine nennenswerte Reise ein und er war sich sicher, dass er davon gehört hätte, schließlich wusste man hier alles über jeden.

„Ich hab dir doch gesagt, was du tun sollst. Buche ihnen einfach einen Trip, dann können sie nicht Nein sagen", schlug Clayton grinsend vor.

„Onkel Dean hasst Überraschungen", überlegte Audrey laut. „Hm, ich glaube, da bleibt nur Betäuben und Entführen übrig."

Chase, der in diesem Moment einen Schluck aus der Bierflasche nahm, prustete. Allein der Gedanke, den hünenhaften Mann zu betäuben, war zu komisch. Dazu brauchte es einiges an Drogen.

„Du musst die beiden auch verstehen, das B & B ist ihr Baby, die können nicht so einfach loslassen", bemerkte Chase mit verständnisvoller Stimme.

„Oh, das will ich ja auch gar nicht", erwiderte Audrey schnell. „Ich hoffe doch, dass sie noch sehr lange ihr Herz und ihre Seele hineinstecken, aber sie sind leider nicht mehr die Jüngsten und haben sich ein bisschen Spaß verdient."

Chase nickte, denn Dorothy und Dean waren wie auch sein Grandpa Larry um die Siebzig.

„Eine Reise", erinnerte Clayton seine Freundin zwinkernd. „Am besten zu diesem Hotel in Miami in dem Dean bereits war – das Alligator Inn. Die Gang schwärmt heute noch von den alkoholfreien Cocktails."

O ja, das konnte Chase bezeugen. Von diesem Abenteuertrip würden wohl auch noch Larrys Urgroßenkel hören, ob sie wollten oder nicht.

„Ich schau mir das heute Abend mal in Ruhe an. Irgendwie klingt mir der Name des Hotels zu sehr nach Spring Break", antwortete Audrey.

„Dieses Hotel ist alles, aber bestimmt kein Partyhotel für feiernde Teenager." Clayton tauschte einen amüsierten Blick mit seinem Bruder. „Grandpa hat mir erzählt, dass dort um neun Uhr bereits Zapfenstreich war

… und freizügige Frauen unter sechzig wirst du dort auch nicht antreffen.“

„Warum muss ich mir gerade vorstellen, wie Dorothy das Buffet kritisch in Augenschein nimmt?“ Chase lachte herzhaft. „Die Pancakes dort kommen bestimmt aus der Schüttelflasche.“

Audrey fiel in Chase’ Lachen ein. „Da könntest du recht behalten, deshalb schlage ich vor, wir nehmen etwas Exklusives.“

„Nur kann dort Dean bestimmt nicht in seinem weißen Unterhemd aufschlagen“, bemerkte Clayton trocken.

Chase verzog den Mund. Er kannte den Senior im Sommer gar nicht anders, wenn das Thermometer eine bestimmte Temperatur erreichte, sorgte dieser für ausreichend Belüftung unter den Achseln. Okay, die Auswahl des Hotels gestaltete sich schwieriger als gedacht.

„Tante Dorothy wird ihm schon was Passendes einpacken, da bin ich mir ganz sicher“, winkte Audrey ab und wandte sich dann mit einem geheimnisvollen Lächeln, das nichts Gutes verhieß, an Chase.

„Wie geht es Isabelle?“

„Ähm, ich nehme an, gut“, erwiderte der Polizist mit gedehnter Stimme, „zumindest heute Vormittag, als ich sie zuletzt gesehen habe.“

„Sie recherchiert für ein neues Buch ausgerechnet bei euch?“, fiel Audrey mit der Tür ins Haus und nahm im Schneidersitz direkt vor Chase am Boden des Sonnendecks Platz. Wenn dies ein längeres Verhör werden sollte – und danach sah es allem Anschein nach aus –, war es besser sofort zu flüchten.

„Das hab ich mich auch schon die ganze Zeit gefragt“, fiel ihm nun sein Bruder in den Rücken. „Wenn du mich fragst, hätte sie da in New York ganz klar mehr bekommen. Hier gibt es weder Mord noch Totschlag und auch keine Cops, die aussehen wie der Chippendale-Cast."

„Vielen Dank für die Einführung ins NYPD", erwiderte Chase trocken. „Dafür hat sie hier viel Ruhe zum Schreiben und eine Grandma, die ihr den Rücken freihält." Chase gratulierte sich selbst für diese geistreiche Antwort, doch bevor er sich zu sehr freuen konnte, holte ihn Audrey auf den Boden der Tatsachen zurück.

„Vielleicht bist du auch bald so bekannt wie die Chippendales? Du musst nur dein Hemd ausziehen und ein wenig mit deinem Schlagstock schwingen."

„Du meinst das Shooting für den Kalender morgen? Nein, da mach ich nicht mit." Chase schüttelte vehement den Kopf.

„Wie, du machst da nicht mit? Wir müssen mitmachen", protestierte Clayton.

„Ja, die Betonung liegt auf *müsst*, weil eure Frauen euch dazu nötigen." Chase grinste selbstzufrieden.

„Moment mal, Clayton sieht in seinem sexy Handwerker-Outfit echt heiß aus. Ich musste ihn nicht zwingen, er hat selbst eingesehen, dass ihn ein einziges Foto nicht umbringen wird."

Chase verkniff sich eine Antwort. Er konnte sich gut vorstellen, dass es nicht bei einem einzigen Foto bleiben würde, um an anständige Aufnahmen zu kommen.

„Stell dich nicht so an, sei lieber froh, dass wir euch dabei unterstützen. Ursprünglich sollte es doch ein Polizeikalender werden oder wär es dir lieber, gleich drei Kalenderblätter zu schmücken, weil ihr zu wenige seid?"

„Dann würden aber immer noch drei Monate fehlen", antwortete Chase triumphierend. „Wir sind schließlich nur zu dritt." *Okay im Moment nur zu zweit,* fügte er gedanklich hinzu – Bill war mittlerweile ausgeschieden. Aber der ehemalige Sheriff hatte bereits zugesagt, an dieser Aktion teilzunehmen. Chase konnte immer noch nicht glauben, dass sich sein alter Boss zu so einem Schwachsinn hinreißen ließ. Dennoch stand für ihn die Antwort fest – und zwar ein ganz klares Nein. Sollte sich doch sein Grandpa zweimal ablichten lassen, immerhin hatte sich dieser lautstark auf der Bürgerversammlung gemeldet, um an eine Klimaanlage zu kommen.

„Ach komm schon, sei kein Spielverderber." Audrey zog eine Schnute, wie sie es schon als Kind getan hatte. „Wenn schon die Senioren sich nicht zu schade dafür sind."

Okay, auf diesen Satz würde er nicht antworten. Die Senioren hatten ihren Ruf schon weg und es war ihnen egal, was man über sie dachte.

„Es hat keinen Zweck, Liebling. Du weißt doch, wie Chase ist. Er ist der Oberspießer in der Familie!" Clayton schenkte seinem jüngeren Bruder einen vielsagenden Blick.

Chase ballte die Fäuste. Langsam hatte er es satt, immer als Spießer bezeichnet zu werden, nur weil er nicht alles besprang, was bei drei auf den Bäumen war – so wie sein Bruder zu seinen wildesten Zeiten. Er hatte eben andere Prioritäten und dazu zählte in erster Linie sein Job. Okay, eigentlich nur sein Job. Und nach seiner Wahl zum jüngsten Sheriff von Little Falls würde sich daran auch nichts ändern. Er nahm seinen Eid nämlich sehr ernst, immerhin schenkte ihm die ganze Stadt ihr Vertrauen.

Chase warf einen Blick auf die Uhr, es wurde höchste Zeit zu gehen, wenn er sich noch um sein Hemd für morgen kümmern wollte – denn die fünfzehn Minuten, die es ihn kosten würde, es zu bügeln, könnte er morgen sicher anders einplanen.

12

Larry

Beeindruckt sah sich Larry im Foyer des Kinos um. Matt hatte wirklich ganze Arbeit geleistet. Für das Fotoshooting hatte sich der junge Mann nicht nur um die perfekte Beleuchtung gekümmert, nein, es gab auch etliche Requisiten und Kostüme, damit etwas Abwechslung in den Kalender kam. Larrys Blick fiel auf Dean, der wie angekündigt in einem Piratenhemd erschienen war, um seine Plauze zu kaschieren. Er musste zugeben, dass die Verkleidung seinem raubeinigen Charme schmeichelte ... Irgendwie erinnerte er ihn an den väterlichen Gibbs aus Fluch der Karibik, fehlte nur noch der Backenbart.

„Dean, sollen wir mit dir anfangen?", fragte Matt amüsiert. „Du bist ja schon bereit."

„Klar, warum nicht", antwortete der Besitzer des B & B und nahm vor der Leinwand eine kämpferische Pose ein. „Soll ich das Hemd weiter öffnen oder ist das genug Haut?"

„Ich denke, das sollte genügen", bemerkte Matt grinsend. „Perfekt, du bist der geborene Pirat."

Jonathan trat neben Matt ans Kamerastativ, um ebenfalls einen Blick auf das Display zu werfen, dann pfiff er durch die Zähne. „Hast du heimlich geübt? Die Kamera scheint dich zu lieben!"

„So weit kommt es noch, heimlich üben. Als ob ich die Zeit dafür hätte“, erwiderte Dean kopfschüttelnd und fletschte daraufhin für die Kamera die Zähne.

„Oh, wie authentisch, man bekommt richtig Angst!“ Eugene zuckte gespielt zusammen. „Meine liebe Martha wird begeistert sein. Man wird uns den Kalender geradezu aus den Händen reißen.“

Larry schmunzelte. Dafür würden vielmehr seine Enkelsöhne sorgen, die mit dem Fotoshooting direkt nach ihnen dran waren.

„Ich denke, wir sind fertig, Dean“, unterbrach Matt Deans Schauspielerei. „Da sind ein paar gute Aufnahmen dabei!“

„Prima, und ich muss zugeben, es hat mir richtig Spaß gemacht. Bin schon gespannt, was Dorothy dazu sagen wird.“

„Die Piratenverkleidung war eine tolle Idee“, bemerkte Jonathan, der gerade die Kostüme an der Kleiderstange durchforstete. „Hätte ich mir mal lieber vorher Gedanken gemacht. Irgendwie kann ich mich nicht entscheiden. Was haltet ihr von diesem Priesterkostüm?“

„Ich weiß nicht“, erwiderte Eugene skeptisch. „Das Gewand reicht ja bis zum Boden – außer du ziehst es etwas hoch und zeigst deine durchtrainierten Waden vor.“

Jonathan hängte die Verkleidung wieder an die Garderobe.

„Wie wär’s damit?“, schlug Larry vor und schnappte sich aus der Requisitenkiste ein gebundenes Lederbuch.“

„Oh, damit lässt sich etwas anfangen“, mischte Matt sich ein. „Ihr müsst euch ja nicht zwingend verkleiden …“

„Und es passt zu mir“, entgegnete Jonathan zufrieden lächelnd.

Eugene verzog zweifelnd das Gesicht. „Und was willst du darstellen? Einen Bücherwurm?"

„Ich zieh nun mal nicht gerne blank. Ich setz mich einfach auf diesen Hocker und lese. Lesende Männer sind sexy." Jonathan nahm Platz, dann rückte er sich die Lesebrille auf die Nasenspitze, um seine studierende Geste zu unterstreichen."

Larry verfolgte mit einem Schmunzeln, wie der Buchhändler die Lippen kräuselte und intellektuell dreinschaute.

„Perfekt. Es ist gut, dass ihr authentisch bleibt, das macht euch nur umso sympathischer", kommentierte Matt Jonathans Pose. „Die Bilder der Feuerwehrleute aus New Haven sehen im Vergleich zu euch doch ziemlich gestellt aus."

Larry nickte. Mittlerweile hatte auch er einen Blick in den berüchtigten Kalender geworfen. Die Männer waren allesamt gut gebaut und eingeölt worden – ein Wunder, dass Mister Oktober nicht das Kätzchen aus der Hand geflutscht war.

„So, der Nächste, bitte", unterbrach Matt Larrys Gedanken und sah ihn an.

„Oh, soll ich weitermachen?", fragte dieser überrascht.

„Ja, Larry, mach nur. Ich habe etwas Besonderes im Park geplant", informierte Eugene die Männer mit verheißungsvollem Blick. „Das künstliche Licht ist nicht meins."

„Na gut", bemerkte Larry und wunderte sich gleichzeitig, was sein bester Freund aausheckte. Wahrscheinlich hatte ihn Martha dahingegen manipuliert, das Beste aus dem Shooting herauszuholen. Ihm schwante Böses. Larry lief zu der kleinen Reisetasche, die er für diesen Termin gepackt hatte, und holte daraus einen

Nikolausumhang samt Bart heraus. „Da ich Weihnachten so liebe – wie ihr alle wisst –, stelle ich mich als Santa zur Verfügung.“

„Eine tolle Idee, Larry. Oh, etwa ein sexy Santa wie in Isabelles Buch?“, fragte Eugene hoffnungsvoll.

„Die Hose lass ich an, ich will ja dem jungen Mann auf dem Cover keine Konkurrenz machen“, erwiderte er laut lachend.

„Och, wie schade, dann zeig wenigstens deinen Bizeps her, der ist doch ganz gut in Form“, bettelte Eugene, der von Martha eindeutig eine Gehirnwäsche bekommen hatte. „Sonst wirkt der Kalender wie aus dem Altenheim.“

„Wenn euch mein Bauchansatz nicht stört, dann lass ich den Mantel offen“, antwortete Larry und tauschte das luftige Hemd gegen den flauschigen Mantel. Nachdem er sich auch den Bart aufgeklebt hatte, nahm er mit einem großen Plüschelch, den er ebenfalls mitgebracht hatte, auf dem Hocker Platz.

„Die Rolle des Santa steht dir wirklich gut“, kommentierte Dean das Outfit.

„Na, was denkst du, wer sich in den letzten Jahren immer verkleidet hat? Bei drei Enkelsöhnen hatte ich viel zu tun.“ Bei dieser Erinnerung ging ihm das Herz auf. Die Weihnachtsfeste im Kreise der Familie waren immer etwas Besonderes gewesen.

„Bald kannst du den Santa für deine Urenkel spielen“, entgegnete Jonathan mit einem herzhaften Lachen. „Josephine ist felsenfest davon überzeugt, dass Jenna bereits schwanger ist.“

„Was?“ Der Plüschelch fiel ihm aus der Hand. „Das hätten sie uns doch bestimmt gesagt!“

Jonathan hob entschuldigend die Arme. „Vielleicht wollen sie es noch geheim halten.“

Larry schnappte sich wieder den Elch und lächelte unter dem Bart wie ein Honigkuchenpferd. Er konnte es kaum erwarten, weiteren Familienzuwachs zu bekommen. Gut, dass er seine alte Verkleidung noch nicht entsorgt hatte …

„Huhu, die Herren!" Martha schwebte ins Kino. Dann legte sie sich ergriffen die Hand auf die Brust. „Wundervoll, warum bin ich nicht selbst auf die Idee mit Santa gekommen? Ich seh schon, ihr nehmt das Shooting sehr ernst."

Sie tauschte einen verschwörerischen Blick mit ihrem Mann, der Larry nicht entging. Was heckten die beiden schon wieder aus?

„Hallo, Martha", begrüßte er die Bürgermeisterin und erhob sich wieder vom Stuhl. „Wir sind hier drinnen so gut wie fertig."

„Wundervoll, dann kann es ja direkt mit meinem lieben Eugene weitergehen." Sie hob in ihrer typischen Geste die Hand und zeichnete einen imaginären Titel in die Luft. „‚Der Rettungsschwimmer von Malibu'."

„Ähm, wie bitte, hab ich mich eben verhört?", hakte Dean nach, der immer noch in seinem Piratenhemd steckte.

Sie kicherte nervös. „Aber nein, ganz und gar nicht. Er hat von mir einen genauen Drehplan bekommen und wir haben uns ein paar alte Folgen mit David Hasselhoff angeschaut."

„Die Bräunungscreme, mein Honigtöpfchen. Vergiss die Bräunungscreme nicht!", erinnerte Eugene seine Frau mit aufgeregter Stimme.

„Ja, genau, und er hat von mir auch einen neuen Anstrich bekommen", klärte Martha die anwesenden Männer stolz auf.

Jonathan klappte der Mund auf und auch Dean und Larry starrten ihren Freund Eugene nur an.

„Was denn? Einer muss sich ja fürs Team opfern – Sex sells!", erwiderte Eugene erhobenen Hauptes. „Und jetzt entschuldigt mich bitte, ich muss mich auf meinen großen Auftritt vorbereiten."

Mit diesen Worten verschwanden Eugene und Martha im Kinosaal, um weiß Gott was vorzubereiten.

„Scheint länger zu dauern." Matt unterdrückte ein Grinsen. „In der Zwischenzeit schau ich mal bei Cole vorbei. Wir haben ausgemacht, dass ich seine Aufnahmen im Diner mache, und Clayton wird ebenfalls dort sein."

„Eine gute Idee. Unser Mitch wird schon nachkommen, wenn er fertig ist." Dean hielt sich lachend den Bauch.

Nachdem sich Larry umgezogen hatte, machten sich die Männer auf den Weg in den Diner, wo sich Coles und Claytons Begeisterung in Grenzen hielt. Immerhin hatte Clayton bereits den besagten Werkzeuggürtel um die Hüften geschnallt und einen Bauhelm auf dem Kopf.

Larry schenkte seinem mittleren Enkelsohn einen amüsierten Blick. „Ich sehe, Audrey hat dich doch dazu gebracht."

Clayton schnitt eine Grimasse. „Am besten bringen wir's gleich hinter uns – kurz und schmerzlos."

Mitten im Diner ließ der mittlere Cassidy-Spross seine Jeans herunter, ebenso entledigte er sich seines Flanellhemds. Nun baumelte lediglich der lederne Werkzeuggürtel vor seiner Körpermitte und den Boxershorts, die er noch trug.

„Ok, das ist wirklich kurz und schmerzlos", kommentierte Dean dessen Striptease, während Cole sich vor Lachen den Bauch hielt.

Und auch Larry musste zugeben, dass sein Enkelsohn wirklich Mumm hatte. Aber das war nichts Neues, Clayton war schon immer mit einer gesunden Portion Selbstbewusstsein gesegnet gewesen.

„Hier am Tresen oder vielleicht vor der Jukebox?"

„Am Tresen wäre super, dann wirkt es, als würdest du dir nach einem langen Tag auf der Baustelle ein Bier bestellen“, antwortete Matt, während er das Stativ aufstellte.

„Bring ihn bloß nicht auf dumme Ideen“, entgegnete Cole trocken. „Das hier bleibt eine absolute Ausnahme – ich meine, dass er sich ohne Hose in meinem Diner blicken lässt.“

Clayton ignorierte seinen Bruder und stützte sich demonstrativ am Tresen ab, wobei sich die Muskeln seines Oberkörpers anspannten.

„Ja, das sieht gut aus!“, rief Jonathan dazwischen. „Vielleicht noch ein Foto, wie du einen Schluck von deinem Bier nimmst?“

Clayton tat, wie ihm geheißen, und setzte die Bierflasche an, dabei ging etwas daneben und landete auf seinem Sixpack.

Larrys Mund verzog sich zu einem stolzen Lächeln. Ja, seine Enkelsöhne gaben diesem Kalender eindeutig den letzten Schliff – die Klimaanlage für den Bürgersaal rückte immer näher. Nur schade, dass Audrey nicht anwesend war, sie hätte dieses Spektakel sicher sehr genossen.

Clayton, der jetzt mutiger wurde, setzte sich den Bauhelm ab und zog eine Schnute, woraufhin Jonathan und Dean laut aufjohlten.

„Okay, ich muss sagen, du bist ziemlich vielseitig mit deinen Posen“, bemerkte Matt hinter der Kamera. „Wird schwierig, eine Auswahl zu treffen.“

„Vielleicht sollte ich meinen Job als Bauleiter an den Nagel hängen und nur noch modeln?“, entgegnete Clayton und nahm auf dem Barhocker Platz. „Wie sieht das aus?“

Cole, der mittlerweile hinter dem Tresen hervorgekommen war, warf einen Blick auf seinen Bruder. „Das sieht aus, als hättest du keine Hose an, und jetzt runter von meinem Mobiliar."

„Reg dich ab. Kann ich was dafür, dass ich so ein Naturtalent bin?", fragte dieser mit einem Zwinkern und entlockte seinem Bruder lediglich ein lautes Schnaufen.

Larry verfolgte amüsiert, wie sich die beiden kabbelten. Es war beinahe wie früher, als sie noch Kinder waren und sich hier im Diner zankten – an manchen Tagen hatte er sie bis in die Küche gehört.

„Cole, am besten machen wir mit dir weiter", schlug Matt vor. Etwas enttäuscht zog Clayton daraufhin wieder seine Klamotten an und tummelte sich an einen der Tische an der Fensterfront, wo er sich um sein Bier kümmerte und dabei sein Handy checkte.

„Ich warne euch gleich, ich hab nichts vorbereitet", klärte der Besitzer des Diners die Männer auf.

„Wir haben bis jetzt für jeden von uns was gefunden ... Ich habe zum Beispiel nur mit einem Buch posiert", informierte Jonathan ihn.

„Wie wär's am heißen Herd, mit 'ner gusseisernen Bratpfanne?" Dean sah erwartungsvoll in die Runde. „Bei der Gelegenheit kannst du uns gleich ein paar Eier machen, dieses Fotoshooting macht doch ganz schön hungrig."

„Eine tolle Idee!", kommentierte Larry dessen Vorschlag, „und dabei trägt er nichts weiter als eine Schürze." Larry sah das Zögern in Coles Gesicht, doch immerhin wirkte er nicht gänzlich abgeneigt. Es war das, was er jeden Tag tat, er musste nicht einmal in eine andere Rolle schlüpfen.

Cole blies die Luft durch die Backen, dann stieß er die Tür zur Küche auf, wohin ihm die Senioren und Matt folgten. „Herrgott, könnt ihr euch nicht wenigstens umdrehen, wenn ich mich umziehe?"

„Nur keine Scheu, als ob wir dich früher nicht schon in Badehosen gesehen hätten." Dean lachte herzhaft, drehte sich aber dennoch um.

„Ist Ricky nicht da?", fragte Larry, nachdem er sich in der Küche umgeschaut hatte und Coles Mitarbeiter nirgends entdecken konnte. Der junge Mann wollte sich doch wohl nicht vor dem heutigen Shooting drücken?

„Er müsste gleich wieder hier sein – er holt nur schnell sein Auto", entgegnete Cole, während er sich die Schürze umband.

„Warum das denn? Muss er noch wohin?" Jonathan schien irritiert. „Er ist doch der Nächste auf unserer Liste."

Cole schüttelte amüsiert den Kopf. „Nein, er muss nirgends hin – er will sich nur mit seinem Camaro ablichten lassen."

Larry grinste. Es war kein Wunder, dass der Highschool-Schüler, der Cole im Diner half, ausgerechnet auf diese Idee kam. Die ganze Stadt wusste, wie verliebt der frisch gebackene Führerscheinbesitzer in sein Auto war. Ja, an manchen Tagen cruiste Ricky mehrmals um den Park und legte an der Main Street extra einen Stopp ein, damit auch der Letzte wusste, dass er nun einen fahrbaren Untersatz besaß.

„Ich wär so weit." Matt bezog hinter dem Stativ Stellung, das er zum Herd ausgerichtet hatte. „Los gehts!"

Cole nickte ihm kurz zu, dann holte er aus dem Kühlschrank eine ganze Packung Eier, die er in einer Schüssel aufschlug und verquirlte.

„Ja, der Schneebesen kommt gut, mach das nur noch etwas kraftvoller!", rief Jonathan begeistert dazwischen und führte in einer Geste vor, was er meinte.

Cole schenkte dem Buchhändler einen grimmigen Blick.

„Sehr gut, genau wie im Jubiläumsband, da hattest du auch dieses gefährliche Glitzern in den Augen."

„Wenn ihr später noch Rührei wollt, dann spart euch weitere Kommentare. Ich fühle mich so schon, als würde ich mich für den guten Zweck prostituieren. Ich frage mich, was als Nächstes kommt."

„Oh, das Jubiläumssandwich und der Bildband waren nur der Anfang", erwiderte Larry herzhaft lachend. Er rechnete es seinem ältesten Enkelsohn hoch an, dass er all das mitmachte, wo er doch am liebsten seine Ruhe hatte und auf Einmischung im Diner gut verzichten konnte. Mit einem stolzen Lächeln, dass sein ältester Enkel sein Vermächtnis so toll fortführte, verfolgte er, wie sich dieser nun eine große Pfanne schnappte und auf dem Herd platzierte. Einen Augenblick später brutzelte die Eimasse und verströmte einen leckeren Duft, der seinen Magen laut knurren ließ. Er hatte heute kaum etwas gearbeitet, dennoch war er schon wieder hungrig. Er musste zugeben, dass er den hageren Models in all den Jahren unrecht getan hatte – die Arbeit vor der Kamera war ein Knochenjob.

„Prima, Cole, sei ganz du selbst. Stell dir vor, du bist allein in der Küche", redete Matt ihm gut zu. Dean und Jonathan hielten sich – wahrscheinlich aus Angst, auf das Rührei verzichten zu müssen – mit weiteren Kommentaren zurück.

„War's das jetzt?", fragte Cole einen Augenblick später, als er die Pfanne genervt vom Herd zog.

Beinahe zeitgleich versammelten sich die Rentner hinter Matt, um einen Blick aufs Display zu werfen.

„Ja, das sieht doch ganz gut aus", kommentierte Dean eines der Bilder auf dem Cole alles andere als freundlich dreinschaute. „Du bleibst deinem Stil treu und wirkst dabei sehr authentisch."

Larry nickte nur, denn es kostete gerade all seine Willenskraft, nicht zu lachen. Obwohl sein Enkel mit der Schürze und viel nackter Haut den Feuerwehrmännern aus New Haven ernsthafte Konkurrenz machte, wirkte er wie der Bösewicht in diesem Kalender. Okay, spätestens seit Isabelles Roman wusste er, dass es Frauen gab, die genau auf solch unnahbare Bad Boys standen. Vielleicht war seinem Enkel noch gar nicht bewusst, wie sehr er mit diesem Foto herausstechen würde – neben all den Grinsebacken, die sie heute abgegeben hatten.

Lautes Motorengeräusch, gefolgt von einem Reifenquietschen, ließ ihn herumfahren. Ganz offensichtlich hatte Ricky eben den Diner erreicht, um seinen Anteil zur Klimaanlage im Bürgersaal beizusteuern. Larry rieb sich freudig die Hände – die Hälfte hätten sie fast geschafft. Jetzt fehlten nur noch Donny – Claytons Mitarbeiter –, Matt, Eugene und die Jungs vom Sheriff's Office.

13

Isabelle

„Wow, ich liebe diesen neuen Büchertisch!" Isabelle warf einmal mehr einen bewundernden Blick auf die Auslage, die ihre Grandma hergerichtet hatte. Passend zum Sommer und dem Thema Barbecue gab es nicht nur Bücher, sondern auch besonderes Zubehör wie Schürzen, Gewürzsoßen und Picknickgeschirr. Isabelle war sich sicher, dass sich die Kunden mit Freude auf dieses Angebot stürzen würden.

„Mein Trick, um auch die Männer aus Little Falls in meinen Laden zu locken", erwiderte sie mit bedeutungsvoller Miene. „Clayton, zum Beispiel. Er ist ganz scharf auf diese Aktionstische."

„Clayton ist Chase' Bruder, oder?", fragte Isabelle interessiert. Mittlerweile war sie allen Dreien schon flüchtig begegnet.

„Genau, unser Bauleiter im Ort. Das Sprossenfenster hat er eingebaut. Ich kann mich immer noch nicht daran sattsehen", schwärmte Josephine mit einem Blick zum Schaufenster und verzog verzückt das Gesicht.

„Nanu, was ist denn da draußen los? Ich dachte, das Fotoshooting für den Kalender findet in Matts Kino statt?"

Isabelle, die diesbezüglich bereits von ihrer Grandma und auch von Mildred eingeweiht worden war, horchte interessiert auf. „Vielleicht sind sie schon fertig?"

„Hm, das kann eigentlich nicht sein, in so kurzer Zeit. Sag mal, hörst du auch die Musik?" Josephine legte die Hand ans Ohr.

Isabelle hielt kurz inne und lauschte. Gedämpft drang der Soundtrack von ... Woher kannte sie diesen Song?

Ehe sie weitergrübeln konnte, riss Josephine neugierig die Tür auf. „Gibt es hier etwa eine Party, von der ich nichts weiß?" Für einen Moment wirkte sie ehrlich enttäuscht.

„Mitten am Tag?", erwiderte Isabelle lachend, während sie immer noch überlegte, von wo sie diesen 90er Song kannte.

Sie folgte ihrer Grandma hinaus auf die Main Street, wo sich mittlerweile einige Bewohner versammelt hatten und ebenfalls neugierig in Richtung Pavillon sahen.

In diesem Moment kam Francis aus der Bäckerei. „Was ist denn hier los? Sind das nicht unsere Schachopis da hinten?"

„Du hast recht", erwiderte Josephine nach einem weiteren Blick in die Ferne. „Und Matt sehe ich auch mit seiner Kamera."

„So wie es scheint, haben sie das Shooting in den Park verlegt. Auf was warten wir noch, lass uns hingehen!", forderte Francis ihre Nachbarin mit Begeisterung in der Stimme auf.

„Gute Idee, vielleicht können wir auch einen Blick auf einen durchtrainierten Körper erhaschen." Josephine rieb sich voll Vorfreude die Hände und wandte sich grinsend an ihre Enkelin.

„Geht nur, ich halte hier derweil die Stellung", erwiderte Isabelle amüsiert, dann fiel ihr plötzlich ein, woher sie diesen Song kannte – natürlich, das war der Titelsong von Baywatch.

„Papperlapapp, du kommst natürlich mit", wischte Josephine deren Einwand weg. Sie hakte sich bei ihrer Enkelin und Francis unter und zog beide ungeduldig auf die Straße.

„Und der Laden?", protestierte Isabelle. „Willst du denn nicht abschließen?"

Francis und Josephine sahen sich an, als käme die junge Frau vom Mond, dann erwiderte die Buchhändlerin mit einem herzhaften Lachen: „Aber doch nicht hier bei uns in Little Falls!"

Okay, sie musste sich noch daran gewöhnen, dass hier wirklich alles anders lief als in New York City – nicht abschließen ... Ihre Grandma hatte wirklich Nerven.

„Ui, hab' ich da eben etwa nackte Waden und rote Badeshorts aufblitzen sehen?", bemerkte Francis kichernd.

„Wo?", Josephine blickte sich eilig um. „Jonathan kann es nicht sein. Mein Mann würde nie in der Öffentlichkeit blankziehen!"

„Vielleicht ist es einer der jungen Männer?", rätselte Francis und schenkte Isabelle dabei einen undeutbaren Blick. „Oh, da hinten ist Martha! Sitzt sie da etwa auf einem Regiestuhl samt Megafon?"

Jetzt erkannte auch Isabelle die Bürgermeisterin, die gerade mit einem Stapel Blätter in der Hand Anweisungen gab – die Frage war nur, wem? Dabei lief der Soundtrack von Baywatch in Dauerschleife. Isabelle entdeckte ihren Grandpa, der Gott sei Dank seine Kleidung anhatte, ebenso Dean und Larry. Was ging hier vor sich? Hatten sich die Senioren spontan dazu entschlossen, zusätzlich zum Kalender einen kleinen Film zu drehen?

Clayton, der offensichtlich den Assistenten von Matt mimte, gab nun mit einer Filmklappe das Signal zum Start.

Ruckartig wandten sich die Damen in Richtung Pavillon, aus dem auf einmal Eugene wie in Zeitlupe heraustrat und langsam auf die Kamera zurannte.

Prustend hielt sich Francis die Hand vor den Mund. „Eugene? Sag mal, seit wann ist der denn so braun?"

Obwohl Isabelle nicht beurteilen konnte, welchen Bräunungsgrad die Haut des Seniors sonst hatte, konnte sie mit Sicherheit sagen, dass Eugene wohl mehrere Schichten Bräunungsspray abbekommen hatte. Der glatzköpfige Mann wirkte mit der leuchtendroten Boje unter dem Arm und der faltigen Haut wie David Hasselhoffs Ururgroßvater.

Josephine, deren Kinnlade heruntergeklappt war, starrte dem braun gebrannten Flitzer sprachlos hinterher.

Der Soundtrack wurde von Marthas Megafon-Durchsage übertönt. „Sehr gut, mein Hase, weiter so ... und immer in die Kamera lächeln!"

Isabelle sah schmunzelnd zwischen Eugene und dem Publikum hin und her, das sehr gemischt auf diese Einlage reagierte. Francis und ihre Grandma kringelten sich regelrecht vor Lachen, bei Larry, Dean und ihrem Grandpa war es eine Mischung zwischen Faszination und Fremdschämen. Ganz offensichtlich hatte Eugene auch seine engsten Freunde nicht in seine Pläne eingeweiht.

Isabelles Blick wanderte zu Matt, dem man hoch anrechnen musste, wie professionell er dieses Shooting durchzog, während Clayton die Kameraklappe aus der Hand glitt.

„Oh", entfuhr es ihr erschrocken, als sie einen weiteren Cassidy-Bruder hinter den Büschen entdeckte, der mit energischen Schritten und vor Wut schnaubend auf das Setting zusteuerte. So wie es aussah, hatte Martha diese Planänderung ohne Chase beschlossen.

„Ich dachte, das Shooting findet im Kino statt?“ Chase' Stimme überschlug sich beinahe, als er die Bürgermeisterin erreichte.

„Chase!“, rief diese überrascht und nahm eilig das Megafon herunter, dann setzte sie eine entschuldigende Miene auf. „Fand es ja auch. Aber mal ehrlich, hast du schon mal einen Rettungsschwimmer im Kinofoyer gesehen?“

Chase starrte Martha an, als wolle sie ihn auf den Arm nehmen. Nach wenigen Sekunden und einem missbilligenden Seitenblick auf Eugene hatte er sich wieder gefangen und erwiderte in ruhigerem Ton. „Gibt es hierzu eine Genehmigung?“

Martha, die nun sichtlich nervös auf ihrem Regiestuhl herumrutschte, antwortete mit einem Hüsteln. „Das muss ich wohl vergessen haben, aber schau doch nur, Eugene sieht als Rettungsschwimmer einfach perfekt aus. Nicht nur, dass er sich fürs Team geopfert hat und als einziger Senior ein wenig Haut zeigt, nein, die Bräunungscreme, die ich gestern in stundenlanger Fleißarbeit aufgetragen habe, kommt hier im Sonnenlicht noch viel besser heraus.“

Chase warf einen Blick auf Eugene, als wollte er sich von dieser Behauptung überzeugen, doch der Sheriff verzog keine Miene.

Endlich wurde der Baywatch Song abgestellt, beinahe zeitgleich half Larry seinem besten Freund in einen Bademantel. Chase' Ausdruck nach zu urteilen, war es vielleicht besser so, nicht dass er den armen Eugene noch wegen Erregung öffentlichen Ärgernisses festnahm. Rein temperaturtechnisch hätte sich wohl keiner an Badeshorts gestört, aber an diesem öffentlichen Platz war dies eindeutig zu viel Haut – hier gab Isabelle Chase ganz klar recht. Für einen Moment fragte sie sich, warum man dieses Shooting nicht einfach an den Badesee verlegt hatte. Auf Dorothys und

Deans Grundstück hätte es mit Sicherheit keine Probleme gegeben.

Endlich meldete sich der Nackedei persönlich zu Wort. „Chase, du musst uns verstehen – wir wollen doch nur mit diesen eingeölten Feuerwehrmännern mithalten können." Der Senior verzog dramatisch das Gesicht. „Vielleicht wird Little Falls bald so berühmt sein wie New Haven?"

Isabelle schenkte Chase einen mitfühlenden Blick. Der junge Sheriff war wirklich nicht zu beneiden und schien hin- und hergerissen. Gott sei Dank kam in diesem Moment Verstärkung in Form seines Kollegen Bob und Bill, dem ehemaligen Sheriff.

Ganz offensichtlich hatte sich Bill für den heutigen Anlass noch einmal in seine alte Uniform geworfen.

„Alles klar?", fragte Bill in die Runde, der offensichtlich auf den ersten Blick erfasst hatte, dass hier etwas vorgefallen war.

„Huhu, Bill!", begrüßte die Bürgermeisterin den pensionierten Sheriff und kam samt Megafon auf den Mann zu. „Wir haben uns nur zu einer spontanen Außenaufnahme entschieden und sind dabei etwas übers Ziel hinausgeschossen."

„Ich hab dir doch gleich gesagt, dass wir mit der Musik nur unnötig Aufmerksamkeit auf uns ziehen, mein Honigtöpfchen." Eugene warf Chase einen entschuldigenden Blick zu, dann senkte er die Stimme. „Ich wollte es ja ohne Musik machen, aber Martha meinte, es hilft, um in die richtige Stimmung zu kommen."

Isabelle verfolgte, wie Chase sichtlich um Fassung rang, was man ihm nicht verübeln konnte. Wahrscheinlich interessierte es ihn nicht die Bohne, ob der Senior bei Fotoaufnahmen in die richtige Stimmung kam oder nicht, sondern nur, dass alles seinen geregelten Gang lief.

Der junge Sheriff schenkte Eugene einen verständnislosen Blick und wandte sich dann direkt an die Bürgermeisterin. „Ihr könnt hier im Park nicht einfach so eine Peepshow veranstalten, das Sheriff's Office muss künftig über solche Dinge informiert werden. Habe ich mich klar ausgedrückt?"

Bei Chase' Ansage herrschte absolute Stille, vermutlich hatte nun auch der Letzte kapiert, dass sich der junge Mann nicht auf der Nase herumtanzen ließ.

„Ihr habt Chase gehört." Bill legte seinem Nachfolger stärkend die Hand auf die Schulter, ehe er sich mit einem Grinsen an Matt wandte.

„Ich nehme mal an, dass du genügend Fotos von unserem Rettungsschwimmer im Kasten hast?"

Matt nickte. „Mehr als genug und zusätzlich im Zeitraffer. Wollt ihr als Nächstes weitermachen, Bill?"

Isabelle erkannte, wie sich Chase augenblicklich versteifte. Wahrscheinlich war er immer noch der Meinung, er könnte sich vor diesem Shooting drücken.

„Klar, wir sind bereit!", erwiderte der Mann mit Wohlstandsbauch.

„Halt, stopp, noch nicht!", krächzte es aus einiger Entfernung, dann erkannte Isabelle Mildred, die samt Kater Gizmo auf sie zueilte. In der Hand hielt die Bürokraft des Sheriffs einen Zeitungsausschnitt. „Ist das zu fassen?", fragte sie außer Puste, als sie vor Chase und Bill zum Stehen kam.

Die alte Irin setzte ihren Kater am Boden ab und atmete mehrmals laut aus, um sich zu fassen.

„Mildred, alles klar?", fragte Chase mit besorgtem Blick.

„Nichts ist klar! Schau dir das an! Diese kleinen Lümmel sind uns zuvorgekommen. Darauf brauch ich erst mal einen Drumshanbo."

Isabelle wusste zwar immer noch nicht, was ihre neue Kollegin so aufregte, dafür wurde sie Zeuge, wie die alte Dame ein kleines Fläschchen aus der Tasche zog und kurz nippte. Dem Namen nach konnte es sich dabei nur um einen irischen Whisky handeln.

Chase blinzelte auf einmal, als hätte er sich versehen, dann nahm er seiner Mitarbeiterin ohne Kommentar das Zeitungsblatt aus der Hand.

„Was ist denn passiert? Klärt uns doch endlich auf", kam es nun von Francis, die bis jetzt alles stumm verfolgt hatte.

Anstelle von Chase, der ziemlich unbeeindruckt wirkte, kam es stockend von Bill zurück: „Nach dem Feuerwehrkalender bringt New Haven nun auch einen Polizeikalender raus! Hier, die Presse hat schon Wind davon bekommen."

„Unerhört!", rief Josephine aufgebracht dazwischen.

„Beruhigt euch wieder, meine Lieben." Martha nickte wohlwollend in die Runde. „Dafür ist unser Kalender viel abwechslungsreicher. Wer will schon zwölf Cops, alle in identischer Uniform sehen? Ist doch langweilig." Sie hob in ihrer typischen Geste die Hand und zeichnete einen imaginären Zeitungstitel in die Luft. „‚Little Falls verzaubert mit einem Kalender für vielfältige Geschmäcker und Generationen'."

„Du hast recht, Martha", bemerkte Josephine kämpferisch. „Ich werde morgen gleich meine Zeitungstante kontaktieren, damit sie uns einen würdigen Artikel schreibt. So eine Vielfalt gibt es nur bei uns. Wir haben alles im Angebot. Cops, Handwerker, mürrische Diner-Besitzer ... und unsere Schachopis!"

Bill riss Chase, von Josephines Euphorie angesteckt, geradezu die Zeitung aus der Hand. „Wisst ihr, was, denen werden wir es zeigen. Matt, sag mir, was ich machen soll. Ich bin zu allem bereit!"

Gebannt sahen die Schachopis zwischen dem Fotografen und ihrem alten Sheriff hin und her, der sich in diesem Moment das Hemd aufknöpfte. Bob, der vor

Kurzem zum zweiten Mal Vater geworden war, tat es ihm gleich, nur Chase wirkte, als wäre er in diesem Moment lieber woanders.

Isabelle schnitt eine Grimasse, denn ausgerechnet der Sheriff, der von allen am meisten zu bieten hatte, hielt seine Klamotten an.

In diesem Moment wurde ein weiterer Song aufgespielt, der die anwesenden Golden Girls und Mildred zum Johlen brachte. Joe Cockers Hit „You can leave your hat on".

Obwohl Chase in diesem Augenblick kurz vor einem Herzanfall stand, wippte Isabelle mit dem Kopf im Takt mit. Hach, sie konnte nicht beschreiben, wie sehr sie diese kleine Stadt in den letzten Tagen ins Herz geschlossen hatte.

Ihr Blick wanderte zu Mildred, die ihren Kater nun auf den Arm hob und ebenfalls ein Tänzchen hinlegte – glücklich, dass sie es diesen „kleinen Lümmeln" aus New Haven doch noch zeigten.

Bill, der mit seinem Bauch und der untersetzten Figur eher wie ein gemütlicher Tanzbär als ein Chippendale wirkte, gab alles. Kaum zu glauben, dass der ehemalige Sheriff solche Moves draufhatte.

Die Golden Girls johlten erneut laut auf, als er nun seine Handschellen in der Luft herumwirbelte und mit der Hüfte kreiste.

„Sehr gut, weiter so!", kommentierte Martha den Auftritt übers Megafon und lockte so nur noch mehr Einwohner in den Park.

Isabelle sah verstohlen zu Chase hinüber, der jeglichen Protest aufgegeben hatte und seinen alten Boss anstarrte. Erkannte sie da auf seinen Lippen etwa ein unterdrücktes Schmunzeln? Wahrscheinlich hatte auch er diese Seite an ihm noch nie kennengelernt.

„Und nun du, Chase!", forderte Martha den neuen Sheriff lautstark auf.

„Genau, zier dich nicht so! Zeig was du hast!"

Isabelles Blick wanderte zu ihrer Grandma, die dem jungen Mann nach ihren Worten aufmunternd zunickte.

Auch wenn sich Isabelle für einen Moment fremdschämte – ihre Grandma nahm wie immer kein Blatt vor den Mund –, fand sie, dass sich Chase schon etwas anstellte. Immerhin hatte jeder mitgemacht, selbst seine Brüder. Warum konnte ausgerechnet der Jüngste nicht mal seine Moral vergessen und über seinen Schatten springen. Es verlangte ja niemand von ihm, dass er ihnen weiß Gott was zeigte.

„Komm schon, Chase, sei doch nicht so verklemmt. Es ist für einen guten Zweck", rutschte es ihr heraus.

Vielleicht ließ er mit sich reden, wenn sie mit sachlichen Argumenten kam und an seine Vernunft appellierte.

Okay, vielleicht war das doch keine gute Idee gewesen, denn sein Ausdruck verwandelte sich schlagartig in ... hm, ja in was? Hatte sie eine Grenze überschritten?

Chase sah sie mit bedrohlichem Blick an, der ihre Haut Kribbeln ließ, dann kam er langsam auf sie zu. Was hatte er vor? Wollte er ihr eine Verwarnung ausschreiben?

Isabelle kicherte nervös, während er sie immer noch unverwandt anschaute. Warum schlug ihr das Herz auf einmal bis zum Hals? Seine Hände glitten nach unten zu seinem Gürtel, den er nun langsam öffnete, dabei ließ er sie nicht aus den Augen.

Unbewusst schnappte sie nach Luft, er wollte doch wohl nicht hier im Park vor allen blankziehen?

Nachdem Chase den Gürtel aus der Schlaufe gezogen hatte, ließ er ihn mit ausgestrecktem Arm zu Boden fallen, kurz darauf entledigte er sich auch seiner Hose.

Mit langsamen Bewegungen knöpfte er sein khakifarbenes Hemd auf, das ebenfalls auf dem Rasen landete – nur den Hut behielt er noch an.

Automatisch starrte Isabelle auf Chase' Oberkörper, der einfach perfekt war, dann wanderte ihr Blick wieder nach oben. Ihre Augen blieben an seinen Grübchen hängen, ehe sie ihn amüsiert ansah. Wer hätte gedacht, dass der Sheriff aus Little Falls mehr Sex verkörperte als ihr Secret Santa und der Millionär zusammen? Vielleicht sollte sie Chase einfach fragen, ob er für ihr nächstes Cover zur Verfügung stand. Ihr Mundwinkel zuckte verräterisch, als ihr Blick erneut nach unten wanderte und an seinem Sixpack hängen blieb – sie konnte von seinem Anblick einfach nicht genug bekommen.

14

Chase

Was war nur in ihn gefahren? Chase schüttelte erneut ärgerlich den Kopf über sich selbst, als er wieder an das Kalendershooting im Park dachte. Obwohl mittlerweile zwei Tage vergangen waren, schaffte er es einfach nicht, einen gedanklichen Strich unter diese impulsive Aktion zu ziehen. Wie sah es denn aus, wenn ausgerechnet der frischgebackene Sheriff jegliche Selbstkontrolle verlor? Insgeheim wusste er jedoch, was ihn zu dieser Tat verleitet hatte. Isabelles Kommentar. Verklemmt hatte sie ihn genannt – verklemmt. Das Wörtchen hallte seit Samstagnachmittag in seinem Kopf nach und ließ ihn nicht mehr los. Wirkte er so auf sie? Und warum war es ihm auf einmal wichtig, was sie von ihm dachte oder ob sie seinen Körper attraktiv fand. Unter ihrem amüsierten Blick hatte er sich wie ein unerfahrener Anfänger gefühlt, der im Vergleich zu ihren Romanfiguren noch grün hinter den Ohren war. Dennoch hatte er in ihren Augen dieses erwartungsvolle Glitzern erkannt, das ihn sogar bis in seine Träume verfolgt hatte.

Chase öffnete die Tür zum Sheriff's Office und trat ein. Innerlich atmete er erleichtert auf, da er Isabelle an diesem Montagmorgen noch nirgends entdecken konnte.

„Guten Morgen, Chase!", begrüßte ihn sein ehemaliger Vorgesetzter, der heute besonders gut gelaunt schien und nach dem ereignisreichen Wochenende mit Sicherheit die Lage abchecken wollte.

„Guten Morgen, Bill." Sein Blick wanderte zu Mildred, die am Faxgerät stand und dieses mal wieder zum Glühen brachte. „Guten Morgen, Mildred."

Bei Chase' Stimme fuhr diese erschrocken herum, was schlagartig sein Misstrauen weckte. Anstatt direkt zu seinem Schreibtisch zu gehen, lief er zu Mildred, die jetzt versuchte, das Papier händisch aus dem Gerät zu ziehen. Doch leider zu spät. Das Fax hatte es bereits zur Hälfte eingezogen. Chase kniff argwöhnisch die Augen zusammen, als das Bild Stück für Stück wieder zum Vorschein kam. Er erkannte einen beigefarbenen Stetson, kurz darauf seinen herausfordernden Blick, der Isabelle galt.

„Wie bist du an mein Foto gekommen?" Chase sah die ältere Dame entgeistert an, ehe er den Rest des Bildes aus dem Fax zog, sodass dieses kurz ins Stottern kam.

„Matt war so nett und hat mir einen Abzug gemacht", erwiderte Mildred völlig unbeeindruckt. „Ist das nicht lieb? So kann ich gleich mal etwas Werbung machen. Seit hier jeder auf die Idee kommt, einen eigenen Kalender herauszubringen, ist die Konkurrenz enorm groß."

Chase' Blick wanderte zu Bill, der hilflos die Arme hob. „Sie faxt schon, seit ich reingekommen bin. Und wo sie recht hat, hat sie recht. Mit unserem bunt zusammengewürfelten Haufen haben wir wirklich die schlechtesten Karten."

„Na und, dann verkauft sich der Kalender halt nicht!" Chase konnte kaum glauben, dass auch der alte Sheriff so erpicht darauf war, ernsthaft Einnahmen mit diesem Kalender zu generieren. „Wenn es sein muss, bezahl ich die verdammte Klimaanlage für den Bürgersaal aus eigener Tasche!"

Bill kam auf den jungen Mann zu und legte ihm versöhnlich die Hand auf die Schulter. „Chase, beruhig dich wieder. In ein paar Wochen wird kein Hahn mehr danach krähen – außerdem war es doch auch für was gut." Der ältere Mann verzog amüsiert das Gesicht, doch Chase stand auf dem Schlauch.

Mildred schnaufte ungeduldig neben ihm. „Na, du hast Isabelle ganz schön aus dem Konzept gebracht! Sag bloß, das ist dir nicht aufgefallen?"

„Mmh, der Autorin hat ganz offensichtlich gefallen, was sie gesehen hat." Bill grinste bis über beide Ohren.

Chase wusste nicht, was er von dieser Behauptung halten sollte. Ja, Isabelle war überrascht gewesen, genauso wie die zwei Dutzend anderen Zuschauer, die wahrscheinlich immer noch an seinem Verstand zweifelten. Gestern beim Sonntagsfrühstück hatte er seinem Grandpa Larry kaum in die Augen sehen können, immerhin war er dabei gewesen, als er bis auf seinen Slip und den Hut blankgezogen hatte.

„Also wenn du mich fragst, brauchst du dich nicht zu schämen", kam Mildreds ungefragter Kommentar. „Dafür dass du kein Model bist, hast du dich wacker geschlagen – stimmt's, Gizmo?"

Erst jetzt entdeckte Chase den halb blinden Kater, der auf Mildreds Schreibtischstuhl vor sich hin döste – mal wieder unzulässigerweise, denn das Mitbringen von Haustieren war eigentlich nicht gestattet.

Mildred, die Chase' missmutigen Blick offensichtlich erfasst hatte, reagierte jedoch schnell. „Wir haben schon die neuesten Berichte in der Datenbank erfasst ... Gizmo ist ganz vernarrt in diese Computermaus – kannst du dir das vorstellen?"

Okay, die ältere Dame spielte in letzter Zeit allzu oft ihren neuen Joker aus. Er freute sich ja riesig, dass sie mittlerweile die Scheu vor der Technik verloren hatte, nur langsam wurde es langweilig.

„Oh, das stimmt!“, kam ihr Bill zu Hilfe. „Am besten gefallen ihm die Katzenvideos auf TikTok.“

Chase sah seine Mitarbeiterin verwirrt an. TikTok, seit wann war Mildred von YouTube zu TikTok übergegangen?

„Aber keine Sorge, mein Lieber“, flötete sie schnell. „Ich mach das ganz vorschriftsmäßig in der Mittagspause, will ja nicht ne Abmahnung riskieren.“

Für einen Moment fragte sich Chase, ob das Faxen von personenbezogenen Bildern nicht schon eine Abmahnung rechtfertigte. Er wollte gar nicht wissen, an wen sie sein Kalenderblatt schon verschickt hatte. Möglicherweise besaß bereits ihre Enkelin in Dublin ein Exemplar. Mist. Warum hatte er sich am Samstag nicht einfach beherrschen können? Isabelle hatte geschafft, was bisher noch keinem Menschen in seinem Leben gelungen war. Sie hatte ihn die Beherrschung verlieren lassen.

Wütend über sich selbst, lief er zu seinem Schreibtisch und ließ das Foto in der Schublade verschwinden. Sicher war sicher. Außerdem brauchte er Kaffee, und zwar dringend. Doch ehe er selbst dazu kam, drückte Bill auf den Knopf der Maschine und brachte ihm eine frisch aufgebrühte Tasse. Ganz offensichtlich wollte sich sein ehemaliger Boss einschmeicheln, weil er Mildred nicht gestoppt hatte.

„Danke, Bill“, erwiderte Chase und nahm das dampfende Getränk dankbar an. Nach einem großen Schluck fragte er mit hochgezogener Augenbraue: „Und was verschlägt dich aufs Revier? Sag bloß, dir fällt daheim schon die Decke auf den Kopf.“

Bill lachte herzhaft. „So ähnlich, ja … und um Isabelle noch was zu zeigen.“

Chase verzog skeptisch den Mund. Wohl eher um ihr erstes Aufeinandertreffen seit Samstag hautnah mitzuerleben. Für einen Moment schien ihn dies nicht einmal zu stören. Vielleicht war es sogar besser, wenn Bill als Verstärkung hierblieb. So war er nicht allein mit den Frauen und ihrem Geschwätz über den Kalender.

„Du fährst doch heute nach Woodbury, wie wär's, wenn wir Isabelle mitnehmen und ich führ sie ein wenig im County Jail herum, während du dich um deine Angelegenheiten kümmerst?"

„Klar, warum nicht. Dann sieht sie auch mal was anderes", erwiderte Chase mit einem zufriedenen Nicken. Die Idee war sehr gut. Am besten gefiel ihm jedoch, dass sich Bill um sie kümmern wollte und er ihr aus dem Weg gehen konnte.

„Hallo, Isabelle!", begrüßte Bill die junge Frau, die in diesem Moment das Büro betrat. „Wir haben gerade über dich gesprochen. Du begleitest uns heute ins County Jail."

„Guten Morgen zusammen. Das hört sich toll an", erwiderte Isabelle überrascht, wobei sie es mied, Chase' Blick zu begegnen.

Bill sah schmunzelnd zwischen den beiden hin und her, dann wandte er sich an Chase. „Sollen wir gleich los?"

„Ja, ich hab um neun einen Termin mit Herman." Der junge Sheriff stand auf, kippte den Rest des Kaffees hinunter und lief zum Waffenschrank, um sich seine Ausrüstung zu holen. Aus dem Augenwinkel bemerkte er Isabelles neugierigen Blick. Okay, sie war offensichtlich doch nicht so tough, ihn zu ignorieren, wahrscheinlich speicherte sie in diesem Moment wieder ein paar Informationen für ihren Roman im Hinterkopf ab.

Chase schnallte sich das Holster um. Sogleich weckte dies Erinnerungen an seinen Striptease, nur in umgekehrter Reihenfolge. Mist, warum wurde ihm auf einmal so heiß? Die Klimaanlage lief im Sommer auf Hochtouren, dennoch hatte er das Gefühl, er befände sich in einer Sauna.

Sein Blick wanderte unbewusst zu Isabelle, die ihn immer noch anstarrte. Ging ihr gerade ebenfalls seine Einlage im Park durch den Kopf? Hatte ihr gefallen, was sie gesehen hatte? Er musste zugeben, dass sein hartes Training in den letzten Wochen durchaus nützlich gewesen war. Nicht nur für seine Prüfung in der Polizeischule, sondern auch, um eine echte New Yorkerin zu beeindrucken. Eben, nach einem Blick auf Mildreds Foto, war ihm erst richtig bewusst geworden, dass er es mit den halb nackten Männern auf ihren Buchcovern durchaus aufnehmen konnte.

„Viel Spaß euch!", flötete Mildred, während sie Kaffeepulver in den Filter ihrer Maschine gab. „Ich halte hier derweil die Stellung."

„Bis später, Mildred", erwiderte Isabelle und verließ mit Bill das Office.

Nachdem Chase die ältere Dame noch instruiert hatte, folgte er den beiden kurz darauf ins Freie. Automatisch warf er einen Blick zum Diner, um den er heute einen großen Bogen gemacht hatte. Auf weitere Kommentare konnte er gut und gerne verzichten – vor allem von seinen Brüdern, die ihn bereits am Wochenende wegen seiner Einlage aufgezogen hatten. Dabei waren sie selbst keine Unschuldslämmer. Sein Grandpa Larry hatte ihn bereits aufgeklärt, dass Cole und Clayton vor der Kamera ebenfalls blankgezogen hatten. Cole eher widerwillig, dafür konnte Clayton wohl gar nicht genug davon bekommen, sich mit seinem Werkzeuggürtel und dem Bauhelm vor der Linse zu rekeln.

Chase öffnete den Wagen und stieg ein. Jedoch war es nicht Bill, der neben ihm Platz nahm, sondern Isabelle.

Ruckartig drehte er den Kopf nach hinten. Aber auch auf dem Rücksitz konnte er seinen ehemaligen Boss nicht entdecken, denn dieser stand immer noch auf dem Gehweg und tippte nun etwas ins Handy ein. Einen Augenblick später ertönte die Stimme von Bills Frau über den Lautsprecher. Okay, vielleicht wollte er sie informieren, dass er sie heute begleiten wolle.

„Nach Woodbury? Wir wollten doch einkaufen gehen."

Selbst aus dem Auto heraus erkannte Chase, dass Bill alles andere als Lust aufs Einkaufen hatte.

„Wir können doch nach dem Mittag gehen?", schlug Bill versöhnlich vor.

„Du meinst, wenn die Sonne brütend vom Himmel scheint und uns alles im Kofferraum schmilzt? Heute soll es wieder sehr heiß werden."

Bill warf einen Blick zu Chase und hob entschuldigend die Schultern. „Du hast recht. Nun gut, dann müssen Chase und Isabelle eben alleine nach Woodbury ..."

Erst jetzt ging Chase auf, was das bedeutete. Er würde mit ihr eine ganze Stunde im Auto verbringen – allein. Leichte Panik ergriff ihn ... vielleicht konnte er sie in letzter Minute ausladen, immerhin waren sie noch nie zu zweit gewesen – und nach seinem Auftritt vom Wochenende wollte er es lieber dabei belassen. Es war ihm immer noch verdammt unangenehm.

Bill ließ das Handy in seiner Brusttasche verschwinden und beugte sich zur offenen Fensterscheibe herunter. „Tut mir leid, aber ihr müsst ohne mich los." Er schnitt eine Grimasse und machte eilig auf dem Absatz kehrt, als hinge sein Leben davon ab.

Chase schüttelte über den ehemaligen Sheriff den Kopf und startete den Wagen. Alles andere wäre kindisch.

„Wie weit ist es denn zum County Jail?", fragte Isabelle, als sie Little Falls hinter sich ließen und auf die Landstraße abbogen.

„Eine Stunde Fahrt in etwa", erwiderte Chase. Es war wohl am besten, wenn er die Fahrt mit ein paar Anekdoten überbrückte, anstatt sie anzuschweigen.

„Das Sheriff's Office in Little Falls hat auch die Gemeinden Woodbury und Alexandria unter sich?", fragte Isabelle, die ihre Hausaufgaben offensichtlich gemacht hatte.

„Genau, da hier der Verwaltungssitz liegt und wir alle zum gleichen County gehören."

„Und in diesem Gefängnis, gibt es da auch richtige Verbrecher?" Isabelles Zurückhaltung von vorhin war wie weggeblasen, sie hatte schon wieder ihren berüchtigten Notizblock hervorgezogen, was Chase schmunzeln ließ. Augenblicklich entspannte er sich etwas, wie immer, wenn er über seinen Job reden konnte. Zumindest war dieses Thema unverfänglicher als ein Sexy-Kalender.

„Was heißt denn richtige Verbrecher?" Er sah sie amüsiert an.

Isabelle verzog entschuldigend das Gesicht. „Ich meine jetzt nicht arme Omis, denen du ein Knöllchen gibst, weil sie im absoluten Parkverbot vor der Bäckerei stehen."

Chase' Kopf fuhr herum. War ja klar, dass ihn diese Geschichte noch Jahre später verfolgen würde. Aber er war immer noch der Meinung, dass er an seinem ersten Tag als Deputy Sheriff alles richtig gemacht hatte. Die ältere Lady hatte ihn zwar als feucht hinter den Ohren beschimpft und ihm gedroht, dass sie sich bei seinem Grandpa beschweren würde ...

„Chase?" Isabelle sah ihn mit einem amüsierten Lächeln an, das sein Herz wild pochen ließ.

„Irgendjemand musste sie ja mal in die Schranken weisen", stammelte Chase, den Blick fasziniert auf seine Begleiterin gerichtet. Was passierte hier gerade? Noch nie hatte sich ein derart intensives Kribbeln in seinem Körper ausgebreitet, das seinen Verstand für einen Moment aussetzen ließ.

Isabelle schüttelte gespielt tadelnd den Kopf. „Alma, trägt es dir bis heute nach. Sie war erst gestern im Laden und hat mich vor dir gewarnt."

„Was hat sie?" Chase klappte die Kinnlade herunter.

Verlegen verzog Isabelle den Mund. „Frag mich nicht, wie sie darauf kommt, aber ich glaube, sie denkt, da läuft was zwischen uns."

Chase richtete den Blick schnell auf die Straße, damit Isabelle nicht sah, wie sehr ihn Almas Vermutung aus dem Konzept brachte. Okay, es war eine Sache, sich selbst das ganze Wochenende verrückt zu machen und Isabelles undeutbaren Blick auf sein Sixpack richtig einzuordnen, aber es war etwas komplett anderes, wenn bereits Alma irgendwelche Schwingungen verspürte. Jeder im Ort wusste, dass sie leidenschaftlich gerne Tarotkarten legte, und wahrscheinlich hatten ihr genau diese irgendetwas offenbart. Er glaubte zwar nicht an solch einen Hokuspokus, dennoch hatte sie mit Cole und Jenna letztendlich auch recht behalten.

„Lass mich raten, ihre Karten haben es ihr gesagt", erwiderte Chase augenrollend.

„Genau und sie will demnächst auch Online-Seancen abhalten." Isabelle kicherte. „Meine Grandma hat sich als Erste zur Verfügung gestellt.

Chase hob argwöhnisch eine Augenbraue. „Du meinst Geisterbeschwörung?" Er wusste nicht, ob ihm Almas Geschäftsidee wirklich gefiel. Es gab im Internet genug Scharlatane, die sich durch gutgläubige Menschen eine goldene Nase verdienten. Er würde sie auf jeden Fall im

Auge behalten, auch wenn er sich dadurch erneut unbeliebt machte.

„Genau. Grandma hofft auf ein Wiedersehen mit Jane Austen.“

„Wen?“, fragte Chase etwas stumpfsinnig, ehe er die Landstraße verließ und die Abzweigung nach Woodbury nahm.

Isabelle schenkte ihm einen verständnisvollen Blick. Hatte er etwas Falsches gesagt? „Äh, tut mir leid. Handelt es sich um eine verstorbene Verwandte?“

Isabelle klappte der Mund auf, doch der belustigte Ausdruck in ihren Augen strafte die Rüge Lügen.

Okay, keine verstorbene Verwandte, so viel konnte er ihrem Blick entnehmen. „Ein Haustier, das von euch gegangen ist?“, fragte er kleinlaut, als er sich auf einmal an die Katze erinnerte, die zu seiner Kindheit vor Josephines Laden patrouillierte.

„Am besten sagst du jetzt gar nichts mehr.“ Isabelle lachte herzhaft. „Tsss, Haustier.“

Chase sah seine Beifahrerin amüsiert an. Vielleicht war es jetzt wirklich besser, keine weiteren Mutmaßungen anzustellen, wenn er sich nicht komplett blamieren wollte. Mildred. Er würde später einfach seine Bürokraft fragen. Sie kannte wirklich jeden und höchstwahrscheinlich auch diese Jane Austen persönlich.

15

Isabelle

Okay, ihre Protagonisten führten eindeutig ein Eigenleben. Ein Eigenleben, das sehr von dem ihrer bisherigen Protagonisten abwich. Es gab keinen Millionär, keinen sexy Santa ... es gab lediglich einen Cop, der alles andere war als unersättlich und unberechenbar.

Isabelle nagte nachdenklich an ihrer Lippe. Was Nora wohl zu ihrem Protagonisten sagen würde? Mittlerweile war eine Woche vergangen und sie hatte immer noch kein Feedback von ihrer Agentin bekommen – sehr ungewöhnlich für Nora. Entweder hatte die brütende Hitze in New York sie außer Gefecht gesetzt oder aber, was viel wahrscheinlicher war, ihre Agentin überlegte sich gerade, wie sie Isabelle am schonendsten beibringen sollte, dass ihre neue Buchidee totaler Mist war.

Obwohl ihr Aufenthalt sie regelrecht beflügelte – es musste an der Ruhe und am Verzicht auf jegliche Aktivitäten liegen –, zweifelte Isabelle mittlerweile an den ersten Kapiteln, die sie in den vergangenen Tagen geschrieben hatte. Ohne dass es ihr bewusst gewesen war, hatte sich ihre Geschichte in eine ganz andere Richtung entwickelt. Die Stimmung war nicht düster oder bedrohlich, sondern locker und teilweise sehr humorvoll. Ob es an den Menschen hier lag? Es würde sie nicht weiter wundern, wenn sich die positive Stimmung der Kleinstadt auf ihren Plot auswirkte. Wann hatte sie nur dermaßen die Kontrolle über ihr eigenes Buch verloren?

Isabelle verzog nachdenklich den Mund. Clarice! Es war nach ihrem Teekränzchen mit Clarice aus dem B & B geschehen, dass sich auf einmal romantische Elemente in ihren Roman geschlichen hatten. Isabelle seufzte verträumt. Wenn auch die Liebesgeschichte ihrer Großeltern schon total romantisch war, so musste sie zugeben, dass Clarice' Liebe zu ihrem Mann über den Tod hinaus herzzerreißend war. Solche Storys ließen sie nicht einfach kalt. Sie machten etwas mit ihrem Inneren. Dazu die Senioren, mit ihrem unerschütterlichen Glauben und ihrer Herzlichkeit, und Chase ... Moment mal. Nein, der Cop aus ihrem Buch war ganz anders als Chase. Der Cop aus ihrem Buch – Ayerton war sein Name – flirtete gerne und würde nie auf die Idee kommen, am Vorabend eines Arbeitstages die Hemden seiner Uniform zu bügeln. Aber eines hatte er mit Chase gemeinsam: Er war im Vergleich zu ihren bisherigen Darstellern prüde und korrekt. Hm, sie musste Ayerton unbedingt ein heißes Abenteuer beschaffen.

Erschrocken fuhr Isabell herum, als sie ein Knacken außerhalb des Pavillons hörte. Waren es die Senioren, die sich hier immer zum Schachspiel trafen?

„Oh, tut mir leid, ich wollte dich nicht erschrecken", bemerkte Chase mit entschuldigender Miene.

Ihr Blick fiel auf seine Laufshorts und das eng anliegende Muskelshirt, das er trug. Auf dem Kopf hatte er ein Baseballcap, das ihm ausgenommen gut stand. Das hier war eindeutig der private Chase. Sie hatte ihn im Dienst noch nie mit einem durchgeschwitzten

Oberhemd gesehen, nicht einmal bei diesen sommerlichen Temperaturen, die momentan in Little Falls herrschten.

„Oh, du hast mich nicht erschreckt, ich war nur in Gedanken", erwiderte sie hastig und klappte ihren Laptop zu, der neben ihr auf der Bank im Pavillon lag.

„Am Schreiben?", fragte er amüsiert und betrat den schattigen Pavillon, in dem sie die letzte Stunde verbracht und mehr oder weniger vor sich hin geträumt hatte.

„Ja, genau. Und danke noch mal, dass ich mit ins County Jail kommen konnte. So ein kleiner Gefängnisaufstand hat mir für meinen Roman noch gefehlt", spielte Isabelle auf ihren vorgestrigen Vormittag in Woodbury an.

Chase nahm neben ihr auf der Bank Platz, dabei lachte er herzhaft. „Normalerweise benehmen sich die Jungs. Das lag nur daran, dass sie so selten Besuch von einer Schönheit im Sommerkleid bekommen." War das gerade ein Kompliment gewesen? „Aber keine Sorge. Bei uns sitzen keine Schwerverbrecher ein", fuhr Chase beruhigend fort. „Es handelt sich meist nur um Strafen mit geringem Sicherheitsrisiko."

„Ja, Mildred hat mich gestern schon aufgeklärt. Sie muss wohl mitbekommen haben, was los war. Tut mir leid, wenn ich für Unruhe gesorgt habe." Isabelle verzog den Mund zu einem entschuldigenden Lächeln.

„Mach dir keinen Kopf. Du hast toll ausgesehen." Chase sah sie für einen Moment mit einem undeutbaren Ausdruck an, dann räusperte er sich. „Wetten, Mildred hat schon vor unserer Rückkehr Bescheid gewusst?"

Um Isabelles Mundwinkel zuckte es amüsiert. „Da bin ich mir sicher. Ihrem Lieblingskommunikationsgerät sei Dank. Vielleicht solltest du ihr zum Ruhestand ein eigenes Faxgerät schenken?"

„Damit sie den armen Herman in Woodbury weiterhin mit Nachrichten bombardiert?" Chase schüttelte gespielt entsetzt den Kopf.

„Hm, wenn mich nicht alles täuscht, ist er nicht besser. Als wir gestern dort waren und ich im Büro auf dich gewartet habe, war er genauso eifrig am Faxen wie Mildred. Da läuft doch was zwischen den beiden. Die schicken sich bestimmt geheime Nachrichten."

Chase sah Isabelle entgeistert an. „Herman und Mildred?"

Isabelle nickte amüsiert. „Warum sonst sollte ein Fax von Mildred mit Gizmo an seiner Pinnwand hängen?"

Dass sie auf dieser Pinnwand auch handgeschriebene Liebesbotschaften und einen Teil von Chase' Foto vom Shooting entdeckt hatte, verschwieg sie dem jungen Sheriff lieber. Nicht dass Mildred und der ebenfalls kurz vor dem Ruhestand stehende Detention Deputy Sheriff, der für den Betrieb des County Jails zuständig war, noch Ärger bekamen.

Bevor ihr doch noch irgendetwas herausrutschte, sie fand die beiden einfach zum Schießen, wechselte sie schnell das Thema. „Ich hatte ja gehofft, einen richtigen Bad Boy kennenzulernen."

Chase' Gesichtsausdruck nach zu urteilen, kein gutes Thema, denn dieser versteifte sich augenblicklich. Nach einer gefühlten Ewigkeit fragte er: „Was ist so toll an Bad Boys? Dass sie tätowiert und gewalttätig sind oder Frauen schlecht behandeln?"

Isabelle sah Chase erstaunt an. Ihr war schon klar, dass Chase mit solchen Männern beruflich zu tun hatte und sie allein schon deswegen anders sah als sie, die sich mit ihrer lebhaften Fantasie an ihnen bediente. Aber in diesem Moment wirkte Chase, als hätte sie einen wunden Punkt getroffen oder als hätte sie ihn gekränkt. Dachte er etwa, sie stand wie ihre Protagonistinnen ebenfalls auf Bad Boys? Da täuschte er sich aber gewaltig. Wut stieg ihn ihr auf, weil er sie einfach in eine Schublade steckte, obwohl er sie nicht einmal kannte.

Kopfschüttelnd fuhr er fort: „Hm, ich versteh schon, da kommt man als ‚normaler‘ Mann nicht gegen an – zu langweilig. Und den Leserinnen wird außerdem ein vollkommen falsches Bild vermittelt."

Isabelle klappte der Mund auf, dann erwiderte sie mit glitzernden Augen: „Falsches Bild vermittelt? Du hörst dich an wie der absolute Oberspießer! Sag bloß, in deinen Actionfilmen kommen keine halb nackten Frauen vor. Was ist mit all den pubertierenden Jungs, die für immer verdorben sind, wenn sie einem ‚normalen‘ Mädchen begegnen? Kein Wunder, dass sich heutzutage schon Dreizehnjährige schminken!"

Isabelle gratulierte sich im Stillen für ihren grandiosen Konter. Chase brauchte nicht behaupten, dass er keine Actionfilme mit schnellen Autos, Waffen und heißen Frauen konsumierte – da er mit Büchern nichts anfangen konnte, hatte er wahrscheinlich eine ganze Filmsammlung daheim.

Offensichtlich hatte es dem Mann neben ihr die Sprache verschlagen, dann bemerkte sie das amüsierte Grinsen auf seinen Lippen.

„Du scheinst dich ja bestens auszukennen – trotzdem schuldest du mir eine Antwort. Was ist so toll an Bad Boys? Ich kann mir nicht vorstellen, dass eine Frau ernsthaft so einem launischen Psycho begegnen möchte, der sich, ohne zu fragen, nimmt, was er will."

Okay, dieses Gespräch führte ins Nichts, am besten war es wohl, wenn sie das Thema wechselte. Mit einem Sheriff konnte man sich nicht wirklich objektiv über dieses Thema austauschen.

„Wenn es dich beruhigt, mein aktueller Roman wird sehr viel harmloser." Isabelle stoppte abrupt. Um ein Haar wäre ihr herausgerutscht, dass ihr Cop genauso spießig war wie Chase – wenn sie sich nicht schleunigst ein Abenteuer für ihn ausdachte.

„Tatsächlich? Werden deine Fans da nicht enttäuscht sein?" Der Sheriff wirkte sichtlich überrascht.

Genau dasselbe fragte sie sich seit einigen Tagen auch. Sie war sogar versucht, sich für dieses Projekt ein ganz neues Pseudonym zuzulegen. Mist, Clarice aus dem B & B hatte ihr mit ihrer rührseligen Geschichte einfach einen Strich durch ihren geplanten Plot gemacht.

„Ich muss zugeben, dass es mir in New York sehr viel leichter fällt, über egoistische Machos zu schreiben. Hier ist alles so ..." Isabelle sah sich seufzend um.

„Idyllisch?", hakte Chase lächelnd nach.

„Genau", erwiderte sie mit einem herzhaften Lachen und fügte nach einer kurzen Pause hinzu: „Und zu deiner Frage vorhin, was ich so toll an Bad Boys finde." Sie sah sich kurz um, ehe sie flüsternd fortfuhr: „Ehrlich gesagt liebe ich sie nur als Autorin. Privat mache ich um sie einen großen Bogen."

Sie konnte Chase' Ausdruck nicht richtig deuten, aber auf einmal wirkte er, als würde er sich freuen – was ihr Herz kurz hüpfen ließ.

„Puh, dann bin ich ja beruhigt. Ich muss zugeben, dass ich ein ganz falsches Bild von dir hatte, als Josephine mir zum ersten Mal eines deiner Bücher vor die Nase geknallt hat."

„Was hat sie?" Isabelle lachte über Chase' entsetzten Blick.

„Mmh, es war auf einer Grillparty und sie hat es einfach aus ihrer Tasche gezogen."

„Typisch Grandma", erwiderte Isabelle schmunzelnd, ehe sich ihr Ausdruck veränderte. „Leider haben die meisten ein falsches Bild von mir. Vor allem Männer." Schnell biss sich Isabelle auf die Lippe. Okay, eigentlich war Chase der Letzte, mit dem sie über ihre missglückten Dates reden wollte, aber heute wirkte er so ganz anders als sonst. Es musste eindeutig an seinem verschwitzten Freizeitoutfit liegen. „Im Grunde bin ich genau das Gegenteil von dem, was vermutet wird."

„Du lebst sehr zurückgezogen, oder?", fragte Chase nach einem Moment der Stille.

Überrascht sah sie ihn an. „Ja, und ich feiere auch keine wilden Partys mit Millionären oder CEOs." Im Grunde verbrachte sie viel Zeit allein und in Ruhe. Sie brauchte diese Momente, um sich wieder aufzuladen, wenn ihr ihre Umgebung zu viel Energie geraubt hatte. Dabei handelte es sich nicht nur um Menschen, sondern auch um die Stadt selbst. New York sog enorm viel aus einem heraus. Auf der anderen Seite gab es in dieser Stadt so viele Oasen, wie die Public Library, die ihr Kraft schenkten.

„Hier wirst du keine Millionäre finden, versprochen." Chase lächelte ihr zu, dann griff er völlig unerwartet nach ihrer Hand.

Okay, damit hatte sie nicht gerechnet und der Sheriff wirkte ob seines Impulses ebenfalls überrascht. Seit wann machte der sonst so überlegte Mann etwas aus dem Affekt heraus?

Isabelle spürte die Hitze, die von seiner Berührung ausging und die die Luft unter dem Pavillon sich noch weiter aufheizen ließ. Wie schaffte Chase es allein mit einer unschuldigen Geste, sie derart aus dem Konzept zu bringen?

„Isabelle, ich muss dir etwas gestehen ... ich hab mich …"

„Da bist du ja! Wir wollten schon einen Suchtrupp nach dir losschicken!"

Bei Jonathans Stimme stoben die beiden auseinander, als hätten sie sich verbrannt.

„Grandpa!" Isabelle sprang von der Bank auf, dabei fiel ihr Notizblock zu Boden.

„Oh", erwiderte der ältere Herr peinlich berührt, als sein Blick zwischen seiner Enkeltochter und Chase hin und her wanderte.

„Hallo, Jonathan", begrüßte Chase den Freund seines Großvaters, während er sich nach dem Block bückte und ihn neben sich auf die Bank legte.

„Hi, Chase." Jonathan sah sich sichtlich nervös um. „Also, wenn du mit Chase unterwegs bist, dann brauchen wir uns ja keine Sorgen machen."

Isabelle schüttelte schmunzelnd den Kopf. „Ihr macht euch keine Sorgen, wenn ich in New York alleine unterwegs bin, aber in Little Falls ...?"

„Na, hier sind wir doch für dich verantwortlich, mein Schatz." Er hob entschuldigend die Arme. „Ähm, in einer Stunde steigt übrigens das spontane Barbecue, das deine Grandma passend zu den Grillbüchern veranstaltet." Sein Blick wanderte eilig zu Chase. „Keine Sorge, ist alles angemeldet."

Isabelle verzog ob des Kommentars kurz lächelnd das Gesicht, denn dieser Aspekt war ihrer Grandma sehr wichtig gewesen. Sie wollte den Sheriff kein weiteres Mal verärgern.

Chase nickte Jonathan zu. „Ich habe den Antrag vorliegen. Viel Spaß nachher."

„Komm doch vorbei?", schlug Jonathan ihm schnell vor, während er breit lächelnd zwischen den jungen Leuten hin und her sah. „Clayton hat sich auch angemeldet. Er ist ganz begeistert von dieser neuen Grill-Bibel."

„Danke, Jonathan, aber ich habe nachher noch Dienst."

„Na, dann beim nächsten Mal. Tschüss, ihr zwei", der Senior hob kurz die Hand. Auf einmal schien er es mächtig eilig zu haben.

„Ich komme gleich nach", rief Isabelle ihm hinterher, dann nahm sie erneut auf der Bank Platz. Der magische

Moment von vorhin war verpufft und auch Chase machte keine Anstalten, seinen zuvor begonnenen Satz zu beenden. Hatte ihn auf einmal der Mut verlassen? Mist, ihr Grandpa war genau im falschen Moment aufgetaucht. Als ob sie hier in Little Falls verloren gehen würde.

„Ach ja, ich hab mich zwischenzeitlich nach dieser Jane Austen erkundigt", bemerkte Chase nun im Plauderton. „Sie war definitiv keine Katze, da habe ich mich wohl geirrt."

Isabelles Verstimmung verpuffte schlagartig – Chase sah bei diesem Geständnis einfach zu drollig aus.

„Nein", erwiderte sie kichernd. Sie schwankte immer noch, ob sie ihrer Grandma von Chase' Spekulationen erzählen sollte, allein Josephines Blick wäre es Wert.

„Also, sollte Alma es wirklich schaffen, diese Schriftstellerin aus dem achtzehnten Jahrhundert heraufzubeschwören, dann melde ich mich als nächster Kunde."

„Soso, ich dachte, du wolltest sie im Auge behalten. Von wegen Trickbetrug und so weiter", erwiderte Isabelle schmunzelnd.

Chase zuckte entschuldigend mit den Schultern. „Mildred legt zumindest die Hand für sie ins Feuer. Stell dir vor, sie hat sich Karten für Gizmo legen lassen. Seitdem geht es dem Kater gesundheitlich tatsächlich besser."

Isabelle lächelte, denn sie glaubte, dass es dem Kater allein deswegen besser ging, weil er sein Frauchen in letzter Zeit jeden Tag ins Sheriff's Office begleiten durfte. Chase drückte mittlerweile beide Augen zu und gestattete der älteren Dame, ihren altersschwachen Kater mitzubringen.

„Hm, vielleicht liegt es auch an all der Liebe, die er auf dem Revier bekommt", bemerkte Isabelle mit einem Augenzwinkern. Dennoch hatte auch sie bereits mit dem Gedanken gespielt, Alma nach ihrer Zukunft zu befragen. Es könnte zumindest sehr interessant werden. Besonders, weil die alte Dame so gut wie gar nichts über sie persönlich wusste und somit nicht schummeln konnte.

„Wen würdest du denn heraufbeschwören", fragte Isabelle amüsiert.

Chase verzog verlegen den Mund, als überlegte er noch, ob er sich ihr wirklich anvertrauen solle.

„Raus mit der Sprache", forderte sie ihn lachend auf. „So peinlich kann es nicht sein."

„Ich fürchte doch", erwiderte Chase grinsend. „Und dann sind es auch gleich zwei Persönlichkeiten."

„Jetzt machst du mich aber neugierig. Lass mich raten. Vielleicht eine hübsche Schauspielerin – aus einem Actionfilm?" Isabelle sah den jungen Sheriff erwartungsvoll an.

„Nein, ganz und gar nicht." Nach einem Blick aus dem Pavillon, ob sie auch wirklich ungestört waren, erwiderte er mit gesenkter Stimme: „Wyatt Earp und Buffalo Bill."

Okay, ein Gesetzeshüter, der es mit dem Gesetz selbst nicht so genau genommen hatte – interessant. Aber ein Bisonjäger? Was wollte Chase von ihm?

„Ich sehe schon, du zweifelst an meinem Verstand", bemerkte Chase lachend. „Aber weißt du was? Als Kind habe ich ihre Bücher heimlich verschlungen. Mein Vater hatte eine ganze Sammlung davon in der Garage."

Isabelle machte große Augen. Hatte sie eben richtig gehört? Bücher? Sie konnte nicht beschreiben, wie unsagbar glücklich sie dieses Geständnis machte. Chase war tief in seinem Herzen also doch ein Bücherwurm.

16

Chase

„Sag mal, wie viele Gäste erwartest du eigentlich?" Chase warf Mildred einen fragenden Blick zu, nachdem er einen Neuankömmling nach dem anderen begrüßt hatte.

„So genau kann ich das gar nicht beantworten", erwiderte die ältere Dame nachdenklich. „Auf jeden Fall eine ganze Menge Cops und die halbe Stadt."

Das konnte ja heiter werden. Es wäre besser gewesen, hätte er sich um die Ausstandsfeier seines ehemaligen Vorgesetzten gekümmert. Die alte Irin hatte ganz offensichtlich den Überblick über die Gäste der Überraschungsparty verloren. Chase sah skeptisch zur langen Holztafel im Park. Er bezweifelte, dass dieser Platz für alle ausreichen würde. Zusätzliches Grillfleisch oder Würstchen könnte er notfalls bei seinem Bruder im Diner bekommen, aber bei diesem Wetter waren wohl eher die Getränke das Problem.

„Alles klar?" Bob, sein Deputy, riss ihn aus den Gedanken.

„Hm. Ich frag mich nur, ob heute alles gutgehen wird. Die Party für Bill soll etwas ganz Besonderes sein."

„Da stimm' ich dir zu. Nach vierzig Jahren im Dienst hat er nicht nur eine Party verdient. Bin gespannt auf seine Reaktion, wenn er mit seiner Frau ganz zufällig hier vorbeikommt."

Chase lächelte, denn er hatte selbst erst vor Kurzem erfahren, was Mildred bereits seit Wochen ausheckte. Es handelte sich nicht um ihren runden Geburtstag, den sie, wie sie es bei der letzten Bürgerversammlung erwähnt hatte, feiern wollte, sondern um eine Party für den ehemaligen Sheriff von Little Falls. Bill würde wahrscheinlich in Tränen ausbrechen, so rührselig, wie er in solchen Momenten war. Chase' Mund verzog sich zu einem liebevollen Lächeln. Er würde alles dafür tun, dass sein Mentor den heutigen Tag für immer in Erinnerung behielt. Vielleicht sollte er vorsichtshalber doch einen Blick in den von Mildred bestellten Kühlwagen werfen. Sicher war sicher.

„Traust du mir etwa nicht?", krächzte deren Stimme einen Augenblick später amüsiert hinter seinem Rücken.

„Ich habe eben nur grob überschlagen, wie viele wir sind, aber der Inhalt des Wagens reicht vermutlich für zwei Partys." Chase lächelte seiner Angestellten zufrieden zu, dann fiel sein Blick auf Gizmo, der wie immer mit von der Partie war. Mittlerweile hatte er sich an den Kater gewöhnt, der ihn jeden Tag argwöhnisch von Mildreds Schreibtisch aus beäugte. Dort wachte er über die antiquierte Filtermaschine, während sie mit einem Gurgeln Mildreds Zaubertrunk ausspuckte.

„Hab ich doch gesagt. Wir haben Grillfleisch, Salate und was zum Anstoßen." Sie zwinkerte ihm verschwörerisch zu.

Mit dem Inhalt des Wagens könnte man einen irischen Pub über den Winter bringen – die fünf Flaschen Whisky und Mildreds Lieblingsgetränk Drumshanbo waren ihm gleich ins Auge gestochen. Vermutlich würde sie die Gesellschaft später noch mit einem ihrer Tänzchen unterhalten – und Eugene wie immer anstecken.

Als hätte sie seine Gedanken erraten, fuhr sie fort: „Und für Musik ist auch gesorgt. Matt bringt seine Anlage mit."

„Tatsächlich?", erwiderte Chase amüsiert. Kurz fragte er sich, wann Mildred den armen Matt dazu überredet hatte. Der junge Mann konnte einem schon leidtun – kaum in Little Falls angekommen, hatten sich direkt Martha und die Golden Girls auf ihn gestürzt. Seinem Kumpel war allem Anschein nach noch nicht klar, was das bedeutete – einmal verpflichtet, würde er aus diesen Aktionen nie mehr herauskommen! Angefangen hatte alles mit Dorothys Halloween-Party, wo er sich als DJ zur Verfügung stellte, im Frühling hatte er das Open-Air-Kino im Park wieder zum Leben erweckt und auch sein Einsatz als Fotograf wäre nach dem Kalendershooting noch lange nicht beendet.

„Ja, er hat direkt zugesagt. Und stell dir vor, er hat sogar ein paar fetzige Songs aus den Siebzigern im Gepäck. Bill war schon immer so ein alter Hippie."

„Okay, das ist mir neu", erwiderte Chase mit einem herzhaften Lachen. „Du meinst unseren Sheriff?"

Mildred nickte eifrig. „Frag deinen Grandpa, der kann es bezeugen." Das Gesicht der älteren Dame hellte sich schlagartig auf. „Oh, da kommt Isabelle. Wurde aber auch Zeit!"

Chase' Kopf fuhr herum, dann entdeckte er die junge Frau, die mit einem Karton auf sie zukam. „Isabelle ist auch eingeladen?"

Mildred sah ihn an, als wäre er schwer von Begriff. „Natürlich ist sie eingeladen. Wir sind doch Kollegen – ähm, waren Kollegen. Sie ist für die Deko zuständig."

Ganz offensichtlich hatte Mildred jede Person unter dreißig eingespannt, die stark und willig war.

„Sag bloß, du freust dich nicht?" Ohne Chase' Antwort abzuwarten, winkte sie Isabelle mit Gizmos Pfote zu. „Hallo, Lieblingskollegin."

Okay, das war ihm doch etwas zu abgefahren. Als ob der Kater Isabelle noch erkannte. Erstens war er halb blind und zweitens ... „Willst du sie denn nicht begrüßen? Ihr habt euch schließlich nicht mehr gesehen, seit sie mit der Recherche fertig ist." Mildred stieß ihm wenig ladylike in die Seite.

Chase nickte nur, er war sich noch nicht ganz sicher, was er von einer Grillparty mit Isabelle halten sollte. Okay, er freute sich, er freute sich sogar riesig, sie zu sehen, aber er war ihr immer noch ein Geständnis schuldig. Dafür kannte sie nun ein anderes Geheimnis – dass es doch Bücher gegeben hatte, die ihn interessierten.

Isabelle stellte den Karton am Boden ab und begrüßte erst Gizmo mit einem Pfotendruck, dann Mildred, dann ihn. Er musste zugeben, dass ihm diese Reihenfolge ganz und gar nicht gefiel. Vielleicht sollte er sich beim nächsten Mal einfach als Katze verkleiden.

„Hast du auch genügend Luftschlangen und Girlanden eingepackt?" Mildred warf einen Blick in den Karton. „Der Pavillon darf nachher nicht mehr sichtbar sein."

Chase sah zu Isabelle, die zu überlegen schien, ob der Satz wohl ernst gemeint war. Ihr irritierter Ausdruck ließ ihn lächeln. Er schnappte sich kurzerhand den Karton, dann wandte er sich an Mildred. „Keine Sorge, wir kriegen das schon hin." Er gab Isabelle mit einem Nicken ein Zeichen, dass sie ihm folgen sollte.

„Das war ein Witz, oder? Obwohl, bei Mildred weiß man nie", rätselte Isabelle, als sie den Pavillon erreichten.

„Glaub mir, das war ernst gemeint. Wenn es um Partys und Dekorationen geht, versteht sie keinen Spaß.

Du kannst dir nicht vorstellen, wie es zum letzten St. Patrick's Day auf dem Revier aussah. Ich glaube, ich hatte in dieser Nacht zum ersten Mal seit meiner Kindheit Albträume."

Chase stellte den Karton am Treppenabsatz ab und kletterte anschließend mit einer Girlande in der Hand auf die Balustrade.

„So schlimm?", fragte Isabelle lächelnd, als sie sich das Ende der Girlande schnappte.

„Und wie. Sie hat wirklich an alles gedacht. Ballons, Fähnchen, Girlanden, Hüte – überall, wo man hinsah, nur Grün."

„Aber so wie ich Bill kennengelernt habe, hatte er bestimmt nichts dagegen, oder?"

„Du kennst ihn gut. Ja, er wollte sie auf keinen Fall in ihrem Nationalstolz kränken. Da kann sie zur Furie werden."

Chase kam wieder herunter, ehe er lächelnd fragte: „Du musst uns hier alle für verrückt halten, oder?"

„Ganz und gar nicht. Ich bin es ja gewohnt", sie zwinkerte ihm frech zu, „meine Grandma scheint die Schlimmste von allen zu sein."

Chase verkniff sich einen Kommentar, denn Josephine war mit ihren liebenswerten Eigenarten wirklich ein besonderes Exemplar. Ihm konnte es recht sein, solange sie ihn nicht in den Buchladen zerrte.

Für einen Moment sahen sie sich an, dann griff Chase erneut nach ihrer Hand, ungeachtet der Tatsache, dass sie hier oben im Mittelpunkt standen. Er musste seinen Satz von neulich einfach beenden. „Isabelle, ich habe mich in dich verliebt."

Alles um sie herum trat in den Hintergrund, als er ihr in die Augen sah. Angetrieben durch einen inneren Impuls kam er ihrem Gesicht näher, er konnte nicht länger warten, er musste sie einfach küssen, hier auf der Stelle. Er zog sie näher an sich, dabei spürte er, wie

Isabelles Hände langsam seine Arme hinaufglitten und sein Inneres zum Kribbeln brachten. Dieser Kuss war längst überfällig.

Intuitiv schloss er die Augen, als sich ihre Lippen endlich berührten. Warum hatte er so lange gebraucht, um zu erkennen, dass Isabelle alles verkörperte, was er sich an einer Frau wünschte? Sie war klug, witzig, bodenständig und dazu wunderschön. Er konnte sein Glück kaum fassen, am liebsten hätte er seine Freude laut herausgeschrien.

„Überraschung!"

Erschrocken fuhr Chase herum, als plötzlich lautes Jubeln einsetzte und sich der bis jetzt ruhige Park in einen Festplatz verwandelte.

„Bill ist da!"

Chase folgte Isabelles Blick, da erkannte auch er den ehemaligen Sheriff, der von seiner Frau in den Park gelotst worden war.

„Dann lass uns mal runtergehen", schlug er mit einem Lächeln vor, ehe er ihr tief in die Augen sah, „auch wenn ich viel lieber hier oben mit dir bleiben würde."

„Mir geht es genauso, ich würde auch viel lieber nur mit dir im Pavillon sitzen."

Chase' Gesicht hellte sich ob ihres Geständnisses auf. „Würdest du mich heute zur Party begleiten?"

Isabelle grinste. „Nichts lieber als das. Wenn du das Getuschel ertragen kannst?"

Er drückte ihr wie zum Beweis einen Kuss auf die Lippen, ehe sie den Pavillon verließen und sich unter die Gäste mischten. Chase konnte sich nicht erinnern, wann er zuletzt so glücklich gewesen war. Es war nicht nur die Überraschung für Bill, die ihnen absolut gelungen war, sondern Isabelle, neben der er sich völlig fallenlassen konnte. Er spürte, wie der Druck der letzten Wochen nach und nach von ihm abfiel. Der Druck, den er sich wegen seiner Prüfung und der Wahl zum

Sheriff gemacht hatte. Vielleicht hatte er sich in den letzten Monaten wirklich zu sehr verbissen, denn erst jetzt merkte er, wie gut ihm diese Auszeit tat.

Hand in Hand liefen sie zu Bill, um ihn zu begrüßen.

„Hallo, ihr beiden." Der ältere Herr wechselte einen amüsierten Blick zwischen den beiden, hielt sich aber mit einem Kommentar zurück. „Wer von euch hat das ausgeheckt?"

„Hallo, Bill." Chase klopfte seinem Mentor freundschaftlich auf die Schulter. „Mildred war die Partyplanerin."

„Hab ich's doch gewusst, dass ihre heimlichen Telefonate in der letzten Zeit nicht für ihre eigene Party waren – pah, von wegen siebzigster Geburtstag!" Der ehemalige Sheriff lachte herzhaft. „Auf jeden Fall ist euch die Überraschung gelungen! Ich habe nicht mit einer Party gerechnet ... und all den lieben Leuten, die mit mir feiern wollen."

Wie Chase schon befürchtet hatte, sammelten sich Tränen der Rührung in Bills Augen.

„Das freut mich", erwiderte er lächelnd. Er konnte nicht beschreiben, wie sehr ihm dieser Mann ans Herz gewachsen war. Er war nicht nur ein guter Freund geworden, nein er hatte ihm alles zu verdanken, was er bis jetzt beruflich erreicht hatte.

„Von mir auch alles Gute zum Ruhestand, Bill." Isabelle drückte den älteren Mann herzig. „Schade, dass ich erst so spät für meine Recherche herkam. Ich hätte gerne mehr Zeit mit dir verbracht."

„Geht mir genauso, meine Liebe. Ich hoffe, du konntest einiges an Informationen mitnehmen und diese in dein neues Buch einbauen?"

„Ja, es war sehr ... inspirierend. Und dank Mildreds Ablage kann ich nun aus den Vollen schöpfen."

„Das freut mich und denk daran, mir ein signiertes Exemplar zukommen zu lassen." Er zwinkerte ihr zu. „Für meine Frau."

„Auf jeden Fall", erwiderte Isabelle, „allerdings dauert das noch ein bisschen."

Auch Chase würde sich eines dieser Exemplare sichern, allein schon, weil er neugierig war, was genau von ihrer Recherche ins Buch eingeflossen war.

Der Duft von gegrillten Steaks lenkte seine Aufmerksamkeit weg von den beiden und da erst entdeckte er seinen Grandpa Larry und Clayton, die gemeinsam hinter einem großen Grill standen und diesen mit Fleisch und Würstchen bestückten. Beide trugen identische Grillschürzen und fachsimpelten ganz offensichtlich über etwas. Wahrscheinlich hatte sein Bruder durch Josephines Event im Park ein neues Hobby gefunden – das Grillen –, denn mit dem Fischen am Dragonfly Lake hatte es ja ganz klar nicht geklappt.

Ein amüsiertes Lächeln zeichnete sich auf seinem Gesicht ab. Ab sofort würde es in dem Haus am See wohl regelmäßig Barbecues geben – arme Audrey, wo die Gute kaum Fleisch aß. Aber vielleicht zeigte sich Clayton gnädig und legte für seine Herzensdame ein paar Auberginen auf den Rost. Bailey, der Golden Retriever, würde sich über Claytons neues Hobby sicher freuen. Wo war der Frechdachs überhaupt? Wenn Larry und Clayton hier waren, konnte der Golden Retriever ja nicht weit sein.

Chase sah sich um, dann entdeckte er Audreys Hund, der in sicherer Entfernung Mildred und Gizmo beobachtete. Wahrscheinlich hatten die beiden noch nicht Bekanntschaft miteinander gemacht und mussten sich erst beschnuppern. Ehrlicherweise konnte er sich aber nicht vorstellen, dass die beiden Freunde wurden. Die Irin bekam davon nichts mit, denn sie verfolgte interessiert, wie Matt die Musikanlage anschloss.

„Kommst du mit?" Isabelle lächelte ihn fragend an. „Ich will mir was zu trinken holen."

„Oh, ja klar", erwiderte er schnell, dabei verzog sich sein Gesicht zu einem amüsierten Grinsen. „Ich hab mich gerade nur gefragt, was passiert, wenn Bailey auf Gizmo trifft."

„Das könnte spannend werden. Solange Mildred ihren Kater auf dem Arm behält ..."

Isabelles Satz wurde abrupt durch lautes Geträller aus den Boxen unterbrochen und Gizmo machte einen schreckhaften Satz von Mildreds Arm. Okay, der Kater stand ganz offensichtlich nicht so sehr auf irische Volkslieder wie sein Frauchen.

Für einen Moment wirkte der Kater wie erstarrt, wahrscheinlich hatte er erst jetzt den großen Hund entdeckt, dann flitzte er trotz seines Alters los wie eine Rakete, der Hund hinterher. Passend zur wilden Musik jagten sich die beiden durch den Park. Für einen Moment hoffte Chase, dass dessen altersschwaches Herz dies mitmachte.

Da Clayton von alldem nichts mitbekam, ging Chase geistesgegenwärtig dazwischen und machte der Verfolgungsjagd ein Ende, indem er Bailey einfing. Gott sei Dank war Gizmo nichts passiert, dieser starrte den Hund, der nun im Gegensatz zu ihm an der Leine hing, gebieterisch an.

„Gizmo, was ist denn in dich gefahren?" Mildred schnappte sich ihren Ausreißer, der den Hund weiterhin böse anfunkelte.

„Ich glaube, wir bringen Bailey lieber zurück ins B & B", schlug Chase nachdenklich vor. „Clayton ist beschäftigt und Bailey hier vor Gizmo nicht sicher. Ich sag meinem Bruder schnell Bescheid."

„Gute Idee", erwiderte Isabelle schmunzelnd und übernahm dann die Leine. „Nicht dass hier noch ein Unglück passiert."

Einen Augenblick später machten sich die beiden für einen kurzen Abstecher auf den Weg ins B & B, um den Hund bei Audrey abzuliefern. Dabei dankte Chase Bailey im Stillen, denn so hatte er zwischen all dem Trubel und dem lautstarken irischen Gassenhauer wenigstens einen Moment mit Isabelle allein.

Erneut griff er nach ihrer Hand und genoss dieses Gefühl der Vertrautheit. Am liebsten wäre er mit ihr immer weiter gelaufen, weg vom Park und einmal ringsum den Little Pond, der sich direkt hinter dem B & B befand, aber es war Bills Party und es wäre sehr verdächtig gewesen, wenn sie sich einfach verkrümelten. Dennoch gab es eine Sache, von der er sich nicht abhalten ließ.

Kurz bevor sie den Park und das Dickicht der Bäume verließen, um die Straße zum B & B zu überqueren, hielt er inne und zog Isabelle erneut an sich. „Kann es sein, dass du süchtig machst? Ich kann einfach nicht genug von dir bekommen."

Isabelle hob lächelnd die Hand, dann zog sie seinen Kopf zu sich. „Mir geht es genauso, Sheriff."

17

Isabelle

„Hallo, Isabelle, komm doch herein."

Dorothy zog die junge Frau förmlich ins B & B. „Toll, dass ihr Mädels euch heute zum Kaffeekränzchen trefft, wurde auch höchste Zeit."

„Hallo, Dorothy, ich freu mich auch." Sie sah sich kurz um. „Bin ich etwa die Letzte?"

„Jenna ist auch eben erst gekommen, die beiden haben es sich schon auf der hinteren Veranda gemütlich gemacht", klärte die ältere Frau sie lächelnd auf. „Und danke noch mal, dass du und Chase gestern unseren Ausreißer zurückgebracht habt. Ich habe mich nur einen Moment umgedreht und weg war er."

„Haben wir doch gern gemacht ... Und etwas Positives hatte es ja auch." Isabelle zwinkerte Dorothy zu, denn Audrey hatte sie gestern spontan für den heutigen Nachmittag eingeladen. Sie war schon sehr gespannt, die beiden Frauen näher kennenzulernen. An Jenna konnte sie sich noch erinnern, obwohl es in ihrer Kindheit nicht zu vielen Begegnungen gekommen war. Sie waren vom Alter einfach zu weit auseinander und Isabelle während ihrer Besuche in Little Falls lieber mit ihren Großeltern zusammen gewesen.

„In der Tat. Geh nur nach draußen, das Wetter ist perfekt heute. Wie schade, dass du keine Badebekleidung dabeihast."

Isabelle schmunzelte, denn die Dame vergaß ganz offensichtlich, dass sie keine kleinen Mädchen mehr waren, die sich an einem heißen Sommertag zum Planschen am See trafen, sondern zum Kaffee. Dennoch war der Gedanke, sich kurz abzukühlen, zu verlockend. Ob Jenna und Audrey vielleicht doch in den See wollten?

„Hm, ich habe leider keinen Bikini eingepackt ... und ich fürchte, die alten Modelle, die meine Grandma sicher noch irgendwo hortet, passen mir nicht mehr." Isabelle kicherte. Allein der Gedanke an ihren heiß geliebten Disney-Badeanzug mit Belle und dem Biest drauf war zu komisch. Nein, damit könnte sie sich nicht mehr zeigen.

„Dann viel Spaß und wenn ihr was braucht, meldet euch!" Dorothy nickte ihr lächelnd zu und verschwand wieder hinter dem Tresen.

„Danke, den werden wir haben." Isabelle durchquerte die Eingangshalle und warf einen kurzen Blick ins Teezimmer. Doch von Clarice fehlte jede Spur. Wahrscheinlich hatte sich die ältere Dame bei dieser Hitze auf ein Nickerchen zurückgezogen, was man ihr nicht verdenken konnte. Schade, aber vielleicht begegneten sie sich später, sie hätte sie gerne wiedergesehen und ihr für ihren Input gedankt. Nora, die sich gestern Abend endlich bei ihr gemeldet hatte, war von der Wendung, die ihre Geschichte genommen hatte, ebenfalls begeistert. Okay, vielleicht lag es daran, dass ihre Agentin gerade im Liebestaumel war und von ihrem Barista mit romantischen Gesten überhäuft wurde. Isabelle freute sich, dass es ihrer Freundin nach ihrer Scheidung wieder besser ging – auch wenn der junge Mann wahrscheinlich nicht mehr als ein kleines

Abenteuer war. Immerhin wusste er mittlerweile wohl, wie Nora ihren Chai Latte am liebsten trank.

Isabelle erreichte den rückwärtigen Teil des Gebäudes und stieß die Fliegengittertür zur Veranda auf. Hier draußen herrschte eine Idylle, die sie kaum beschreiben konnte. Eine Trägheit, die durch das gleichmäßige Surren des Deckenventilators noch untermalt wurde. Der See glitzerte in der Nachmittagssonne und auf der Wiese hatten es sich einige Gäste auf Liegen und unter Sonnenschirmen gemütlich gemacht. Für einen Moment bedauerte Isabelle, dass sie keine Badekleidung für ihren Trip nach Little Falls eingepackt hatte.

Von irgendwoher nahm sie den Duft von Kokos-Sonnencreme wahr und sie fühlte sich schlagartig an einen Nachmittag aus ihrer Kindheit zurückversetzt, als sie mit ihren Großeltern zum Schwimmen hergekommen war. Mit sentimentalem Blick sah sie sich auf der Veranda um und entdeckte ein älteres Ehepaar, das im Schatten döste – wahrscheinlich stammte der intensive Kokosgeruch von dort, denn die Frau glänzte wie ein glitschiger Aal.

Unwillkürlich musste Isabelle lächeln, es würde sie nicht weiter wundern, wenn es dieselbe Sonnencreme und dasselbe Paar war wie damals. Sie lief an den beiden vorbei und auf Jenna und Audrey zu, die am hinteren Ende der Veranda saßen.

„Hallo, Isabelle!“ Audrey sprang auf, um sie mit einer herzlichen Umarmung zu begrüßen. „Ich freu mich schon den ganzen Tag auf unser Treffen.“

Isabelle erwiderte die herzliche Umarmung überrascht, denn sie hatten sich tatsächlich erst zweimal gesehen. Im Buchclub im Park und gestern, als sie Bailey zurückgebracht hatten.

„Mir geht es genauso und danke noch mal für die Einladung.“

Audrey ließ sie los, dann wurde sie auch von Jenna in die Arme geschlossen, als wären sie alte Freundinnen, die sich nach einer langen Zeit wiedersahen.

„Hallo, Isabelle. Wir haben gerade über dich gesprochen und uns gefragt, ob Audrey damals auch bei den Märchenstunden im Buchladen dabei war."

„Ehrlich gesagt habe ich mich das auch schon gefragt, aber meine Grandma meinte, dass wir uns jedes Mal verpasst hätten. Ich war immer schon nach New York abgereist, wenn Audrey über die Weihnachtsferien vorbeikam."

Die Frauen nahmen auf den Korbstühlen Platz.

„Schade, hach, wär das nicht toll gewesen, wenn wir uns schon damals begegnet wären?" Audrey schenkte Isabelle ein sentimentales Lächeln.

„Ja, das wär wirklich schön gewesen." Isabelle sah die Frau gedankenverloren an. Audrey wirkte mit ihrer unkomplizierten Art wie eine Frau, mit der man Pferde stehlen konnte. Außerdem schien sie genauso wenig Wert auf Äußeres zu legen wie sie selbst. Nicht dass die neue Chefin des B & B ungepflegt wirkte, aber sie hatte bis jetzt keine Frau kennengelernt, die mit Latzhosen und Chucks herumlief und die Haare zu einem Pferdeschwanz trug. Bei der Vorstellung an eine jüngere Audrey musste sie sofort an die altkluge Vada aus *My Girl* denken. Und wenn sie den Gerüchten Glauben schenken durfte, war auch Audrey schon immer sehr taff gewesen und um keinen Streit verlegen, wenn es um ihren Clayton ging.

„Erinnerst du dich denn noch an die drei Jungs?", riss sie Jenna aus den Gedanken.

„O ja, sie waren damals auch im Buchladen", bemerkte Isabelle schmunzelnd und da sie die jungen Frauen bereits jetzt ins Herz geschlossen hatte, fuhr sie in verschwörerischem Ton fort: „Allerdings hat sich Chase nur für die Snacks interessiert."

Jenna hielt sich vor Lachen den Bauch. „Das war reine Taktik von deiner Grandma, sie wusste schon immer, wie sie die Lesemuffel in ihren Laden lockt."

„Was hat Chase nur, dass er so eine Abneigung Büchern gegenüber empfindet?" Audrey schüttelte ungläubig den Kopf. „Ich muss Clayton bei Gelegenheit mal fragen, was ihn so traumatisiert hat."

„Vielleicht schaut er nur lieber fern", mischte sich Jenna ein. „Mein Dad kann mit Büchern auch nicht viel anfangen. Es gibt für ihn nichts Schöneres als einen Film und ein Bier zum Feierabend."

Isabelle biss sich auf die Zunge, dabei hätte sie Chase gerne verteidigt, aber sie war sich sicher, dass sein Geständnis was die Wildwestgeschichten anging, nur ihr galt.

„Hach, wie schön ihr Mädchen beisammensitzt!", bemerkte Dorothy jauchzend, die sich mit einer Platte voll Mini-Sandwiches beinahe unbemerkt angeschlichen hatte. „Lasst es euch schmecken, die kommen frisch aus dem Kühlschrank."

„Oh, danke, Tante Dorothy, die hast du extra für uns vorbereitet?" Audrey machte große Augen, als ihr Blick auf die Leckereien fiel.

„Mmh, ich dachte mir, dass zum Kuchen was Herzhaftes nicht schaden könnte."

„Danke, Dorothy", antworteten die beiden anderen Frauen im Chor, woraufhin sie herzhaft lachen mussten.

„Ihr seid mir ein paar Hühner ... Hach, wie schade, dass ihr drei erst jetzt aufeinandertrefft."

„Wir sprachen eben auch davon." Isabelle lächelte die Freundin ihrer Grandma an und für einen Moment bedauerte sie es sehr, dass sie als kleines Mädchen so schüchtern gewesen war. „Ich glaube, wir hätten eine Menge Spaß gehabt."

„Was nicht ist, kann ja noch werden." Jenna zwinkerte ihr frech zu. „Wir sind noch nicht zu alt, um in den See zu hüpfen und uns abzukühlen."

„Das stimmt", erwiderte Isabelle schmunzelnd. Bei dieser Vorstellung musste sie an Chase denken. Ob sich der junge Sheriff wohl auch ab und zu im See abkühlte? Oder war der Badesee für ihn uninteressant geworden, weil er ihn schon ein Leben lang kannte? Unwillkürlich schlich sich ein amüsiertes Lächeln auf ihre Lippen. Irgendwie konnte sie sich ihn in Badehosen gar nicht vorstellen, seine Uniform war einfach zu präsent.

„Ich hoffe, du bleibst noch eine Weile in Little Falls?", fragte Dorothy hoffnungsvoll, dabei fiel Isabelle auf, wie Jenna und Audrey einen undeutbaren Blick tauschten. Irgendetwas darin ließ sie vermuten, dass es um Chase ging. Mit Sicherheit hatten die Frauen mitbekommen, dass ihr Schwager beim Fotoshooting vor ihr blankgezogen und dabei jegliche seiner Konventionen über Bord geworfen hatte. Spätestens seit dem völlig unerwarteten Kuss unterm Pavillon bei Bills Party wusste wohl jeder in Little Falls, dass zwischen ihr und dem Sheriff mehr war als etwas Recherchearbeit.

„Leider nein, ich habe nächste Woche einige Termine, die ich nicht verschieben kann." Beim Gedanken daran, dass sie schon bald zurück nach New York musste, beschlich sie ein Gefühl von Wehmut, dabei wusste sie ja selbst nicht genau, was da zwischen Chase und ihr war. Ein kleiner Flirt? Wohl kaum, auch wenn sie ihn erst seit Kurzem kannte, war sie sich sicher, dass sein Geständnis ernst gemeint war. Chase war kein Mann, der diese Worte einfach so aussprach.

„Oh, wie schade." Audrey sah zu Isabelle hinüber und wirkte ehrlich betroffen, das Mini-Sandwich, das sie sich kurz zuvor geschnappt hatte, war vergessen.

Schlagartig bekam Isabelle ein schlechtes Gewissen, dass sie ihre neuen Freundinnen schon enttäuschen musste und Chase mit ihrer Abreise wahrscheinlich das Herz brechen würde.

„Und du bist dir sicher, dass du schon genügend Recherchematerial zusammenhast?" Jenna sah sie nachdenklich an. „Wie wär's, wenn du nach deinem Termin einfach zurückkommst?"

Für einen Moment spielte sie tatsächlich mit dem Gedanken. Schreiben konnte sie schließlich von überall.

Bevor sie irgendetwas erwidern konnte, mischte sich Dorothy ein.

„Wir wissen ja, dass unsere Polizeistation nicht so aufregend ist im Vergleich zum NYPD – nichts gegen unseren neuen Sheriff –, aber hier bist du sicher in besseren Händen als in einem unpersönlichen Großraum-Office."

„Dorothy hat recht, außerdem glaube ich nicht, dass du wirklich schon alles gesehen hast", bemerkte Audrey eilig. Es war zu offensichtlich, was die drei Frauen hier beabsichtigten.

„Was hat sie noch nicht gesehen?", fragte Dean, der nun ebenfalls die Veranda betrat. „So groß ist Little Falls nun auch nicht."

„Hallo, Dean", begrüßte Isabelle den rüstigen Senior, der in Arbeitskleidung auf sie zukam. „Wir reden gerade über mein Praktikum im Sheriff's Office."

„Ach so, na, da wird auch nichts Spektakuläres mehr passieren", erwiderte er gelangweilt und ohne zu wissen, dass er gerade die Verkupplungsversuche durchkreuzte. „Mal ehrlich, wann gab es hier schon ein richtiges Verbrechen? Da hättest du in New York spannenderes Material zusammenbekommen." Dean lachte herzhaft und schnappte sich schnell ein Mini-Sandwich von der Platte.

Amüsiert verfolgte Isabelle, wie Dorothy ihrem Mann einen leichten Seitenstoß verpasste und ihm daraufhin einen Blick zuwarf, der ihn zum Schweigen bringen sollte. Dean wirkte zwar nicht so, als hätte er sie gänzlich verstanden, verstummte aber augenblicklich. Wahrscheinlich kam es zwischen den beiden öfter vor, dass Dean in irgendein Fettnäpfchen trat und es erst später mitbekam.

„Lass uns mal reingehen, mein Lieber, und die Mädchen ihre Sandwiches genießen." Dorothy zwinkerte den Frauen verschwörerisch zu und verschwand kurz darauf mit Dean im Schlepptau im Haus.

Kaum waren die beiden drinnen, prustete Jenna leise aus. „Okay, das war wohl nichts ... Tut mir leid, Isabelle, du musst uns für total kindisch halten."

„Ach, ich finde es eigentlich ziemlich süß, wie sehr ihr euch alle wegen Chase ins Zeug legt." Sie schnappte sich ebenfalls ein Sandwich. „Er liegt euch sehr am Herzen, stimmt's?"

Auf Audreys Gesicht breitete sich ein liebevolles Lächeln aus. „Ja, aber nicht nur, weil er Claytons Bruder ist, ich habe ihn schon ins Herz geschlossen, als er zum ersten Mal in seinem drolligen Woody-Kostüm aufgetaucht ist. Ich war damals in den Sommerferien zu Besuch bei meiner Tante und er war noch so unglaublich klein."

Allein der Gedanke an Chase ließ Isabelles Herz schneller schlagen. Ja, Chase hatte sich auch ziemlich schnell in ihr Herz geschlichen. Sie konnte es nicht genau sagen, aber wahrscheinlich war es irgendwann zwischen dem Fotoshooting und seiner „Mitbringerlaubnis" für Gizmo passiert.

„Du magst ihn, oder?", holte Jenna sie aus ihren Gedanken.

Überrascht sah Isabelle auf, für einen Moment überlegte sie, ihre Gefühle zu leugnen, aber sie wusste schon jetzt, dass es sinnlos war, die beiden hatten sie bereits durchschaut.

„Als er im Park einfach in meine Lesung hereingeplatzt ist, hätte ich ihn am liebsten ..." Sie schüttelte fassungslos den Kopf. „Und als ich erfahren habe, dass er kein Bücherfreund ist, dachte ich mir: ‚Was stimmt nicht mit dem Kerl?'" Sie machte eine kurze Pause und fuhr mit einem verliebten Lächeln fort. „Aber vielleicht hat er genau deswegen mein Herz erobert. Er war von Anfang an ehrlich, er hat sich ja nicht einmal die Mühe gemacht, mir zu gefallen."

„Hach, bei Clayton und mir war es genauso." Audrey seufzte verträumt. „Manchmal vermisse ich es, dass wir uns nicht mehr so streiten wie damals."

Isabelle sah Audrey überrascht an, dann klärte Jenna sie grinsend auf. „Du musst wissen, dass sich die beiden schon als Kinder nicht ausstehen konnten und sich permanent in die Haare bekamen."

Sie tauschte einen Blick mit ihrer Schwägerin in spe. „Im Mai auf unserer Hochzeit haben sie sich dann nach einer langen Zeit wiedergesehen – ausgerechnet als Trauzeugen – und als wäre das nicht schlimm genug, hat Dorothy auch noch eingefädelt, dass sie gemeinsam die neuen Zimmer im B & B renovieren."

Isabelle hielt sich prustend die Hand vor den Mund. „O mein Gott, das ist zu komisch, deine Tante ist wirklich der Kracher." Schlagartig hielt sie inne. Nein, das konnte nicht sein. Ihre Grandma hatte wohl kaum einen ähnlichen Trick bei ihr angewandt. Oder etwa doch? Sie erinnerte sich an ihr Telefonat und die Begeisterung, als sie ihr versprochen hatte, dass sie sich um alles kümmern wolle. Isabelle schüttelte langsam den Kopf, wie konnte sie darauf nur reinfallen?

„Sag mir nicht, du auch?", bemerkte Audrey mit einem herzhaften Lachen, die Isabelles Ausdruck wohl richtig gedeutet hatte.

Isabelle hob hilflos die Arme. „Ich befürchte doch, und Chase und ich haben direkt angebissen, ohne irgendwas zu hinterfragen." Dennoch konnte sie ihrer Grandma nicht böse sein, im Gegenteil, sie hatte sich nicht nur Hals über Kopf in Chase verliebt, sondern in ihm auch den Mann gefunden, mit dem sie sich eine Zukunft vorstellen konnte.

18

Chase

Chase warf einen Blick zum Beifahrersitz, auf dem eine Pappschachtel gefüllt mit Leckereien aus der Bäckerei lag. Er konnte nicht glauben, dass er tatsächlich auf seinen Grandpa gehört und „Bestechungstörtchen" für Franklyn besorgt hatte.

Mit Bauchschmerzen sah er diesem Termin mit dem Bürgermeister von Woodbury entgegen, um den er sich seit seiner Vereidigung bisher gedrückt hatte. Er konnte den Mann nicht ausstehen, aber ihm blieb nichts anderes übrig, als die Dinge, die ihm zu Ohren gekommen waren, endlich anzusprechen. Schließlich wollte er seinen Deputys in Woodbury die bestmögliche Unterstützung anbieten. Die Männer waren wirklich nicht zu beneiden, umso schlimmer, dass es ausgerechnet der Bürgermeister mit dem Gesetz nicht so genau nahm. Er war das komplette Gegenteil von Martha, die ihrer Stadt niemals schaden würde.

Nachdenklich verzog Chase den Mund, er wurde das Gefühl nicht los, dass zwischen den beiden mehr vorgefallen war, als Marthas Unmut vermuten ließ. Dafür reagierte die Gute zu heftig, wenn sie seinen Namen hörte. Für einen kurzen Moment schoss ihm der verrückte Gedanke einer gemeinsamen Vergangenheit oder gar Liebelei durch den Kopf. Soweit Chase wusste, war Franklyn ebenfalls in Little Falls aufgewachsen und im selben Alter wie Martha. Hm, nein, davon hätte er sicher gehört ... aber irgendetwas war da.

Chase verließ die Landstraße und bog in das Städtchen Woodbury ab, das kaum größer war als Little Falls. Dennoch unterschieden sich die beiden Städte grundlegend. In Little Falls wurde man von einer heimeligen Stimmung willkommen geheißen, der man sich kaum entziehen konnte, hier jedoch war davon nichts zu spüren. Er konnte nicht genau beschreiben, an was es lag. Ja, auch hier reihte sich ein inhabergeführtes Geschäft an das andere und es gab ebenfalls eine Main Street, aber es fehlte das gewisse Etwas.

Als er den Park passierte, der sich etwas außerhalb des Zentrums befand, wurde ihm der Verfall dieser einst sehr schönen Stadt allzu deutlich bewusst. Der Park wirkte wie ein Acker und wurde wahrscheinlich auch von den Bewohnern stiefmütterlich behandelt, was vermutlich an der Klientel lag, die sich dort seit einiger Zeit herumtrieb. Kein Wunder, dass Familien den Park mieden, wenn man schon von Weitem Grüppchen von Männern erkannte, die sich am helllichten Tag Alkohol genehmigten.

Bill hatte, was das anging, bereits gute Erfolge erzielt, dennoch hatte der Park seinen Ruf weg. Er musste unbedingt dafür sorgen, dass seine Deputys öfter auf Kontrollgang gingen – aber die Herausforderung lag wohl eher darin, Franklyn zu überzeugen, wie wichtig ein schöner Park für das gesellschaftliche Leben einer Kleinstadt war.

Er konnte sich seine Heimatstadt gar nicht mehr ohne vorstellen. Als Kind hatte er quasi jede freie Minute dort verbracht, sich im Pavillon versteckt, der Treffpunkt und Unterschlupf gleichermaßen war. Ein Park trug nicht nur zur Erholung bei, sondern war auch eine Begegnungsstätte. Mal ganz zu schweigen von den Festen, die dort regelmäßig stattfanden. So etwas gab es hier in Woodbury wohl nicht. Die Stadt erinnerte ihn eher an eine Geisterstadt – seelenlos.

Erneut warf er einen Blick auf Francis' Spende. Er bezweifelte, dass er den Bürgermeister mit etwas Biskuit und Creme überzeugen konnte, mehr aus dieser Rasenfläche zu machen.

Chase stoppte den Wagen vor dem Rathaus, schnappte sich seinen Stetson und die Pappschachtel, dann stieg er aus. Immerhin konnte sich das Rathaus sehen lassen, dieses stand dem in Little Falls in nichts nach und war im ähnlichen Stil gebaut.

Als Chase die Eingangshalle betrat, sah er sich kurz um, dann lief er direkt in den ersten Stock hinauf, wo sich das Büro von Franklyn befand. Noch bevor er anklopfen konnte, wurde die Tür von innen geöffnet und zwei Herren im Anzug kamen heraus.

„Oh, Chase, du bist schon da?", fragte der Bürgermeister sichtlich überrascht, ehe er sich mit einem wohlwollenden Kopfnicken von den Männern verabschiedete. Chase sah diesen nach, wie sie sich eilig entfernten. Warum beschlich ihn gerade das ungute Gefühl, dass dem Bürgermeister dieses Aufeinandertreffen mehr als unangenehm war.

„Hallo, Franklyn, ja, wir waren doch für zehn Uhr verabredet", erwiderte Chase, ohne sich etwas von seinem Verdacht anmerken zu lassen.

Franklyn verzog nachdenklich das Gesicht, als müsste er sich erst erinnern, ob noch ein weiterer Punkt auf seiner Agenda stand. „Stimmt, meine Sekretärin hat erwähnt, dass du mit mir sprechen willst. Was gibt es denn so Wichtiges?" Er winkte Chase hinein und nahm an seinem imposanten Schreibtisch Platz, als wollte er dahinter Schutz suchen.

Chase schloss die Tür und platzierte sich ohne Franklyns Aufforderung einfach selbst. Es war wohl besser, direkt auf den Punkt zu kommen.

„Ich weiß, dass Bill die Dinge bisher etwas anders gehandhabt hat, aber jetzt bin ich für die Deputys zuständig und habe vor, hier einiges zu ändern."

Franklyn schenkte Chase einen undeutbaren Blick, ehe er antwortete. „Und das heißt? Wenn du mehr Personal brauchst, musst du nur etwas sagen, wir haben genügend Budget, um aufzustocken."

Chase hätte seinen rechten Arm darauf verwetten können, dass Franklyn damit kommen würde. Es war schließlich kein Geheimnis, dass das Budget von Woodbury mehr als ausreichend war – kein Wunder bei all den Geldern, die sich der Bürgermeister durch seine Vetternwirtschaften verdiente. Aber mehr Personal war nicht die Lösung. Er musste Franklyn höchstpersönlich in die Verantwortung nehmen.

„Es geht nicht um mehr Personal, Franklyn", erwiderte Chase versöhnlich und stellte die kleine Pappschachtel, die er immer noch in den Händen hielt, auf dem Schreibtisch ab. Augenblicklich hellte sich das Gesicht seines Gegenübers auf, als er das ihm vertraute Logo der Bäckerei entdeckte. Okay, den Bürgermeister konnte man wohl nicht nur mit materiellen Dingen gefügig machen, sondern auch mit nostalgischen. Er wusste von seinem Grandpa, dass Franklyn diese Törtchen bereits als junger Mann verschlungen hatte.

„Oh, Brombeertörtchen mit Puddingcreme? Martha und ich konnten damals nicht genug davon ..." Abrupt verstummte Franklyn, als ihm klar wurde, was ihm gerade herausgerutscht war. Fahrig strich er sich durchs schüttere Haar und nahm die Schachtel lächelnd entgegen.

Erkannte Chase in dessen Augen etwa einen sentimentalen Glanz? Okay, offensichtlich verband Martha und ihn doch mehr, als er gedacht hatte. Was ihn aber noch mehr irritierte, war die Tatsache, dass sie beide dieselbe Laufbahn eingeschlagen hatten. Irgendwie entwickelte sich sein Besuch heute zu einem merkwürdigen Ereignis.

„Ich soll dir auch von Francis schöne Grüße ausrichten", fuhr Chase im Plauderton fort, während er leicht irritiert verfolgte, wie Franklyn eine Gabel aus der Schublade fischte und die Schachtel eilig öffnete. Der ältere Mann freute sich offenbar so sehr über dieses Mitbringsel, dass er keinen Moment länger widerstehen konnte.

„Oh, Francis. Vielen Dank, ich habe schon seit einer Weile nichts mehr von ihr gehört."

Chase fiel auf, dass sich Franklyns Stimmung nicht nur mit dem Törtchen schlagartig geändert hatte, sondern auch bei der Erwähnung von Martha und Francis. Hatte er in seiner Jugendzeit in Little Falls etwa mit beiden etwas gehabt? Nein, sehr unwahrscheinlich. Aber durch die ehrliche Freude, von ihnen zu hören, wirkte er wie ausgewechselt. Was um alles in der Welt hatte ihn dann nach Woodbury verschlagen?

„Köstlich", bemerkte Franklyn mit vollem Mund, während Chase immer noch seinen Gedanken nachhing. Im Gegensatz zu ihm hatte Martha in den letzten Jahren kein gutes Wort über ihren Bekannten verloren, im Gegenteil. Sie verurteilte ihn für seinen inkompetenten Führungsstil und die Probleme, die daraus resultierten.

Plötzlich fiel es Chase wie Schuppen von den Augen. Lag vielleicht hierin das ganze Problem? Konnte es sein, dass Franklyn viel lieber die Stelle in Little Falls besetzt hätte und Woodbury deswegen so verkommen ließ? Wenn dem so war, wäre dies nicht nur ziemlich unprofessionell, sondern auch seiner Gemeinde gegenüber respektlos. Kein Wunder, dass Martha kein gutes Haar an ihm ließ.

„Darf ich dich was fragen, Franklyn?“

„Ja, natürlich“, erwiderte der ältere Mann und legte die Gabel ab.

„Kann es sein, dass du viel lieber in Little Falls angetreten wärst? Immerhin bist du dort aufgewachsen.“

Für einen Moment starrte dieser Chase an, dann öffnete er den Mund, schloss ihn jedoch wieder. Chase sah ihm an, dass es ihn große Überwindung kostete, über dieses Thema zu reden.

Tief atmete er durch, dann nickte er langsam. „Ich habe Martha den Vortritt gelassen – für ihren Lebenstraum.“

Chase klappte der Mund auf. „Du hast sie gewinnen lassen?“

„Nun ja, sie wurde ja gewählt, aber ich habe meine Kandidatur im letzten Moment zurückgezogen. Das Risiko, dass doch irgendetwas dazwischenkommen könnte, war mir zu groß.“

„Okay, jetzt bin ich wirklich baff. Warum das? Du warst ihr doch nichts schuldig?“, fragte Chase erstaunt.

„Wir sind Tür an Tür aufgewachsen, waren von klein auf die besten Freunde, bis wir dieselben Ambitionen auf den Posten des Bürgermeisters verfolgten. Aber Martha war schon immer diejenige von uns, deren Augen mehr leuchteten, wenn sie von Little Falls sprach – schon damals hatte sie diese Geste drauf, wenn sie von irgendwas schwärmte.“

Chase schmunzelte. „Du meinst ihren imaginären Schriftzug, den sie so gerne in die Luft malt?“

„Genau den“, erwiderte Franklyn mit einem dröhnenden Lachen. „Und nachdem sie ihr Ziel erreicht hatte, habe ich gemerkt, dass ich diesen Traum doch nicht ganz begraben konnte – und habe mein Glück hier in Woodbury versucht. Leider ist es nicht ganz so gelaufen, wie ich es mir vorgestellt hatte." Der ältere Mann sah Chase betrübt an.

„Ja, das glaub ich dir. Mit Little Falls kann man es nur schwer aufnehmen."

„Da gebe ich dir vollkommen recht. Zu Beginn habe ich ja auch alles versucht. Wir haben die Main Street verschönert. Den Park herausgeputzt, aber vergeblich. Dabei habe ich mir so sehr gewünscht, dass diese Stadt ebenso ein Ort zum Leben wird wie Marthas Städtchen. Ich frage mich, an was es liegt, dass es hier nicht klappt."

Chase brauchte nicht lange zu überlegen, an was es lag – an den Menschen, die jeder Stadt ihren Stempel aufdrückten. War Franklyn so blind, das nicht zu sehen? In Little Falls sorgte allein schon die Seniorengang dafür, dass sich im Park keine zwielichtigen Gestalten herumdrückten. Auf der Main Street waren Francis und Josephine die heimlichen Sheriffs. Ganz zu schweigen von Dorothy und Dean, die immer ein Auge auf den Little Pond hatten und Chase sofort in Kenntnis setzten, sollte sich auch nur das Wasser etwas trüben. Last but not least Martha, die mit ihrem unermüdlichen Einsatz im Wohle der Stadt unterwegs war und immer Verbesserungen anstrebte.

Chase atmete laut aus, er musste im Umgang mit diesem Mann wohl direkter werden. „Vielleicht musst du als Bürgermeister einfach mehr Einsatz zeigen und mit gutem Beispiel vorangehen. Auch wenn ich mich jetzt ein klein wenig wie Martha anhöre, aber wie wär's, wenn du hier mal ein Fest auf die Beine stellst?" Er wusste von einem seiner Deputys aus Woodbury, dass sich viele der Bewohner Gemeinschaftsaktivitäten wünschten, doch aus Bequemlichkeit oder gar Scheu nicht selbst aktiv wurden.

„Hm, die Idee ist nicht schlecht. Vor allem die neu zugezogenen Familien könnten so schneller Anschluss finden“, überlegte Franklyn laut und lächelte dabei hoffnungsvoll.

„Ja, es ist extrem wichtig, dass du die Bewohner miteinbeziehst. Sie sind es doch, die einer Stadt ihren Charme geben.“ Dennoch war da immer noch Franklyns Hang zur Vetternwirtschaft, die es zu unterbinden galt. Nicht nur im Interesse der Einwohner, sondern auch in seinem Interesse als Sheriff. Auch wenn diese Geschäfte der Stadt viel Geld in die Taschen spülten, bewegte sich Franklyn dabei oft zwischen Recht und Unrecht. Es würde ihn nicht wundern, wenn der ältere Herr in seinem Eifer übers Ziel hinausschoss und erst im Nachhinein das böse Erwachen kam. Außerdem war es extrem unprofessionell, dass er sich überhaupt so um den Mund schmieren ließ. Ab sofort würde er dies nur noch mit Francis’ Törtchen zulassen und nicht mit neuen Autos oder besonderen Zuwendungen. Die beiden Anzugträger von vorhin hatten wohl auch ihr Glück versucht, denn Woodbury war aufgrund seiner Lage bei Firmen und Investoren sehr beliebt.

„Und was deine Geschäfte angeht“, Chase sah den Mann eingehend an, „das muss aufhören. Wie kannst du erwarten, dass der Sittenverfall aufhört, wenn du selbst keine saubere Weste hast?“

Franklyn zuckte hinterm Schreibtisch zusammen, dann erwiderte er mit kleinlauter Stimme: „Es hat erst mit einem kleinen Gefallen angefangen. Hier konnte ich wenigstens etwas verändern, ein wenig zusätzliches Geld in die Kassen spülen, das dringend gebraucht wurde. Ich bin in geschäftlichen Dingen einfach besser als in menschlichen.“

„Glaub mir, Franklyn, Geld ist nicht alles. Es ist viel wichtiger, dass die Gemeinde hinter dir steht und ihr gemeinsam an einem Strang zieht – für Woodbury. Dann wird auch die Kriminalität hier rückläufig werden, davon bin ich fest überzeugt.“

Franklyn nickte langsam, ehe er erwiderte: „Du hast recht und es tut mir alles schrecklich leid. Bill hat mir nie den Kopf gewaschen – danke dafür."

Chase musste zugeben, dass er den Bürgermeister von Woodbury falsch eingeschätzt hatte. Der Gute war schlichtweg überfordert gewesen und hatte falsche Prioritäten gesetzt. Dennoch rechnete er ihm hoch an, dass er freiwillig zurückgesteckt hatte, nur um Martha glücklich zu sehen. Er musste seine Partnerin in crime davon überzeugen, dass Franklyn ihre Hilfe brauchte – ihre jahrelange Kompetenz und ihr Wissen. Ja, genau so musste er es rüberbringen. Marthas Helfersyndrom wäre letztendlich größer als ihr Stolz und die Enttäuschung über ihren alten Freund.

„Lass uns noch mal von vorne anfangen, Franklyn. Ich werde dich und die Jungs auf dem Revier so gut es geht unterstützen und gemeinsam werden wir aus Woodbury wieder eine familienfreundliche Stadt machen."

„Das hört sich toll an!" Der Bürgermeister lächelte sichtlich erleichtert und Chase fühlte sich regelrecht beschwingt, dass dieses lang aufgeschobene Gespräch derart gut ausgegangen war. Er musste seinem Grandpa danken, auch wenn das nostalgische Gebäck nur der erste Anstupser gewesen war, um Franklyn wieder an seine Ursprünge und Marthas Freundschaft zu erinnern.

Chase schnappte sich seinen Stetson, der neben ihm auf dem Stuhl lag, und stand auf. „So, ich schau dann mal eben auf dem Revier vorbei und melde mich bei dir."

„Bis dann, Chase, und grüße mir auch bitte Francis und deinen Grandpa."

„Alles klar!" Chase war nicht entgangen, dass der ältere Mann Marthas Namen vermieden hatte. Aber so einfach kam er ihm nicht davon. Er musste sich noch seiner rechtschaffenen Freundin stellen, ob er wollte oder nicht. Zu gerne wäre er bei ihrem Wiedersehen dabei, um Martha in Aktion zu sehen. Er konnte die Bürgermeisterin geradezu bildlich vor sich sehen, wie sie Woodbury einer Bestandsaufnahme unterzog und Franklyn alle Schwachstellen aufzeigte. Er hoffte nur, dass sie nicht zu sehr mit ihm ins Gericht ging oder sogar die Investoren vergraulte, die es gut mit der Stadt meinten.

Auch Franklyn würde diese Aussprache guttun, denn man sah ihm deutlich an, wie schmerzhaft es für ihn war, dass der Kontakt zu seiner langjährigen Freundin abgebrochen war.

Als Chase einen Augenblick später das Rathaus verließ und auf die sonnige Main Street trat, wusste auch er, dass ein längst überfälliges Gespräch mit einer gewissen Person anstand. Beim Gedanken an Isabelle musste er sogleich lächeln, denn seit Bills Abschiedsparty im Park und ihrem Kuss war alles so klar – er liebte diese Frau. Doch an die Vorstellung, mit ihr in einem Haus voll Bücher zu wohnen, musste er sich erst noch gewöhnen.

19

Isabelle

Isabelle fühlte sich schon beinahe unausgelastet, jetzt, wo sie nicht mehr täglich im Sheriff's Office war. Klar, sie war mit Schreiben beschäftigt und half ihrer Grandma im Buchladen, aber allmählich vermisste sie ihre tägliche Routine in New York. Um wenigstens ein bisschen Starbucks-Feeling zu haben, wollte sie heute den Diner besuchen – auch wenn Cole nur eine einzige Sorte Kaffee im Angebot hatte, von Sirup und Toppings mal ganz zu schweigen.

Mit einem Lächeln stieß sie die Tür zum Diner auf und trat ein. Für einen Moment war sie enttäuscht, nicht auf Chase zu treffen. Aber was hatte sie erwartet, dass er an einem Montagmorgen ebenfalls ausgiebig Frühstücken würde?

„Hi, Cole", begrüßte sie dessen Bruder, der hinter dem Tresen stand und gerade ein Tablett mit Getränken belud.

„Guten Morgen, Isabelle, schön, dich zu sehen. Ich komme gleich zu dir."

Isabelle nickte ihm lächelnd zu und nahm dann an einem Tisch an der Fensterfront Platz. Automatisch warf sie einen Blick hinaus in Richtung Sheriff's Office, das sich in einiger Entfernung befand.

Kaum zu glauben, dass ihr letzter Tag auf dem Revier schon eine ganze Woche zurücklag. Sie vermisste die lustige Zeit mit Mildred und Gizmo – und mit Chase. Zwar war ihr Manuskript in den letzten Tagen ein gutes Stück gewachsen, aber das bedeutete auch, dass ihr Aufenthalt in Little Falls bald enden würde. Etwas Wehmut beschlich sie, als sie an den bevorstehenden Abschied dachte, gleichzeitig freute sie sich riesig auf ihren Termin am Freitag in New York und darauf, ihren neuen Verleger kennenzulernen. Da ihr neuer Roman ein ganz anderes Genre bediente – und nicht Dark Romance, wie bisher –, war dies die logische Konsequenz gewesen.

„Einen French Toast, wie immer?", holte Cole sie lächelnd aus ihren Gedanken.

„Ja, sehr gerne, und dazu einen Kaffee, schwarz."

Cole zog kurz eine Augenbraue hoch, erwiderte darauf allerdings nichts. Er hatte ihr im Spaß bereits beim letzten Besuch gesagt, dass ihre Vorliebe für schwarzen Kaffee wohl an ihrer dunklen Schriftstellerseele liegen musste.

„Mach ich ... Oh, und du hast Chase knapp verpasst. Er hat sich eben einen Kaffee mitgenommen", informierte er im Plauderton, was sie innerlich schmunzeln ließ. Dachte Cole, dass sie beide zusammen waren?

Dennoch zog sich ihr Herz kurz zusammen, gerne hätte sie ihn gesehen. Seit dem Wochenende ging er ihr nicht mehr aus dem Kopf.

„Coffee to go? Ich dachte, er ist so begeistert von seiner neuen Kaffeemaschine", entfuhr es Isabelle amüsiert.

Cole lachte herzhaft. „Ja, ist er immer noch. Aber heute Morgen hatte er es eilig, nach Woodbury zu fahren."

„Oh, stimmt, Woodbury", erwiderte sie nachdenklich.

Ihr Gespräch mit Mildred fiel ihr wieder ein. Wahrscheinlich handelte es sich um das ausstehende Treffen mit dem Bürgermeister, das Chase seit einiger Zeit vor sich herschob. Die Bürokraft hatte ihr in allen Einzelheiten von den Zuständen dieser Stadt berichtet. Isabelle hoffte, dass dieses Gespräch gut verlief, immerhin war Chase als Sheriff auch für die Deputys dort zuständig und sie hatte ihm angesehen, dass ihn die Situation belastete.

„Dann lass ich dich mal in deinen Tagträumen." Cole zwinkerte ihr zu und verließ ihren Tisch.

Etwas verwirrt sah sie ihm nach. Dachte er, sie träumte von Chase oder von einem Roman, der sich in ihren Kopf geschlichen hatte? Aus Cole wurde sie wirklich nicht schlau. Sie schüttelte amüsiert den Kopf und holte anschließend ihr Notizbuch aus der Handtasche. Wie sehr hatte sie dieses Gefühl vermisst. Einfach in einem Café zu sitzen, verträumt aus dem Fenster schauen und neue Ideen in ihrem Büchlein festzuhalten. Seit ihrem Aufenthalt hier hatte sich der Inhalt ganz schön gefüllt. Es steckten allerlei Zettel, Post-its und sogar Zeichnungen darin.

Zu den anfänglichen Stichworten waren ganze Sätze gekommen und komplette Charakterbögen ihrer Protagonisten. Den Plot hatte sie zuerst ausgearbeitet, wie sie es immer vor der tatsächlichen Schreibarbeit tat. Dennoch war es jetzt zum ersten Mal überhaupt passiert, dass sich einige unerwartete Wendungen eingeschlichen hatten. Okay, einige sehr krasse Wendungen. Aus einer ursprünglich geplanten Dark Romance ist ein Liebesroman entstanden. Isabelle schlug die Seite mit den Notizen von Clarice aus dem B & B auf. Sie wollte ihr unbedingt beim Schreiben ihrer Biografie helfen, denn ihre Liebesgeschichte, die bis über den Tod hinausging, ließ sie nicht mehr los.

Sie war der Dame am Sonntag nach ihrem Kaffeekränzchen mit Jenna und Audrey noch begegnet. Entgegen ihrer Annahme hatte Clarice kein Nickerchen gemacht, sondern war auf dem Friedhof gewesen, um die Pflanzen zu wässern, die unter der Hitze aktuell ebenfalls sehr litten. Eine Ehrensache, wie sie betont hatte, und die sie sich trotz ihres hohen Alters nicht nehmen ließ, wenn sie zu Besuch war.

„Einmal French Toast und einen Kaffee, schwarz. Lass es dir schmecken."

Isabelle sah von ihren Notizen auf. „Oh, danke, Cole."

„Ein ganzes Sammelsurium hast du da", bemerkte er mit einem Lächeln und zeigte auf ihr dickes Notizbuch. „Du arbeitest noch analog?"

Hörte sie da etwa Freude oder gar Wertschätzung aus seiner Stimme heraus? Es war ja kein Geheimnis, dass der älteste Cassidy-Bruder ziemlich oldschool war und sich nur schwer auf Neues einlassen konnte.

„Ja, meine Ideen sammele ich alle in Notizbüchern. Ich liebe es einfach, darin herumzublättern und sie überallhin mitzuschleppen." Unbewusst strich sie mit der Hand über den ledernen Einband.

„Mir geht es genauso – nicht dass ich Ideen für ein Buch hätte", er lachte herzhaft, „aber ich vertraue dieser *Cloud* nicht. Die Rezepte meines Großvaters und meine Termine gehen schließlich nur mich etwas an."

„Mmh, kann ich gut nachvollziehen." Isabelle senkte verschwörerisch die Stimme. „Ich speichere meine Manuskripte jeden Tag auf einem USB-Stick ab und schicke sie mir dazu noch zusätzlich auf meine eigene E-Mail-Adresse."

Cole wirkte über dieses Geständnis gar nicht belustigt, sondern eher fasziniert, im Gegensatz zu Nora, die sie deswegen öfter liebevoll aufzog.

„Klingt vernünftig." Er sah sie für einen Moment mit einem undeutbaren Ausdruck an, dann fuhr er schmunzelnd fort. „Vielleicht lag Mildred mit ihrem analogen Ablagesystem doch nicht so falsch."

„Oh, sag das bloß nicht deinem Bruder, im Sheriff's Office macht dies tatsächlich Sinn. Da wurde die Digitalisierung höchste Zeit", antwortete Isabelle mit Nachdruck.

Coles Mund verzog sich zu einem Lächeln. „Weißt du, dass dies der Augenblick war, an dem du dich in sein Herz geschlichen hast?"

Isabelle stockte für einen Moment, ehe sie ungläubig nachhakte. „Du meinst, weil ich Mildred ins 21. Jahrhundert eingeführt habe?"

Cole nickte. „Er war so begeistert, wie dir das gelungen ist, nachdem er monatelang nur auf Sturheit stieß. Mal ganz zu schweigen von seinem inneren Monk, der sich ohne dieses Wirrwarr an Akten sichtlich wohler fühlt."

„Ich muss zugeben, dass ich mich im Office auch wohler gefühlt habe, nachdem dieses Chaos beseitigt war." Die Worte ‚ins Herz geschlichen' hallten in ihrem Kopf nach. Sie konnte nun auch genau sagen, wann sich Chase in ihr Herz geschlichen hatte. Als er Mildred angeboten hatte, ihren kränklichen Kater mitzubringen, damit sie sich während der Arbeitszeit nicht um ihn sorgen musste, wenn er allein zu Hause war. Und natürlich dass er der älteren Dame ihr heiß geliebtes Faxgerät und die Filtermaschine ließ. Ein liebevolles Lächeln zeichnete sich auf ihrem Gesicht ab. Dieser Mann war wirklich etwas ganz Besonderes. Er verkörperte alles, was sie sich an einem Partner wünschte. Er war respektvoll, einfühlsam, liebenswürdig ... und wusste mit einem Bügeleisen umzugehen. Isabelle schmunzelte, sie konnte sich nicht erinnern, wann sie zuletzt ein Bügeleisen benutzt hatte. Für gewöhnlich schmiss sie alles in den Trockner oder zog ihre Kleidung auf Bügel, damit sie sich glatt hing.

„Schade, dass du bald zurück nach New York gehst."

„Ja, die Arbeit ruft. Alles kann ich dann doch nicht von hier aus machen." Isabelle verzog bedauernd das Gesicht. Gerne hätte sie noch ein wenig mehr Zeit mit ihren Großeltern verbracht und auch das nächste Buchclubtreffen besucht, das schon kommende Woche stattfinden sollte. Aber am meisten beschäftigte sie die Frage, wie ihre Romanze mit Chase weitergehen sollte. Sie wusste schon jetzt, dass jeder Cop in New York sie sofort an den Sheriff in Little Falls erinnern würde.

Cole nickte nur, wahrscheinlich wusste er von Jenna bereits, wie viel tatsächlich zwischen seinem kleinem Bruder und ihr vorgefallen war.

Er zeigte auf ihre Tasse. „Wenn du einen zweiten Kaffee willst, dann melde dich ..." Für einen Moment dachte sie, er wollte noch etwas sagen, doch dann lief er zur Durchreiche, um zwei Teller entgegenzunehmen.

Isabelle sah ihm nach. Nein, Cole gehörte eindeutig nicht zu den Dinerbesitzern, die mit einer Kaffeekanne umherliefen und den Gästen eifrig nachschenkten. Diesen Service gab es hier nicht.

Ihr Blick fiel auf ein Regal schräg hinter ihr, in dem sich einige T-Shirts neben Gewürzstreuern und Speisekarten stapelten. Cole zog seinen eigenen Stil durch und es gefiel ihr, dass hier drinnen aber auch überhaupt nichts durchgestylt war. Es war perfekt unperfekt, so wie auch die Gäste, die sich hier tummelten. Hinter einer Zeitung entdeckte sie auf einmal Eugene, der an seiner Tasse nippte, und am Tresen saß Matt aus dem Kino. Ein warmes Gefühl breitete sich in ihr aus. Obwohl sie mit beiden Männern kaum etwas zu tun gehabt hatte, fühlte sie sich mit ihnen irgendwie verbunden. Sie hatte sie zuletzt beim Kalender-Shooting im Park bei der Baywatch Szene gesehen, die sie immer noch innerlich schmunzeln ließ. Sie konnte es kaum erwarten, bis die Kalender endlich aus der Druckerei kamen. Ihre Grandma hatte versprochen, ihr direkt ein Exemplar nach New York zu schicken.

Isabelle lenkte ihren Blick zurück zum Notizbuch und schlug eine neue Seite auf. Sie hatte während ihres Aufenthalts so viel erlebt, und das in einer Kleinstadt, die auf der Landkarte nicht mehr war als ein winziger Punkt zwischen New Haven und Boston.

Der Gedanke an ein weiteres Pseudonym gefiel ihr immer besser, denn so hätte sie genügend Spielraum, all ihre neuen Ideen in Büchern einzubauen. Nachdenklich sah sie sich um, ehe ihr Blick erneut an Eugene hängen blieb. Der ältere Herr wirkte leicht zerstreut und mittlerweile wusste sie auch, dass er ziemlich naiv war. Aber eine Liebesgeschichte über einen Mann wie ihn? Sie konnte sich nicht vorstellen, dass ein Senior für ihre Leserinnen interessant sein könnte. Außer vielleicht, wenn sie seine Liebesgeschichte in einer Rückblende erzählte. Aber dazu musste sie erst einmal an Informationen kommen und Eugene um Erlaubnis fragen, ob sie ihn überhaupt in eine Geschichte einbauen durfte. Er hätte mit Sicherheit nichts dagegen. Von ihrer Grandma wusste sie, dass er ein heimlicher Fan ihrer Bücher war.

Ihr Blick wanderte zu Matt, der mit dem Rücken zu ihr saß. Auch wenn sie nur zu Besuch hier war, wusste sie schon einiges über ihn. Er war Single, hatte das Kino von seinem Großonkel geerbt und bot sich jederzeit an, wenn in der Stadt eine helfende Hand gebraucht wurde. Okay, die Männer dieser Stadt taugten allesamt nicht als Bad Boys, schoss es ihr schmunzelnd durch den Kopf. Doch sie war ja gerade dabei, sich eine neue Leserschaft aufzubauen, die genau auf solch eine Art von Männern stand.

Unauffällig musterte sie den jungen Mann, der in Shorts und einem T-Shirt steckte. Das dunkle Haar fiel ihm locker in den Nacken. Hm, irgendetwas Geheimnisvolles strahlte er aus. Hatte ihre Grandma nicht neulich erwähnt, dass keiner so genau wusste, wo er sich bis jetzt aufgehalten hatte? Sein Großonkel hatte ihn zwar ab und zu erwähnt, aber zum ersten Mal hatten sie ihn erst nach dessen Tod kennengelernt.

Isabelle machte sich ein Paar Notizen, die sie allerdings so nie in einem Buch verwenden würde. Für gewöhnlich schrieb sie sich viel auf, pickte daraus aber nur ein paar Stichworte heraus, die sie letztendlich verwendete. Ihre Geschichten waren allesamt fiktiv und hatten keinen Bezug zu real existierenden Personen, auch wenn sie ab und zu eine Charaktereigenschaft einfließen ließ. Und hier in Little Falls konnte sie geradezu aus den Vollen schöpfen, denn jeder war auf seine Art besonders.

Die Tür des Diners wurde aufgestoßen und brachte die Glöckchen über der Tür zum Klingeln. Beim Anblick ihres Großvaters hellte sich ihr Gesicht schlagartig auf. Dieser sah sich kurz suchend um und kam freudig auf sie zu. So wie es aussah, hatte er seine morgendliche Gassirunde mit Larry und Bailey beendet, der er sich seit einiger Zeit regelmäßig anschloss.

„Ein herrlicher Sommertag, nicht wahr?", begrüßte er seine Enkelin lächelnd und nahm Platz. „Na, bist du schon wieder am Arbeiten? Wie praktisch, dass wir heute wieder eine ganze Ladung Notizbücher bekommen haben."

„Hallo, Grandpa, und, zurück von eurem Spaziergang? Wo ging es heute hin?" Sie klappte ihr Buch zu und sah ihn daraufhin erwartungsvoll an.

„Heute waren wir am Dragonfly Lake. Larry wollte die Lage dort mal im Vorfeld observieren."

„Was hat er denn vor?", fragte Isabelle mit amüsierter Stimme.

„Oh, er will fischen gehen und ich darf mit!", klärte Jonathan sie aufgeregt auf.

Das waren ja ganz neue Seiten an ihrem Grandpa. Sie kannte ihn nur als Bücherwurm, der äußerst ungern einen Schritt in die freie Wildnis wagte. Der Park genügte ihm vollkommen. Die nächste Frage, die sie sich unwillkürlich stellte, war, wer die Fische wohl ausnehmen würde – ihr Grandpa ganz sicher nicht. Dieser sträubte sich schon bei einem Suppenhuhn.

„Du überraschst mich immer wieder, Grandpa! Auch wenn ich mir dich als Angler nicht wirklich vorstellen kann."

„Ich weiß, aber jetzt, wo alle meine Freunde ein neues Hobby ausprobieren, hat es mich auch gepackt."

„Du hast doch schon deine Schilder, die du bemalst."

„Schon, aber irgendwann ist auch mal Schluss. Dorothy würde ja noch gerne mehr bestellen, doch Dean hat ihr einen Riegel vorgeschoben. Er fühlt sich im B & B schon wie auf dem Verkehrsübungsplatz."

Isabelle nickte verstehend. „Und was sind das für Hobbys, die ihr jetzt alle ausprobiert?" Sie sah ihren Grandpa schmunzelnd an.

„Eugene will mit Stricken anfangen, Dean ist seit dem Fotoshooting ganz vernarrt ins Knipsen und hat sich sogar eine neue Kamera gekauft – frag mich nicht, wie viele Fotos er schon vom See und seinen Hortensienbüschen geschossen hat – ja, und Larry und ich versuchen unser Glück im Fischen."

Vor ihrem geistigen Auge tauchte auf einmal das Bild von Forrest Gump und seinem Shrimpkutter auf. Gott sei Dank war der Dragonfly Lake zu klein für ein größeres Boot und Little Falls zu weit vom Long Island Sound entfernt, sodass die Senioren erst gar nicht auf dumme Ideen kämen. Und das würden sie zweifelsohne, wenn sich direkt vor ihrer Haustür ein Ozean befände.

Nicht auszudenken, wenn der strickende Eugene auch mit von der Partie wäre – um die Netze zu flicken – und Dean das ganze Spektakel noch mit seiner neuen Kamera festhielte.

„Dann wünsch ich euch viel Spaß und vergiss nicht, mich auf dem Laufenden zu halten, wenn du deinen ersten Fisch an Land ziehst."

„Ja, mach dich nur lustig", erwiderte Jonathan mit einem lauten Lachen und lenkte so Eugenes Aufmerksamkeit auf sich, der nun etwas verwirrt hinter seiner Zeitung hervorlugte.

„Oh, hallo, ich war so konzentriert auf diesen Artikel, dass ich euch gar nicht bemerkt habe, entschuldigt bitte."

Der Senior faltete die Zeitung zusammen, legte sie in ein Körbchen, das neben ihm auf dem Stuhl stand, und kam samt Tasse und Korb auf sie zu.

„Was hast du da? Eine Katze?", fragte Jonathan lachend, als sein Blick auf Eugenes Korb fiel.

„Mein Strickzeug", erwiderte Eugene stolz. „So habe ich alles dabei und kann jederzeit meinem neuen Hobby frönen und die Zeitung passt auch noch rein."

Isabelle sah amüsiert zwischen den beiden Freunden hin und her, die nun beide den Inhalt des Körbchens – mehrere Wollknäuel und Rundnadeln – inspizierten. Was hatte Eugene vor, wollte er sich etwa Socken stricken?

Schnell räumte sie ihr Schreibzeug in die Handtasche, um ihm Platz zu machen, dabei flatterte unbemerkt ein loses Blatt Papier zu Boden.

<h1 style="text-align:center">20</h1>

<h2 style="text-align:center">Chase</h2>

Erneut fiel Chase' Blick auf den Platz, an dem Isabelle während ihres Praktikums gesessen hatte und auf dem es sich heute Gizmo gemütlich machte. Ob der Kater sie wohl auch vermisste? Wahrscheinlich fehlten ihm eher die Leckerlis, die Isabelle ihm jeden Tag mitgebracht hatte und ihre ausgiebigen Streicheleinheiten.

Allein beim Gedanken an Isabelle begann sein Herz, aufgeregt zu klopfen. Heute Abend wollte er ihr endlich seine Gefühle gestehen. Er wollte ihr sagen, dass er sie liebte und sein restliches Leben mit ihr verbringen wollte.

Da er sich ob der Aufregung kaum konzentrieren konnte, stand er erneut auf, um sich einen weiteren Kaffee zu machen.

Chase schüttelte kurz den Kopf, denn seit Mildred das Office verlassen hatte, um die Post wegzubringen, hatte ihn Gizmo keinen Moment aus den Augen gelassen. Beim Geräusch des lauten Vollautomaten, der nun die Bohnen mahlte, schaute ihn der Kater missbilligend an.

„Entschuldigung, dass ich störe", brummte Chase, „aber morgens brauch ich immer zwei." Als er sich vor der Katze rechtfertigte, kam er sich ziemlich albern vor – aber Gizmo hatte auch einen Blick, dass man sich direkt schlecht fühlte.

Chase schnappte sich den Becher und lief zurück zum Schreibtisch, als plötzlich die Tür aufgestoßen wurde und Martha hereinschwebte.

„Huhu, einen wunderschönen guten Morgen! Ich hoffe, du bist mit guten Nachrichten aus Woodbury zurückgekommen?"

Er hatte Martha gegenüber nur beiläufig erwähnt, dass er nach Woodbury wollte, und wunderte sich, warum sie auf einmal auf der Matte stand. Hatte sie etwa schon von seinem Gespräch mit Franklyn Wind bekommen? Für einen Augenblick überlegte er, wie viel er ihr erzählen sollte.

„Hallo, Martha, welch Überraschung. Und ja, ich habe tatsächlich gute Nachrichten." Er machte eine Pause und sah die Bürgermeisterin nachdenklich an. Wie er sie kannte, war es wohl am besten, die Karten offen auf den Tisch zu legen. Nicht auszudenken, wenn er etwas verheimlichte und sie durch Zufall davon erfuhr.

„Oh, jetzt bin ich aber neugierig." Sie hob in ihrer theatralischen Geste die Hand. „Unser neuer Sheriff, im Einsatz für Recht und Ordnung."

Chase schnitt eine Grimasse, ehe er auf den Stuhl vor sich zeigte. „Am besten nimmst du Platz."

Überrascht sah Martha ihn an, folgte jedoch seiner Aufforderung. „Ist irgendwas passiert? Jetzt machst du mir Angst, ich dachte, du hättest gute Nachrichten? Die Probleme dort kann man sicher nicht so schnell aus der Welt schaffen, hab ich recht?"

„Es wird nicht von heute auf morgen gehen, aber zumindest will Franklyn ab jetzt mit uns zusammenarbeiten."

Martha stieß wütend die Hand in die Luft. „Pah, Franklyn. Seit er das Amt innehat, kriegt er nichts gebacken. Dazu kommen noch seine zwielichtigen Geschäfte! Was denkst du, wo sein ‚Geschäftswagen' herkommt? Ich lasse mich nicht kaufen, da laufe ich lieber, schau mich nur an – fit wie ein Turnschuh."

Chase ließ Marthas Kommentar unbeantwortet, denn eins war seine Freundin ganz sicher nicht: ‚fit wie ein Turnschuh'. Dafür schnaufte sie zu heftig, wenn sie die Treppen heraufkam.

Auch ihre maßgeschneiderten Kostüme konnten nicht verbergen, dass sie eindeutig ein paar Kilos zu viel auf den Rippen hatte.

Chase atmete laut aus. „Kann ich dich mal was fragen?"

„Nur zu, aber Franklyn regt mich schon wieder auf."

„Kann es sein, dass du dich so über ihn aufregst, weil du von ihm einfach nur sehr enttäuscht bist? Immerhin wart ihr beiden damals wie Pech und Schwefel."

Marthas Kinnlade klappte herunter, dabei vibrierte ihr Doppelkinn leicht. „Hat er dir das gesagt?"

„Na ja, nicht nur das", erwiderte Chase versöhnlich.

„Ja, ich bin enttäuscht", sprudelte es nun aus ihr heraus. „Er weiß einfach nicht, was er will. Wir sind damals beide zur Wahl angetreten – aber kurz davor zieht er einfach zurück. Sagt, dass die Politik doch nichts für ihn sei. Und dann erfahre ich kurze Zeit später, dass er Bürgermeister von Woodbury ist."

„Hast du ihn denn nie gefragt, warum er das getan hat?", hakte Chase nach, doch im selben Moment wusste er, dass Martha keinen blassen Schimmer von Franklyns Motiven hatte.

„Nein, ich war einfach zu enttäuscht. Er hatte so viel Potential und wenn wir auch Konkurrenten waren, so hätte ich mich sehr für ihn gefreut und ihn unterstützt."

Chase nickte verstehend. Ja, das glaubte er ihr aufs Wort, so war Martha nun einmal.

Auch wenn er bis jetzt gezögert hatte, ob er Franklyns Geheimnis lüften sollte, gab ihm Marthas bebende Stimme und ein Blick in ihre glasigen Augen den letzten Ruck. Er hatte die Bürgermeisterin selten so emotional erlebt und man sah ihr deutlich an, wie sehr sie dieser Streit belastete – und wenn sie noch so oft erwähnte, was sie von Franklyn hielt. Nur wie sollte er anfangen?

Um etwas Zeit zu schinden, lief er erneut zur Kaffeemaschine, um einen weiteren Kaffee zu holen. Dabei warf ihm der Kater einen Blick zu, der töten könnte. „Oh, Entschuldigung, dass ich dich bei dem Schläfchen störe", murmelte Chase augenrollend und kehrte kurz darauf zu Martha zurück.

„Danke dir, Chase. Und entschuldige bitte meinen emotionalen Ausbruch."

„Mach dir keinen Kopf ... Ähm, ich würde dir ja gern ein Brombeertörtchen mit Puddingcreme zum Kaffee anbieten, aber ich habe nicht mit Besuch gerechnet", bemerkte er im beiläufigen Tonfall.

„Brombeertörtchen, aus der Bäckerei? Die gibt es doch schon seit Jahren nicht mehr."

„Nun ja, für besondere Anlässe macht Francis mal eine Ausnahme. Ich habe erst gestern welche bekommen." Bei Marthas überraschtem Ausdruck konnte er sich ein zufriedenes Grinsen nicht verkneifen.

„Franklyn und ich haben diese Leckerbissen als Kinder geliebt", sinnierte sie mit einem verräterischen Glanz in den Augen. Abrupt stoppte sie, als ihr klar wurde, dass sie ihren Gedanken laut ausgesprochen hatte.

Chase' Grinsen wurde noch breiter. „Genau dasselbe hat er mir gestern auch erzählt, nachdem ich ihn mit dem Gebäck überrascht habe."

Für einen Moment wirkte Martha, als bedauerte sie es, nicht bei diesem Treffen dabei gewesen zu sein. Ob es wegen der Törtchen oder Franklyn war, konnte er jedoch nicht sagen.

„Du hast ihn damit überrascht? Was, damit konntest du ihm eine Freude machen ... ist ja immerhin nichts Prestigekräftiges und hat auch keine PS."

„Martha, du tust ihm unrecht. Er ist in Woodbury ganz einfach überfordert."

„Da erzählst du mir nichts Neues, von seinem fehlenden Rückgrat mal ganz zu schweigen."

Chase fuhr sich mit der Hand über die Augen, ehe er mit bestimmter Stimme erwiderte. „Er ist deinetwegen zurückgetreten, Martha. Damit du glücklich wirst."

Die Frau vor ihm starrte ihn an, als müsste sie das Gehörte erst einmal einordnen. Nach einer gefühlten Ewigkeit stammelte sie ungläubig: „Ist das wirklich wahr? Er hat mich absichtlich gewinnen lassen?"

Chase nickte lächelnd, dann erwiderte er mit versöhnlicher Stimme: „Ich denke, es wird Zeit, dass ihr euch endlich aussprecht. Franklyn braucht dich dort und ich bin mir sicher, dass du den Laden gehörig aufmischen wirst."

„Na, wenn er mich noch haben will. Erst neulich habe ich ihn einen inkompetenten Spinn..." Martha hielt inne und nahm stattdessen einen Schluck vom Kaffee. „Aber eines kann ich dir versprechen. Diese Anzugträger und Investoren werden ab sofort einen großen Bogen ums Rathaus machen – mit denen kenne ich mich aus, bei mir haben sie es auch schon versucht."

Chase schmunzelte, dessen war er sich absolut sicher und um die Kleinkriminellen, die in Woodbury ihr Unwesen trieben, würde er sich höchstpersönlich mit seinen Deputys kümmern.

***

Pünktlich zum Mittagessen verließ Chase das Sheriff's Office. Martha hatte ihm ihre Hilfe zugesichert und wollte sich gleich morgen früh ebenfalls auf den Weg nach Woodbury machen, um sich endlich mit ihrem alten Freund auszusprechen und ihn um Verzeihung zu bitten. Ein zufriedenes Lächeln breitete sich auf seinem Gesicht aus, denn er war froh, dass er diese Last endlich los war. Mit Franklyn und Martha im Rücken würde sich die angespannte Situation in Woodbury ganz sicher legen.

Chase strahlte mit der Mittagssonne beinahe um die Wette, als er die Tür zum Diner aufstieß, um sich einen kleinen Lunch zu gönnen. Geschäftiges Geklapper hieß ihn willkommen, als er direkt am Tresen Platz nahm.

„Oh, hi, Chase", begrüßte ihn sein Bruder, der gerade mit zwei voll beladenen Tellern aus der Küche kam.

„Hi, Cole!" Chase nahm den Hut ab und legte ihn neben sich auf dem Barhocker ab. „Ganz schön was los."

Cole nickte ihm im Vorbeigehen schnell zu und servierte die Burger mit Pommes an das ältere Ehepaar, das sich derzeit im B & B einquartiert hatte. Er verfolgte für einen Moment amüsiert, wie die beiden ob der riesigen Portionen die Hände über dem Kopf zusammenschlugen, sich aber dennoch eilig übers Essen hermachten.

Mit einem Schmunzeln kam Cole zurück. „Ein Sandwich, wie immer?"

„Heute nur einen Salat", erwiderte Chase.

„Okay, muss ich mir Sorgen um dich machen?", fragte Cole mit hochgezogener Augenbraue. „Ich dachte, dein Fitnesswahn hat sich seit der Prüfung gelegt."

„Haha, sehr witzig. Nein, bei der Hitze bekomme ich nur nichts Heißes und Fettiges runter."

Coles Mund verzog sich zu einem wissenden Lächeln. „Klar, und was war in den letzten 22 Jahren ... oder achtest du vielleicht wegen einer gewissen Autorin auf deine Figur? Ich mein ja nur, die Kerle auf ihren Buchcovern sind ganz schöne Muskelprotze."

Chase schüttelte entschieden den Kopf. Als ob er sich deswegen Sorgen machen müsste.

„Ja, kopflose Muskelprotze. Ich frag mich nur, warum man den armen Kerlen immer die Köpfe abschneidet. Vielleicht sind sie doch nicht so heiß. Unten hui, oben pfui."

„Hm, darüber hab ich noch gar nicht nachgedacht, dabei hat Jenna eines von Isabelles Büchern auf dem Nachttisch liegen. Aber danke dir für den Hinweis, so fühle ich mich weniger von Mr Millionaire bedroht."

Chase schüttelte schmunzelnd den Kopf. Als ob sich sein ältester Bruder ernsthaft durch irgendetwas bedroht fühlen könnte. Manchmal beneidete er ihn für seine stoische Ruhe.

„Ach so, Isabelle war übrigens gestern Morgen hier. Arbeitet sie eigentlich auch irgendwann nicht?" Cole schüttelte gespielt fassungslos den Kopf.

Chase lächelte versonnen. „Ich glaube, sie kann tatsächlich nicht abschalten. Irgendeine Idee spukt immer in ihrem Kopf herum."

„Mmh, ich habe ihr dickes Notizbuch gesehen ... und übrigens, ich bin nicht der Einzige, der seine Daten gerne mehrfach abspeichert." Cole schenkte ihm ein triumphierendes Lächeln.

„Bitte sag mir nicht, dass du vor ihr mit der bösen Cloud angefangen hast." Chase verdrehte die Augen.

„Was denn?", erwiderte Cole lachend. „Ist doch so. Um meine Datensicherung kümmere ich mich lieber selbst." Er klopfte mit der Hand auf das dicke Kassenbuch, das hinterm Tresen auf der Ablage lag. „Für den Fall, dass mein PC abstürzt, habe ich hier alles drin."

Chase' Blick fiel auf das Buch, das so dick war, dass es noch aus der Zeit stammen musste, als sein Grandpa Larry den Diner geführt hatte. Er konnte kaum glauben, dass sein eigener Bruder so oldschool war.

„Oh, und noch ein Vorteil", Cole grinste bis über beide Ohren, „man kann auch lose Blätter darin aufbewahren."

Wie zum Beweis zog er ein kariertes Blatt aus dem abgenutzten Buch und legte es auf den Tresen.

„Was ist das, ein Rezept? Oder führst du etwa heimlich Buch, wie viele Gratishörnchen Clayton mitgehen lässt?"

„Hör mir auf, ich habe mit dem Zählen bereits aufgehört. Ganz zu schweigen von den unzähligen Omelettes, die er hier schon verdrückt hat." Dennoch strafte Coles Lächeln die Rüge Lügen. Schließlich war er Clayton für immer dankbar, dass er die alte Schnitzerei am Pavillon – eine Liebesbekundung an Jenna – erhalten hatte.

„Nein, diesen Zettel hat Isabelle hier vergessen. Er muss wohl aus ihren Unterlagen herausgefallen sein."

Chase warf erneut einen Blick auf das Papier, das einmal in der Mitte gefaltet worden war. Ob es darin um eine neue Buchidee ging?

„Es wär toll, wenn du ihr den Zettel vorbeibringen könntest, nicht dass sie ihn vermisst", bemerkte Cole während er die Tür zur Küche aufstieß.

„Alles klar, mach ich", erwiderte Chase und sah seinem Bruder nach, wie dieser in der Küche verschwand, um seinen Salat zuzubereiten.

Chase legte den Zettel neben seinen Hut, damit er ihn später nicht vergaß, nahm ihn jedoch nach einem kurzen Moment wieder in die Hand. Irgendetwas daran zog ihn magisch an. Auch wenn es nicht richtig war und er sich wie ein Schnüffler vorkam, faltete er das Blatt Papier kurzerhand auseinander. Beim Anblick der

Stichworte, die in feinsäuberlicher Schrift niedergeschrieben worden waren, breitete sich schlagartig ein unangenehmes Kribbeln in seinem Körper aus.

Grübchen, jüngster Bruder, gewissenhaft, prüde,
bügelt jeden Tag eigenhändig seine Cop-Uniform.

Was war das? Eine Personenbeschreibung? Oder ein dummer Scherz seiner Brüder, denn es waren genau die Eigenschaften, wegen der sie ihn immer aufzogen.

Cole kam aus der Küche, dann fiel sein Blick auf das aufgeklappte Papier. „Na toll. Hast du schon mal was von Datenschutz gehört? Also, wenn ich nicht mal mehr dir vertrauen kann ..."

Chase starrte weiterhin auf den Zettel, als suchte er immer noch nach einer Erklärung, warum Isabelle einige seiner Merkmale auf ihrem Notizblatt verewigt hatte.

„Alles in Ordnung? Du siehst aus, als hättest du ein Gespenst gesehen."

Chase schleuderte den Zettel über die Theke, während er gegen die Wut ankämpfte, die mit aller Gewalt in ihm hochkochte. „Dann sag du mir, was das ist. Sieht ganz so aus, als hätte Isabelle mich in den letzten Wochen eingehend studiert."

Cole nahm den Zettel entgegen und verzog nachdenklich den Mund. „Okay, diese Eigenschaften können auf einige Menschen zutreffen – aber das Bügeln, das bist eindeutig du."

„Von wem weiß sie das? Ach, ist doch auch egal. Nur warum schreibt sie sich so was auf?" Noch während Chase diesen Satz ausgesprochen hatte, beschlich ihn ein ungutes Gefühl.

Cole ging es wohl ebenso, denn der sprach nun laut aus, was Chase nicht wahrhaben wollte. „Vielleicht verwendet sie dich als Vorlage für ihr neues Buch? Sie war ja einige Zeit mit dir auf dem Revier, da konnte sie genug Informationen sammeln."

Chase war unfähig, irgendetwas zu sagen. Hatte sie ihm die ganze Zeit über nur etwas vorgespielt, um an Material zu kommen? Was war an ihren Gefühlen überhaupt echt gewesen? Jetzt wurde ihm so einiges klar. Die vielen Fragen, das ständige Gekritzel in ihr Büchlein. Hatte sie dabei nur als einzigen Zweck verfolgt, sein Leben auszuschlachten? Und er Idiot hatte ihr noch seine Gefühle gestanden. Für wie naiv oder provinziell musste sie ihn halten? Er hatte sich in die erstbeste Frau verliebt, die in Little Falls aufgetaucht war. Der Appetit war ihm gehörig vergangen, denn er fühlte sich nur noch verraten und verarscht.

21

Isabelle

Mit einem liebevollen Lächeln warf Isabelle einen Blick aus dem Ladenfenster und verfolgte, wie ihr Grandpa zu Larry ins Auto stieg. Die beiden Herren wollten heute zum ersten Mal ihr Glück am Dragonfly Lake versuchen.

„Ich frage mich, ob Larry auch seinen Ratgeber eingesteckt hat", rätselte ihre Grandma neben ihr mit amüsierter Stimme. „Clayton hat das Buch vor einiger Zeit bei mir gekauft, doch leider kein Glück gehabt." Sie hob hilflos die Arme.

„Okay, wenn ich ehrlich bin, sieht mir Clayton auch nicht nach dem typischen Angler aus. Er scheint mir eher der gesellige Typ, der sich am See bei absoluter Ruhe langweilen würde."

„Ja, da liegst du richtig. Aber als er vor einigen Monaten vorhatte, sein Haus am Dragonfly Lake zu bauen, wollte er schon einmal ausprobieren, ob sich dort auch ein Abendessen angeln lässt." Josephine kicherte verhalten. „Leider muss er jetzt mit vegetarischen Fischstäbchen vorliebnehmen, wie mir Dorothy neulich berichtet hat."

„Oh, armer Clayton. Aber vielleicht haben Larry und Grandpa ja etwas mehr Glück und geben ihm was ab."

Mit einem kurzen Hupen verabschiedeten sich die Senioren und verließen kurz darauf über die Main Street, in Richtung Diner, Little Falls.

„So, und was stellen wir jetzt mit unserem freien Abend an?“ Josephine sah amüsiert zu ihrer Enkelin. „Vielleicht ein kleiner Spaziergang und anschließend einen Eiskaffee oder Cocktail?“

„Das hört sich toll an. Ich räume nur schnell diese Bücher ein, dann können wir los.“ Isabelle holte mehrere Exemplare des neuesten *Virgin-River*-Bandes aus dem Karton und stellte sie zu den älteren Ausgaben, die in chronologischer Reihenfolge im Regal standen. Passend zum Thema hatte sie die Ablage mit einem Karostoff und Tannenzapfen ausgestattet, die an die Wälder Kaliforniens erinnern sollten.

Überrascht drehte sich Isabelle um, als hinter ihr stürmisch die Ladentür geöffnet wurde und Chase hereintrat. Für einen Moment starrte sie ihn perplex an, denn von ihrer Grandma wusste sie, dass er den Laden seit einer Ewigkeit nicht mehr betreten hatte und dies auch nie freiwillig tun würde.

Ein Lächeln zeichnete sich auf ihrem Gesicht ab, als ihr klarwurde, dass er nur ihretwegen kam. Doch es verblasste schlagartig, als sie ihm ins Gesicht sah. Irgendetwas stimmte ganz und gar nicht. Chase wirkte nicht nur sehr verärgert – so wie sie ihn bei ihrer Lesung im Park erlebt hatte –, sondern kochte regelrecht vor Wut.

Noch bevor sie ihn fragen konnte, was passiert war, fiel ihr Blick auf den Zettel, den er in den Händen hielt. Ihr Herz blieb stehen, als sie ihre eigene Handschrift auf dem Papier erkannte.

„Was soll das?“, herrschte er sie ohne jegliche Begrüßung an.

Ihre Grandma, die ihnen bis eben den Rücken zugewandt hatte, drehte sich nun ebenfalls überrascht um. „Alles klar, Chase?" Fragend sah sie zwischen den jungen Leuten hin und her.

„Ob alles klar ist?" Seine Stimme überschlug sich fast. „Hast du deswegen dieses Praktikum eingefädelt, damit sie den Cop am lebenden Objekt studieren kann? So wird ihr Buch ja auch gleich viel authentischer!"

Irritiert sah die ältere Frau den Sheriff an. „Ich weiß nicht, was du meinst, Chase."

Isabelle trat einen Schritt auf ihn zu. „Chase, das ist nur eine alberne Notiz, die ich mir ganz am Anfang gemacht habe. Das hat überhaupt nichts zu bedeuten. Denkst du wirklich, ich würde irgendwas Persönliches in mein Buch einfließen lassen?" Sie griff nach seiner Hand, doch er schüttelte sie ab und trat einen Schritt zurück.

„Alles klar, du analysierst mich also nur so zum Spaß. Das glaube ich dir nicht."

„Was steht denn so Schlimmes auf diesem Zettel?" Josephine kam ebenfalls näher und streckte die Hand aus.

Chase reichte ihr stumm das Blatt, während er Isabelle mit einem Blick ansah, der ihr das Herz brach. Was hatte sie nur angerichtet? Dabei hatte diese Notiz überhaupt keine Bedeutung. Sie hatte sie nach ihrem ersten Arbeitstag im Office einfach dahingekritzelt. Sie konnte nicht einmal genau sagen, warum. Wahrscheinlich weil sie einige der Eigenschaften einfach zu komisch fand, insbesondere die Sache mit seinem Hemd.

„*Grübchen, jüngster Bruder, gewissenhaft, prüde, bügelt jeden Tag eigenhändig seine Cop-Uniform*", las Josephine die Wörter laut vor. „Ja, das bist ganz eindeutig du. Aber was ist so schlimm daran? Bis auf das Wörtchen *prüde* ist doch alles sehr schmeichelhaft." Sie gab ihm den Zettel zurück.

„Im Ernst jetzt?“, fragte er mit einem Schnaufen und wandte sich wieder an Isabelle.

„War überhaupt was echt an deinem Interesse oder hast du dich nur so eingebracht, um an genug Informationen zu kommen?“ Er schleuderte ihr den Satz regelrecht entgegen.

„Natürlich war mein Interesse echt. Ich wollte Einblick in ein Sheriff's Office bekommen. Und wenn du glaubst, ich hätte dich für irgendetwas missbraucht, dann irrst du dich gewaltig.“

Isabelle schluckte den Kloß, der sich in ihrem Hals gebildet hatte, hinunter. Sie konnte nicht glauben, dass er ihr böse Absichten unterstellte.

Doch Chase schien nicht überzeugt. „Ich will auf gar keinen Fall in irgendeinem Buch auftauchen, auch nicht ansatzweise. Isabelle, ich hab dir vertraut, dachte, wir sind auf einer Wellenlänge.“ Er schenkte ihr einen eingehenden Blick. „Wie es aussieht, habe ich mich getäuscht.“

Isabelle sah hilflos zu ihrer Grandma. Hätte sie diese dumme Notiz doch nur weggeschmissen oder erst gar nicht verfasst. Sie musste ihr gestern im Diner aus ihren Unterlagen gefallen sein, als sich Eugene zu ihnen gesetzt hatte.

„Okay, keine Antwort ist auch eine Antwort. Am besten wird es wohl sein, wenn du wieder in dein New York zurückgehst. Dort kannst du die Leute beobachten und verwerten wie du willst ... Aber in Little Falls macht man so was nicht. Wir schlachten keine Geheimnisse aus und verletzen uns auch nicht gegenseitig, um an eine gute Story zu kommen.“

„Chase, es ist nicht so, wie du denkst, wirklich. Du reagierst völlig über“, versuchte es Isabelle erneut, doch Chase war bereits an der Tür. Er schenkte ihr einen letzten undeutbaren Blick, eine Mischung aus Enttäuschung und Schmerz, dann verließ er den Buchladen.

„So aufgebracht habe ich ihn noch nie erlebt." Josephine nahm auf dem Sessel Platz. „Wie kommt er nur darauf, dass du solche Details in deine Geschichte einbauen könntest?"

„Ich hab keine Ahnung, Grandma!" Jetzt, wo Chase draußen war, ließ sie ihren Tränen freien Lauf. „Ich hab mich in ihn verliebt und es liegt mir nichts ferner, als ihm wehzutun."

„Du hast dich verliebt?" Josephines Gesicht leuchtete vor Freude. „Vielleicht ist er deswegen so außer sich, weil er dich auch liebt. Ich meine, da ist ganz offensichtlich was zwischen euch. Trotz seiner Wut habe ich eindeutig Funken sprühen sehen." Sie machte eine kurze Pause. „Chase hat bisher nur für seinen Job gelebt. Du musst etwas ganz Besonderes für ihn sein, wenn er dich in sein Herz gelassen hat."

„Trotzdem glaubt er mir nicht, du hast ihn doch gehört!", entgegnete Isabelle traurig.

„Ich verstehe einfach nicht, warum er so stur ist. Am besten gibst du ihm dein Manuskript, dann kann er sich selbst überzeugen, dass da nichts von gebügelten Hemden steht."

Trotz ihrer Wut verzog sich Isabelles Mund zu einem Lächeln. „Klar, Chase und lesen. Aber nein, so weit kommt es noch, dass ich mich beweisen muss! Ich habe nichts verbrochen."

Sie wandte sich wieder dem Bücherregal zu, damit ihre Grandma nicht sah, wie verletzt sie wirklich war. Seine Worte hatten sie hart getroffen, doch noch schlimmer war sein anklagender Blick gewesen. Als ob sie es nötig hätte, ihn auszuspionieren. Im Gegenteil, sie hatte genug Fantasie, um sich ihre eigenen Charaktere auszudenken.

„Alles ok, mein Schatz?" Josephine, die wieder vom Sessel aufgestanden war, legte ihrer Enkeltochter besorgt die Hand auf den Rücken.

„Ach, ich bin einfach nur enttäuscht. Ich denke, dann habe auch ich ihn völlig falsch eingeschätzt, wenn er so voreilig Schlüsse zieht und mir nicht mal zuhören will. So einfach kann man es sich auch machen."

Josephine seufzte schwer. „Hach, ihr beiden seid euch da gar nicht so unähnlich. Hm, wie drücke ich mich am besten aus?" Sie machte eine kurze Pause, dann fuhr sie mit versöhnlicher Stimme fort. „Ihr habt beide hohe Moralvorstellungen. Dazu kommt, dass ihr euch trotz eurer anfänglichen Skepsis geöffnet und in euer Herz gelassen habt. Wir wissen beide, dass du sonst sehr vorsichtig bist."

Ja, mit Chase war von Anfang an alles anders gewesen. Er war echt und wahrscheinlich der ehrlichste Mann, dem sie bisher begegnet war. Sie hatte sich in seiner Gegenwart sicher gefühlt, ob es nun an seinem Posten als Sheriff lag oder einfach an seiner ruhigen und vernünftigen Art.

Der Cop aus New York kam ihr wieder in den Sinn, ihm hatte sie schon auf den ersten Blick angesehen, was ihm durch den Kopf gegangen war. Umso mehr ärgerte sie sich, dass Chase sich so schnell verunsichern ließ.

„Ja, und ich werde ab sofort noch vorsichtiger sein, bevor ich mich Hals über Kopf in jemanden verliebe, den ich kaum kenne", erwiderte Isabelle trotzig.

„Und ich bin an allem Schuld", murmelte Josephine, „indem ich dich hierhergelockt habe."

„Also haben Jenna und Audrey doch recht." Sie schüttelte ungläubig den Kopf. „Du hast mich nach Little Falls gelockt, um mich zu verkuppeln?"

„Nein, weil wir dich endlich mal wieder hier bei uns haben wollten", entgegnete Josephine mit ruhiger Stimme. „Die Idee, dich zu verkuppeln, kam mir ganz spontan."

„Tut mir leid, dass dein Plan nicht aufgegangen ist. Aber der liebe Sheriff musste sich ja wie ein Dreijähriger aufführen."

Wenigstens hatte sie ihre Recherchen rechtzeitig abschließen können, so war ihr Aufenthalt, mal abgesehen von ihrem Besuch bei den Großeltern, nicht ganz umsonst gewesen. Sie wollte einfach nur zurück nach New York, weg von dieser Kuppelscharade, die ihr neben einem kleinen Abenteuer letztendlich nur Herzschmerz beschert hatte.

„Am besten rede ich mal mit Larry. Er bringt Chase bestimmt wieder zur Vernunft", schlug Josephine nachdenklich vor.

„Komm ja nicht auf die Idee, den armen Larry da hineinzuziehen. Außerdem sind wir keine kleinen Kinder mehr, zwischen denen man vermitteln müsste. Am besten packe ich gleich heute, ehrlich gesagt möchte ich Chase gar nicht mehr über den Weg laufen."

Isabelle wusste selbst, dass sie sich kaum reifer anhörte als besagtes Kleinkind. Aber warum sollte sie ihm nachlaufen? Sie hatte versucht, sich zu erklären, und er wollte ihr nicht zuhören. Das sagte ja schon alles.

„Wie du meinst", antwortete Josephine mit einem hilflosen Achselzucken. „Vielleicht bringt ihr erst mal etwas Abstand zwischen euch, dann werdet ihr schon sehen, wie kindisch ihr euch aufführt."

Isabelle sah ihrer Grandma nach, als diese kopfschüttelnd die Ladentür abschloss und anschließend die Treppen hinauf zur Wohnung nahm.

Na toll, so hatte sie sich ihre letzten Tage in Little Falls ganz sicher nicht vorgestellt. Vielmehr hatte sie darauf gehofft, mit Chase gemeinsam im Diner frühstücken zu gehen oder sich mit ihm eine Vorstellung im Open-Air-Kino anzusehen. Nur leider war es dazu nun zu spät. Sie würde zwar mit einer tollen Story nach New

York zurückkehren, allerdings zu einem hohen Preis – einem gebrochenen Herzen.

Isabelle warf einen Blick aus dem Schaufenster, doch von Chase fehlte jede Spur. Auch im Diner, das sie von hier aus gut sehen konnte, erkannte sie ihn unter den Gästen nicht. Für einen kurzen Moment überlegte sie, ihm nachzugehen. Mit Sicherheit war er zurück zum Sheriff's Office gegangen, um zu schmollen. Doch dann drehte sie sich entschlossen um. Nein, anders als ihre weiblichen Romanfiguren, die sich allzu oft unterordneten, würde sie standhaft bleiben. Dieses rüpelhafte Verhalten ließ sie ihm nicht durchgehen, vor allem weil er absolut keinen Grund dazu hatte. Isabelle knipste das Licht aus und folgte ihrer Grandma hinauf in die Wohnung.

„Auch einen Eiskaffee?", fragte Josephine, als Isabelle die Küche betrat.

„Ja, gerne ... und es tut mir leid, dass ich dich so angeherrscht habe", erwiderte Isabelle mit versöhnlicher Stimme, als sie auf dem Küchenstuhl Platz nahm.

„Ich hatte nur die besten Absichten und nachdem Dorothys Plan, Audrey und Clayton miteinander zu verkuppeln, auch perfekt aufgegangen ist, dachte ich mir, einen Versuch ist es wert."

Isabelle schnitt eine Grimasse, dann lächelte sie. „Scheint hier wohl üblich zu sein."

„Nun ja, wie du vielleicht bemerkt hast, sind die jungen Damen hier Mangelware. Da muss man die Gelegenheit beim Schopf packen." Josephine zwinkerte ihrer Enkelin zu und reichte ihr kurz darauf den Eiskaffee. „Alles wieder ok zwischen uns?"

„Ja, Grandma, unter anderen Umständen wäre es sogar ganz süß gewesen, dass du Amor spielen wolltest. Aber es war schon etwas gewagt, ausgerechnet uns zu verkuppeln, wo du doch weißt, wie sehr er Bücher hasst."

Josephine lachte herzhaft. „Das kannst du laut sagen und nach eurer ersten Begegnung im Park dachte ich mir schon, das war's. Doch dann hab ich dieses Knistern zwischen euch bemerkt."
Ja, dieses Knistern, wiederholte Isabelle in Gedanken. Das würde sie wohl am meisten vermissen.

22

Larry

„Und wie war euer Angelausflug gestern, hattet ihr Erfolg?" Dean sah zwischen Larry und Jonathan hin und her, die ihm gegenüber auf der Bank am Pavillon saßen.

„Nun ja, die Ausbeute war sehr mager. Ich fürchte, ich bin etwas aus der Übung", erwiderte Larry lachend.

Jonathan nickte. „Das stimmt, aber dafür hatten wir einen schönen Abend, nicht wahr? Ich hatte beinahe vergessen, wie idyllisch es unten am Dragonfly Lake ist."

„Ja, das stimmt. Das sollten wir in Zukunft öfter machen. Diese Stille dort ist einfach unbeschreiblich", schwärmte Larry.

„Beim nächsten Mal sagt Bescheid, dann komme ich mit", meldete sich Eugene zu Wort, als er ebenfalls am Tisch Platz nahm, auf dem bereits zwei Schachspiele aufgebaut worden waren.

„Machen wir ... Ist dir das Stricken etwa schon zu langweilig geworden? Neulich im Diner warst du zumindest noch hoch motiviert", bemerkte Jonathan schmunzelnd.

„Oh, bin ich immer noch. Ich habe erst gestern Abend den Schal für Martha fertiggestellt – in Pink." Eugene verzog den Mund zu einem Stolzen, aber auch verschämten Lächeln.

„Respekt, also ich hätte fürs Stricken zwei linke Hände." Wie zum Beweis hob Dean seine Pranken in die Luft. „Dorothy hat mich schon gefragt, was du da neuerdings in deinem Körbchen herumträgst."

Larry grinste in sich hinein, denn auch er hatte seinen besten Freund schon mit besagtem Körbchen gesehen, in dem er sein Strickzeug transportierte. Kurz schüttelte er schmunzelnd den Kopf, denn so etwas brachte nur Eugene fertig.

„Mein nächstes Projekt sind zwei neue Christmas-Sweater. Die Pullis mit den Alligatoren, die ich aus unserem Miami-Urlaub mitgebracht habe, sind ja ganz witzig, doch das kann man bestimmt noch toppen."

„Na, da bin ich mal gespannt. Und gleich zwei Pullis, Respekt mein Lieber." Dean nickte ihm anerkennend zu.

„Danke, und es ist perfekt, um sich die Zeit zu vertreiben, wenn Martha mal länger im Rathaus ist. Sie ist eben ein richtiger Workaholic", er seufzte kurz, „und sie hat noch lange nicht vor, in Rente zu gehen."

Larry konnte sich Martha auch nicht wirklich im Ruhestand vorstellen. So umtriebig, wie die Bürgermeisterin von Little Falls war, würde ihr daheim nur die Decke auf den Kopf fallen. Das Gespräch mit Chase, das sie am Morgen beim Frühstück geführt hatten, fiel ihm wieder ein. „Ach ja, es gibt übrigens gute Neuigkeiten, was Woodbury angeht."

„O ja, Martha hat mich bereits eingeweiht! Sie wird Franklyn für einige Zeit unterstützen."

„Was wird sie?", fragten Dean und Jonathan im Chor.

„Ich dachte, sie hält ihn für einen inkompetenten Speichellecker?" Dean sah sie die beiden irritiert an.

Eugene lachte herzhaft. „Ja, Martha kann ziemlich emotional werden, besonders wenn es um alte

Freundschaften geht. Aber jetzt haben sie sich endlich ausgesprochen, Chase sei Dank."

Larry nickte zufrieden. Er selbst war auch glücklich, dass die beiden nun vereint an einer Lösung arbeiten wollten. Somit hatte sein Enkelsohn schon mal den Grundstein für eine gute Zusammenarbeit gelegt.

„Oh, da kommt er doch! Das nenn ich mal Zufall!" Larrys Gesicht hellte sich beim Anblick seines jüngsten Enkelsohns auf. „Hallo, mein Junge. Na, bist du auf deinem Kontrollgang?"

„Hallo zusammen! Ja. Und ihr mal wieder beim Schachspiel?"

Die Männer pflichteten ihm bei, außer Jonathan, der seltsam ruhig war. Argwöhnisch kniff Larry die Augen zusammen, denn in den letzten Wochen war Jonathan Chase gegenüber geradezu auffällig zuvorkommend gewesen. Jetzt fiel ihm auch auf, dass Chase den Blickkontakt zu Isabelles Grandpa mied.

Ehe er sich weiter wundern konnte, warum sich die beiden so offensichtlich ignorierten, fragte Jonathan mit angriffslustigem Ton: „So schätzt du unsere Isabelle also ein, berechnend und nur auf eine gute Story aus."

Ruckartig wandte Chase den Blick zum Buchhändler. In seinen Augen konnte er erkennen, dass Jonathan einen wunden Punkt getroffen hatte. „Nichts für ungut, Jonathan. Aber dieses Thema möchte ich nicht hier vor allen erörtern."

Bildete er es sich nur ein oder war Chase bis aufs Tiefste verletzt?

„So leicht kommst du mir nicht davon." Jonathans Stimme bebte leicht. „Ich war gestern zwar nicht dabei, aber Josephine hat mir genug gesagt, um zu wissen, dass du dich wie ein kompletter Vollidiot aufgeführt hast."

Okay, diese Ansage versprach nichts Gutes. Er konnte sich nicht erinnern, dass er seinen bedächtigen Freund jemals so in Rage erlebt hätte.

„Jonathan, lass es gut sein. Das ist eine Sache zwischen Isabelle und mir", entgegnete Chase ebenfalls mit emotionaler Stimme.

Larry wechselte einen Blick mit Eugene und Dean, die ob der aufgeladenen Stimmung sehr irritiert wirkten. Er konnte sich beim besten Willen nicht vorstellen, was sein Enkel so Schlimmes getan haben sollte. Ausgerechnet Chase, der Anständigste von allen.

„Chase?", fragte er vorsichtig, denn er wollte ihn nicht noch mehr aufwühlen, ganz offensichtlich ging ihm die Sache an die Nieren.

Gerade in dem Moment, als er dachte, sein Enkelsohn würde ihn aufklären, kam Josephine eilig aus dem Buchladen gestürmt. Ihr Blick verhieß ebenfalls nichts Gutes.

„Bist du jetzt zufrieden? Isabelle ist heute Morgen überstürzt abgereist!"

Das kurze schmerzhafte Aufflackern in Chase' Augen entging ihm nicht und er fragte sich so langsam, wer hier tatsächlich das Opfer war.

„Chase, was ist hier los?" Larry erhob sich und stellte sich neben seinen Enkelsohn, der ob Josephines Frontalangriff etwas überfordert wirkte.

Dieser schüttelte langsam den Kopf. „Interessant, dass du mir dafür die Schuld gibst. Vielleicht ist sie ja so schnell abgereist, weil ich recht habe oder sie es kaum erwarten kann, ihr Buch zu veröffentlichen."

„Pah, als ob sie dich wirklich als Vorlage verwenden würde. Du bist doch viel zu bieder für ihre Bücher."

Chase klappte der Mund auf, dann wandte er sich an Larry. „Was würdest du denken, wenn es eine exakte

Personenbeschreibung von dir gäbe und die Verfasserin der Notiz rein zufällig ein Buch über einen Cop schreibt?"

Für einen Moment starrte Larry seinen Enkel begriffsstutzig an. Er hatte ja mit vielem gerechnet, aber nicht mit so etwas. „Du denkst, Isabelle hat dich in ihrem Buch verarbeitet?"

„Ausspioniert trifft es besser! Herrgott, da stand auch drauf, dass ich jeden Tag meine Hemden bügele!"

„Also ich hätte nichts dagegen, in einem von Isabelles Büchern aufzutauchen." Eugenes Augen leuchteten. „Natürlich nicht als sexy Santa oder Millionär", der Senior kicherte verhalten, „aber gegen eine Nebenrolle hätte ich nichts einzuwenden."

Chase starrte den älteren Herren an, als hätte er den Verstand verloren.

„Am besten beruhigen wir uns erst mal alle und ihr fangt von vorne an", schlug Larry mit ruhiger Stimme vor. Er nickte seinem Enkel aufmunternd zu.

„Isabelle hat im Diner eine ihrer Notizen liegen lassen und Cole bat mich, sie mitzunehmen."

„Ja, und du warst natürlich zu neugierig und hast sie einfach gelesen ... Ist doch auch nicht gerade die feine Art", bemerkte Josephine mit gerecktem Kinn.

„Dann muss sie halt besser auf ihre geheimen Aufzeichnungen aufpassen", brummte Chase. „Das ändert nichts daran, dass sie mich benutzt hat. Ich dachte, es ging um Recherche auf einem Office. Praktischerweise hat sie auch gleich den Sheriff studiert."

Larry konnte gut nachvollziehen, was in Chase vor sich ging. Er fühlte sich verraten, immerhin hatte er Isabelle vertraut – dazu kam noch, dass er sich Hals über Kopf in sie verliebt hatte.

Jonathan tauschte einen Blick mit seiner Frau. „Ich hab doch gleich gewusst, dass dein verrückter Plan nach hinten losgehen wird. Sie sind einfach zu verschieden. Aber du musstest ja unbedingt Jane Austen spielen."

„Moment mal", hakte Larry nach und sah zu Chase, dem es offensichtlich die Sprache verschlagen hat. „Du hattest da die Finger drin?"

„Na, diese Gelegenheit hat sich ja geradezu aufgedrängt." Josephine lächelte nervös. „Sie hat einen Cop gesucht und Chase brauchte mal etwas Ablenkung!"

Ja, die Zeit mit Isabelle hatte Chase wirklich gutgetan, das musste auch er zugeben. Sein Jüngster war wie ausgewechselt gewesen – dessen Striptease beim Fotoshooting ließ ihn immer noch innerlich schmunzeln.

„Jane Austen? Was hat diese Schriftstellerin damit zu tun?", hakte Chase mit einer Mischung aus Argwohn und Unglauben nach.

Josephines Gesicht hellte sich erfreut auf. „Oh, du kennst sie? Also ist doch noch nicht alles verloren. Für den Anfang empfehle ich dir ‚Sinn und Sinnlichkeit'. Jonathan war von der Story begeistert."

Larrys Blick wanderte zwischen seinem Enkelsohn und der Buchhändlerin hin und her. Es war ganz offensichtlich, dass der junge Sheriff keine Leseempfehlung wollte, sondern Aufklärung.

„Josephine", bemerkte er nun amüsiert, auch wenn er deren Eifer durchaus nachvollziehen konnte, schließlich war es eine Sensation, dass Chase den Namen ‚Jane Austen' überhaupt schon mal gehört hatte. „Klär uns doch endlich auf."

„Wie Jane schon damals wusste, ziehen sich Gegensätze an. Es braucht Reibung!", erläuterte sie den Männern mit resoluter Stimme. „Was denn, ihr braucht mich nicht so anzuschauen, mein Plan ist doch letztendlich aufgegangen. Sie haben sich ineinander verliebt."

„Isabelle hat sich in mich verliebt?" Chase' Mund verzog sich zu einem verblüfften Lächeln.

„Ja, und nicht nur das, du hast unsere Isabelle aus ihrem Schneckenhaus herausgeholt. Zum ersten Mal konnte sie ganz sie selbst sein."

Larry sah seinem Jüngsten förmlich an, wie es in dessen Kopf ratterte und er seinen voreiligen Angriff infrage stellte.

„Und wenn es dich beruhigt", fuhr Josephine fort. „Der Cop in ihrem neuen Buch bügelt keine Hemden und ist auch nicht so spießig wie du. Ich habe bereits einen Teil des Manuskripts gelesen, als Jonathan sie heute Morgen zum Flughafen gefahren hat – Isabelle hat mir einen Ausdruck als Überraschung dagelassen."

Chase atmete laut aus, die Verwirrung war ihm deutlich anzusehen. „Dann ist sie also nur meinetwegen so überstürzt abgereist?"

Josephine nickte lediglich. Nach einem Moment der Stille fügte sie schmunzelnd hinzu: „Also auf was wartest du noch? Wirf deinen Stolz über Bord und reite ihr hinterher, Sheriff!"

„Oh, wie in Jane Austens Büchern?", fragte Eugene mit aufgeregter Stimme.

„Nicht ganz, aber es klingt doch ziemlich romantisch oder findet ihr nicht?" Josephine sah erwartungsvoll in die Runde.

Beim Gedanken an Chase, wie dieser auf einem gesattelten Pferd in Manhattan aufschlug, musste Larry sogleich lächeln. Auf jeden Fall kam sein jüngster Enkel nicht drum herum, sich für sein Verhalten zu entschuldigen, und zwar persönlich.

Ein warmes Gefühl breitete sich in seinem Herzen aus, als ihm klar wurde, was das bedeutete. Chase und Isabelle waren nicht nur ineinander verliebt, nein ein weiteres Mal hatte einer seiner Enkel die perfekte Frau gefunden. Ein Grinsen unterdrückend sah er sich um.

Die verrückte Truppe hier wurde er wohl gar nicht mehr los ... Jetzt waren sie auch noch familiär miteinander verbunden. Okay, bis auf Eugene, aber dafür war Eugene sein bester Freund.

„Na, dann gehst du am besten gleich mal packen", schlug Dean amüsiert vor. „Warst du denn schon mal in New York? Da musst du dich vorsehen."

„Ach, ihm wird schon nichts passieren. Dort wimmelt es geradezu von Kollegen vom NYPD, nicht wahr, Chase?", bemerkte Jonathan mit einem versöhnlichen Zwinkern, das ganz klar einem Friedensangebot gleichkam.

Chase erwiderte dessen Lächeln und sah sich dann um. „Ihr tut gerade so, als ob ich Little Falls nie verlassen hätte. Aber meinen Trip nach New York könnte ich gleich mit etwas Erholung verbinden – ich hab noch genügend Urlaubstage."

Larry lächelte erfreut. Ja, Isabelle tat ihm eindeutig gut, in jeder Hinsicht. „Mach das, du hattest vor lauter Pflichten noch nicht mal Zeit für deinen Sommerurlaub. Und mach dir keine Sorgen um die Stadt – wir kommen hier auch ein paar Tage ohne Sheriff aus."

„Ich hätte da noch eine Frage", meldete sich Eugene nun etwas verlegen an Josephine. „Wann ist es denn so weit mit dem Buch? Ich frage für Martha."

Ja klar, schoss es Larry amüsiert durch den Kopf, *für Martha*. Mittlerweile wusste die ganze Stadt, dass der Senior Gefallen an Isabelles Geschichten gefunden hatte.

„Das dauert leider noch etwas, mein Lieber, und ich muss dich enttäuschen, wenn du auf eine ähnliche Geschichte wie bisher hoffst. Es wird dieses Mal etwas komplett anderes", antwortete Josephine geheimnisvoll.

„Das werde ich Martha natürlich ausrichten", entgegnete dieser mit einem nervösen Hüsteln und sortierte kurz darauf die Schachfiguren auf dem Brett.

„Aber Isabelle hat bestimmt nichts dagegen, wenn du auch einen kritischen Blick auf ihr Manuskript wirfst."

„Oh, wirklich? Es wäre mir eine Ehre", entfuhr es Eugene in seiner Freude, dann sah er sich ertappt um, als ihm klarwurde, dass er sich soeben verraten hatte.

Larry klopfte ihm gutmütig auf die Schulter. „Braucht dir doch nicht peinlich sein ... du hast doch schon immer querbeet gelesen."

Dieser nickte eilig. „Danke, Josephine, dann komme ich gern auf das Angebot zurück. Ach ja, und wegen des nächsten Buchclubs: Melde dich, wenn du Unterstützung brauchst. Den müssen wir unbedingt am Laufen halten."

„Werde ich, mein Lieber. So und ich mach mich mal auf den Weg, die Arbeit ruft."

„Warte, Josephine, ich begleite dich, dann kannst du mir gleich Isabelles Adresse geben."

Sie schenkte Chase einen überraschten Blick. „Oh, natürlich. Und bei der Gelegenheit kann ich dir gleich die neuesten Krimis vorstellen. Es wäre doch gelacht, wenn ich aus dir nicht noch einen Bücherwurm mache."

Chase schnitt eine Grimasse, erwiderte jedoch mit versöhnlicher Stimme. „Wenn du mir so meinen Ausbruch von gestern verzeihst ... Tut mir leid, ich fürchte, ich habe mich aufgeführt wie der letzte Idiot".

„Alles gut, du weißt doch, dass ich nicht nachtragend bin. Aber los jetzt, nicht dass du es dir noch anders überlegst."

Nach einer kurzen Verabschiedung sah Larry den beiden hinterher. Wie schnell sich die Dinge doch änderten. Früher hatte man Chase nur mit einem Märchen und Süßigkeiten in Josephines Laden locken können –

heute war es eine Adresse, die hoffentlich ein Happy End versprach.

Er verfolgte, wie Josephine seinem Enkelsohn besitzergreifend die Hand auf die Schulter legte. Okay, Chase war verloren. Sie hatte ihre Tentakel nach ihm ausgestreckt und würde ihn so schnell nicht mehr freigeben – und nach über zwanzig erfolglosen Jahren hatte sie in gewisser Weise auch etwas Nachholbedarf, ihm passende Bücher vorzustellen.

„Schaut sie euch nur an", bemerkte Dean kopfschüttelnd und wandte sich kurz darauf mit einem dröhnenden Lachen an Larry. „Ich hoffe, ihr habt daheim noch genügend Platz für ein neues Bücherregal!"

„O ja, und wie praktisch, dass wir auch genügend Holz dahaben. Am besten sage ich Logan gleich Bescheid, dass er sich schon mal an die Arbeit machen kann."

„Na, dann können wir vielleicht schon bald die nächste Hochzeit feiern?", orakelte Jonathan mit liebevoller Stimme.

„Halt, einer nach dem anderen", unterbrach Dean ihn schmunzelnd. „Zuerst sind Clayton und Audrey an der Reihe."

„Oh, das wäre toll, eine Hochzeit am See", schwärmte Eugene sogleich. „Ich kann mir das Ambiente geradezu bildlich vorstellen. Mit diesen Lampions, die auf dem Wasser schwimmen."

Larry verzog das Gesicht zu einem sentimentalen Lächeln. Ja, auch er sah das Bild direkt vor sich. Nach der Hochzeit von Cole und Jenna am Pavillon wäre der See als Location geradezu perfekt. Dennoch schlich sich etwas Traurigkeit in seine Gedanken, weil er diese Ereignisse alle ohne seine geliebte Emilia erleben würde. Sie hätte die jungen Frauen allesamt gemocht – hatte sie damals schon. Besonders die kleine Isabelle, die ihre Zeit am liebsten bei ihrer Großmutter im Buchladen verbracht hatte.

23

„Hach, ich freu mich ja so, dass du wieder zurück bist. Gib es zu, es muss ein Kulturschock für dich sein nach drei Wochen in Little Falls." Nora sah Isabelle über den Rand ihres To-go-Bechers an, der heute im Gegensatz zu ihrem letzten Abstecher bei Starbucks eine gewaltige Ladung Sirup aufwies.

„Ja, es ist wirklich ein Kulturschock. Unglaublich, wie schnell ich mich an die Ruhe dort –" Wie zum Beweis heulte in diesem Moment ein Martinshorn auf und verschluckte ihre letzten Worte.

„Die Ruhe hat ganz klar deinen neuen Stil beeinflusst." Nora zwinkerte ihr zu. „Dein Ausflug in die Provinz hat sich in vielerlei Hinsicht gelohnt. Nicht nur, dass wir ganz unverhofft ein neues Pseudonym aufbauen – du scheinst irgendwie verwandelt."

Isabelle nahm einen Schluck von ihrem Kaffee, dann sah sie Nora eingehend an. „Du auch, na los, erzähl schon, was läuft da mit diesem Barista?"

Bei der Erwähnung des Namens lief Nora rot an wie ein junges Mädchen. „Hach, er ist einfach zu süß. Hätte man mir vor einem Monat erzählt, dass ich mich mal mit einem deutlich jüngeren Mann treffen würde, hätte ich ihn für verrückt erklärt!"

„Ich freu mich so für dich, Nora." Isabelle wusste am besten wie sehr ihre Freundin und Agentin nach der Scheidung gelitten hatte – von ihrem zerstörten Selbstbewusstsein ganz zu Schweigen. Kein Wunder, wenn man nach über 25 Jahren Ehe einfach so ausgetauscht wurde.

„Du musst ihn unbedingt kennenlernen, ich meine, richtig und nicht nur hinter der Theke, wenn er arbeitet."

„Ja, das würde ich sehr gerne." Isabelle machte eine kurze Pause, dann bemerkte sie im Plauderton: „Ich hatte in Little Falls auch ein kleines Abenteuer."

Abrupt blieb Nora stehen, sodass ihr Chai Latte überschwappte. „Was, und das erzählst du mir erst jetzt? Ah, langsam verstehe ich, woher du deine Inspiration hattest. Hach, ich konnte dieses Kribbeln förmlich spüren."

Auch wenn sie Chase' Eigenschaften in keiner Weise im Buch verwendet hatte, so waren es doch ihre eigenen Gefühle gewesen, die sie beim Schreiben nicht hatte zurückhalten können.

„Nur leider ist es auch schon wieder vorbei. Er denkt, ich habe ihn nur ausgenutzt, um an Informationen für mein Buch zu kommen."

Nora starrte ihren Schützling an. „Wie kommt er denn darauf?"

„Ich habe leider eine meiner Notizen im Diner liegen lassen."

„Siehst du, ein weiterer Grund, dich von deiner Zettelwirtschaft zu verabschieden."

Isabelle schnitt eine Grimasse. „Er hat das total in den falschen Hals bekommen und wollte mir in seiner Enttäuschung gar nicht mehr zuhören. So langsam glaube ich sogar, dass er sich die ganze Zeit über etwas vorgemacht hat."

„Inwiefern?“, fragte Nora und setzte sich wieder in Bewegung.

„Na ja, zu Beginn konnte er mich ja nicht einmal leiden. Wir sind direkt bei unserer ersten Begegnung aneinandergerasselt. Er wollte meine Lesung im Park räumen.“

„Das hätte ich gerne gesehen“, Nora lachte herzhaft, „vom Sheriff abgeführt wegen expliziter Szenen“.

„Ich habe mich gefühlt wie eine Schwerverbrecherin.“ Isabelle schüttelte bei der Erinnerung an diesen Nachmittag amüsiert den Kopf.

„Okay, dann hat dein Praktikum auf der Wache bestimmt sehr vielversprechend angefangen?“

„Er hat nicht einmal was davon gewusst! Meine Grandma und der alte Sheriff haben das alles eingefädelt, um uns zu verkuppeln!“

„Nein! Gibt es so was wirklich noch? Wir leben schließlich im 21. Jahrhundert!“

„In Little Falls ist das wohl ganz normal.“ Isabelle machte eine Pause, ehe sie mit verträumtem Blick fortfuhr: „Und kurz nachdem ich mit dem Praktikum fertig war, hat er mir gestanden, dass er sich in mich verliebt habe.“

„Okay, dieser Sheriff muss ja wirklich sehr ehrenhaft sein, wenn er mit seinem Geständnis wartet, bis du nicht mehr unter seiner Obhut stehst.“

„Ja, das ist er. Deswegen verletzt es mich umso mehr, dass er mir nicht glaubt und alles, was zwischen uns war, ausblendet. Auch ich habe mich ihm gegenüber geöffnet – und mich verliebt.“

„Oh, Isabelle, das sind die besten Neuigkeiten seit Tagen – okay, bis auf deinen neuen Buchvertrag.“

Nora schenkte ihr einen undeutbaren Blick, ehe sie die Straße überquerten und das Gebäude betraten, in dem sich das Büro ihres neuen Verlegers befand. Im Eingangsbereich stießen sie direkt auf zwei Polizisten, die sie sogleich an Chase erinnerten. Nein, die beiden konnten es mit dem Sheriff von Little Falls nicht aufnehmen. Und wann war sie an dem Punkt angekommen, dass sie eine khakifarbene Uniform samt Stetson attraktiver fand als die dunkelblaue Uniform der New Yorker Kollegen?

Sie tauschte einen Blick mit dem Jüngeren der beiden, der ihr beim Hinausgehen freundlich zunickte und in ihr auf einmal eine tiefe Sehnsucht nach Chase auslöste. Wie hatte sie sich in den letzten beiden Tagen nur einreden können, dass er nur ein netter Urlaubsflirt gewesen war? Sie vermisste ihn mit jeder Faser ihres Körpers. Seine ruhige, beständige Art, seine Geduld im Umgang mit Mildred und Gizmo und sein großes Engagement für jeden einzelnen Bewohner in Little Falls. Aber am meisten vermisste sie den privaten Chase, der sich nach einer Joggingrunde einfach neben sie setzte und ihr Herz zum Springen brachte.

„Isabelle, kommst du?" Nora schaute sie nachsichtig an.

Erst jetzt fiel ihr auf, dass sie den Officers, die längst auf dem Gehsteig waren, immer noch hinterhersah.

„Oh, ich bin schon da", erwiderte Isabelle schnell und folgte ihrer Agentin zum Aufzug.

„Du wirst vom Verleger begeistert sein", bemerkte Nora, als sie wenige Augenblicke später ein Besprechungszimmer betraten, in dem sogar ein kleines Buffet aufgebaut worden war. Noch nie hatte man ihretwegen so ein Aufheben gemacht und ihre Aufregung wuchs ins Unermessliche.

Allein schon der Ausblick durch die bodentiefe Fensterfront und auf das Flatiron Building, eines ihrer Lieblingsgebäude in der Stadt, war überwältigend.

„Ich kann's kaum erwarten, ihn kennenzulernen." Sie senkte die Stimme und fuhr amüsiert fort: „Ich habe ihn gestern schon online gestalkt. Also wenn er genauso sympathisch ist wie auf seinem Instagram-Profil ..."

Ein Mann um die fünfzig betrat das Besprechungszimmer und kam mit einem strahlenden Lächeln auf sie zu.

„Hallo, Nora, meine Liebe. Schön, dass wir uns endlich persönlich kennenlernen."

„Die Freude liegt ganz auf meiner Seite, Cal." Nora drehte sich zu Isabelle. „Darf ich vorstellen, Isabelle Clark."

Cal ergriff ihre Hand. „Isabelle, herzlich willkommen bei Skyline Publishers. Ich freue mich schon riesig auf unsere Zusammenarbeit."

„Vielen Dank, das kann ich nur zurückgeben. Es freut mich, dass mein neues Projekt so gut in Ihr Programm passt."

Der grauhaarige Mann nickte zustimmend. „Und ob, das Exposé hat uns auf Anhieb überzeugt. Setzen Sie sich doch bitte."

Er machte eine ausholende Handbewegung und setzte sich, nachdem die Frauen Platz genommen hatten, ebenfalls an den großen Tisch.

Isabelles Blick wanderte erneut zur Fensterscheibe, denn es kam selten vor, dass sie so einen Rundumblick genießen konnte.

„Das war mir bei der Bürowahl mit das Wichtigste", bemerkte Cal schmunzelnd, als er Isabelles Blick folgte. „In den ersten Wochen hier konnte ich mich kaum auf meine Arbeit konzentrieren, weil ich so abgelenkt war."

„Ich stelle mir gerade vor, wie schön es zur Weihnachtszeit aussehen muss", erwiderte Nora verträumt. „Wenn ein Schneesturm hinter der Scheibe wirbelt und die Straßen festlich geschmückt sind."

„Himmlisch, kann ich nur sagen. Der Madison Square Park, der direkt unter uns liegt, glitzert geradezu mit seinen vielen Lichterketten und dem Weihnachtsbaum. Ich bestehe darauf, dass Sie sich zur Weihnachtszeit persönlich davon überzeugen."

„Oh, na, diese Einladung nehmen wir natürlich gerne an, oder, Isabelle?"

„Liebend gerne", erwiderte diese mit leuchtenden Augen.

Cal erhob sich plötzlich. „Wie unaufmerksam von mir. Darf ich Ihnen einen Kaffee anbieten und dazu einen kleinen Snack? Wir bekommen das Gebäck von einem Café im West Village."

Nora stand ebenfalls auf. „Sind das etwa Bombolini?"

„Ja, Sie kennen das Café?", fragte Cal amüsiert.

„Ich liebe es und vor allem die ausgebackenen Bällchen mit einer heißen Schokolade dazu!"

„Was für ein Zufall. Ich gehe beinahe jeden Morgen dort vorbei, um zu frühstücken. Die Atmosphäre ist einfach unschlagbar."

Isabelle verfolgte, wie sich die beiden für einen Moment still ansahen. Bildete sie es sich nur ein oder war zwischen ihrer Agentin und ihrem neuen Verleger ein dezentes Knistern zu spüren? Zumindest passte der ältere Herr besser zu Nora als der junge Barista. Sie schmunzelte, als sich die beiden nun anlächelten wie zwei schüchterne Teenager. Ihr neues Buch hatte sie direkt zu einem Mann geführt, der nicht nur sein Herz am rechten Fleck zu haben schien, sondern auch ihre Agentin ansah, als wäre sie das bezauberndste Wesen auf dem Planeten.

Einen Augenblick später kamen die beiden mit der ganzen Platte Bombolini und drei Tassen Kaffee zum Tisch zurück.

Dabei wechselte Nora einen kurzen Blick mit Isabelle, der ihren Verdacht bestätigte. Ihre Agentin war gerade auf dem besten Weg, sich in diesen Mann zu verlieben.

„So und jetzt erzählen Sie von diesem Little Falls“, forderte Cal sie mit einem Augenzwinkern auf. „Nora sagte mir bei unserem letzten Telefonat, dass Ihnen dort die Idee zum Buch gekommen ist.“

Allein bei der Erwähnung des Ortsnamens wurde ihr warm ums Herz, die Begeisterung über den grandiosen Ausblick war vergessen, denn in diesem Moment wäre sie nirgends lieber gewesen als auf der Main Street in Little Falls.

„Ja, das stimmt“, antwortete sie mit einem sentimentalen Lächeln. „Diese Kleinstadt hat mich einfach in ihre Fänge genommen und aus der ursprünglich geplanten Dark Romance ist etwas ganz anderes geworden.“

„Zu unserem Glück“, bemerkte Cal zwinkernd. „Nora verriet mir auch, dass Sie vor weiteren Ideen sprudeln.“

„Ja, ich habe dort eine nette alte Dame kennengelernt, die jedes Jahr im B & B Urlaub macht. Ihr Mann stammt aus Little Falls und seit seinem Tod kommt sie jedes Jahr dorthin zurück, um in gemeinsamen Erinnerungen zu schwelgen.“

„Die einzig wahre Liebe, die bis über den Tod hinausgeht – genau das, was unsere Leserinnen so lieben.“ Er wandte den Kopf zu Nora, die sich in diesem Moment ein ganzes Bällchen am Stück in den Mund schob, und unter Cals Blick peinlich berührt zusammenzuckte.

Schnell schluckte sie das Gebäckstück hinunter. „Entschuldigen Sie bitte, aber mit diesen Dingern haben Sie einen schwachen Punkt getroffen – was müssen Sie nur von mir denken?“

Cal sah sie nur amüsiert an ... vielleicht einen Augenblick zu lang, ehe er ihr antwortete: „Ehrlich gesagt finde ich es ziemlich niedlich. Okay, jetzt muss ich mich wohl entschuldigen, ich wollte Ihnen nicht zu nahe treten.“

Nora dagegen wirkte, als könnte sie gar nicht genug von seinen Komplimenten, der New Yorker Skyline und dem süßen Schmalzgebäck bekommen. „Auch wenn niedlich nicht gerade die Bezeichnung ist, die Leute mir gegenüber oft benutzen – es ist vielmehr ‚unkonventionelle Macherin‘ –, fühle ich mich sehr geschmeichelt.“

Er schmunzelte leicht, dann erwiderte er, um einen geschäftsmäßigen Tonfall bemüht: „Dann sollten wir schleunigst eine unkonventionelle Lesung für Isabelle organisieren. Wie wäre es gleich übermorgen? Eine unserer Autorinnen wird ebenfalls vor Ort sein und es wäre die perfekte Gelegenheit, um Isabelle vorzustellen.“

Noras Gesicht hellte sich auf. „Das ist eine wundervolle Idee, was sagst du dazu, Isabelle?“

Auch wenn sie im ersten Moment etwas überrumpelt war, ihr Buch war ja noch nicht einmal fertig, freute sie sich über das entgegengebrachte Vertrauen.

„Das hört sich toll an, und ich lerne gleich die erste Kollegin kennen.“

„Prima, dann gebe ich *Books & Coffee* Bescheid“, erwiderte Cal erfreut. „Es ist zwar nur ein kleiner Buchladen in der Upper West Side, aber ein Insidertyp für Romance-Fans.“

„Oh, wie wundervoll, oft sind gerade diese kleinen Buchläden, diejenigen mit der schönsten Atmosphäre“, bemerkte Nora verzückt. „Den Namen habe ich schon mal gehört. Ich meine, vor Kurzem kam was in der Zeitung darüber.“

„Genau, der Buchladen wurde im Rahmen einer Stadttour für Filmfans vorgestellt“, klärte Cal die beiden auf, „weil er so sehr an den Buchladen *The Shop Around The Corner* aus *Email für dich* erinnert.“

Die beiden Frauen tauschten einen vielsagenden Blick, bevor sich Isabelle an ihren Verleger wandte.

„Ich liebe diesen Film und habe ihn wohl schon hundertmal gesehen, auch weil er mich immer an den kleinen Buchladen meiner Grandma erinnert."

„Na, dann wurde Ihnen die Liebe zu Büchern ja geradezu in die Wiege gelegt", bemerkte er amüsiert. „Auf jeden Fall ist dieser Buchladen ein absoluter Geheimtipp und Teil dieser Filmtour, die außerdem einen Abstecher zu einem typischen Brownstone-Haus, dem Supermarkt *Zabos* und dem *Cafe Lalo* beinhaltet, das Café, in dem Tom Hanks und Meg Ryan ihr erstes Date hatten."

„Das hört sich wirklich toll an, am liebsten würde ich auf der Stelle diese Tour mitmachen", erwiderte Nora erfreut.

„Sagen Sie Bescheid, meine Tochter und ich würden uns gerne anschließen. Sie liegt mir deswegen schon seit Wochen in den Ohren."

Isabelle sah ihrer Freundin an, dass es in ihrem Kopf ratterte. Womöglich löste sich ihre Hoffnung auf eine Romanze gerade in Luft auf, doch dann fuhr Cal amüsiert fort: „Als alleinerziehender Vater einer Teenagertochter muss man so einiges mitmachen."

„O ja, das kann ich unterschreiben. Meine Söhne stecken ebenfalls mitten in der Pubertät und wollen jede Woche zu einem Spiel, dabei kann ich Sport nicht ausstehen! Erst letztes Wochenende waren wir bei den Yankees – bei brütender Hitze."

Okay, das musste wirklich Mutterliebe sein. Isabelle wusste, wie sehr Nora lautes Gegröle und Sportveranstaltungen hasste.

Cal lachte herzhaft. „Ich kann Sie mir beim besten Willen nicht auf einer Tribüne vorstellen."

Um Noras Mundwinkel zuckte es amüsiert. „Das haben sich wohl einige gedacht, vor allem, weil ich bereits nach dem zweiten Inning meinen E-Reader aus der Handtasche gefischt habe, um zu lesen – aber eins muss man den Stadien lassen: Die Hotdogs sind überall ein Traum.“

Isabelle entging nicht der warmherzige Blick, den Cal ihrer Freundin zuwarf. Sie konnte kaum glauben, dass sie nicht nur auf Anhieb den perfekten Verlag gefunden hatte und schon bald eine Lesung in diesem entzückenden Buchladen hätte, sondern dass Nora und Cal auch auf dem besten Weg waren, sich ineinander zu verlieben.

24

„Ich bin ja so aufgeregt“, flötete Josephine neben Chase, als sie das Terminal des JFK Airports verließen und sich am Schalter der Taxivermittlung anstellten. Chase konnte immer noch nicht glauben, dass er sich tatsächlich ein paar Tage freigenommen hatte, um diese mit Isabelle – und Josephine zu verbringen. Vorausgesetzt, Isabelle nahm ihn zurück.

Von ihrer Grandma hatte er erst gestern erfahren, dass sie heute eine Lesung in einem kleinen Buchladen hielt und wie gerne sie ihre Enkeltochter dabei unterstützen wollte. So hatte eins zum anderen geführt und Chase hatte anstelle von einem Flugticket gleich zwei gebucht. Hätte man ihm noch vor vier Wochen gesagt, dass ausgerechnet er einen Kurztrip mit der älteren Frau unternehmen würde, hätte er ihn für verrückt erklärt. Selbst sein Großvater und Jonathan hatten sich mit ernster Miene erkundigt, ob er sich wirklich sicher sei und wisse, auf was er sich einließ.

Er hatte sie nur mit einem Dauergrinsen im Gesicht vertröstet, weil er es nun kaum mehr erwarten konnte, Isabelle nach vier langen Tagen wiederzusehen.

Was sie wohl zu seinem Überraschungsbesuch sagen würde, wenn sie in gut drei Stunden in diesem Buchladen in der Upper West Side aufschlugen?

„Und danke noch mal, dass du mich mitgenommen hast", bemerkte Josephine zum wohl hundertsten Mal, seit sie Little Falls verlassen und ab Boston einen Flug nach New York genommen hatten.

„Ich freu mich, dass du mich begleitest", erwiderte er lächelnd, auch wenn er mit seiner Geduld bereits jetzt fast am Ende war. Kaum hatten sie die Flughöhe erreicht, war Josephine auf die Stewardess zugegangen, um sie auf die Duty-Free-Angebote anzusprechen. Nur leider hatte die ältere Dame nicht verstanden, dass der Laden auf Kurzstrecken geschlossen blieb. Da half auch die unauffällig platzierte Dollarnote unter der Kaffeetasse nichts, mit der Josephine die junge Frau hatte bestechen wollen, um an eine Flasche Toska extra herb zu kommen.

Nachdem sich Josephine wieder hatte beschwichtigen lassen, war sie an seiner Schulter eingeschlafen und hatte ihm mit ihrer Schnarcherei beinahe das Ohr abgekaut.

Zur absoluten Krönung klopfte sie dem jungen Piloten beim Hinausgehen noch anerkennend auf die Schulter, als wäre er ihr eigener Enkel und sie mächtig stolz auf ihn.

Jetzt war ihm auch klar, warum sein Grandpa und Jonathan untereinander diesen mitleidvollen Blick getauscht hatten.

„Oh, schau nur, dort drüben ist ein Officer vom NYPD, und wie cool der aussieht – du solltest es auch mal mit einer Sonnenbrille versuchen." Die Dame, die vom Alter her auch seine Großmutter sein könnte, ließ ihren Blick wohlwollend über den Mann in Uniform wandern.

Chase sah nun ebenfalls in die Richtung, wo sich ein regelrechter Sonnyboy platziert hatte und mit verspiegelter Ray Ban die ankommenden Touristen inspizierte.

„Ob ich wohl ein Foto mit ihm machen kann? Ich habe gehört, dass die Jungs diesbezüglich sehr locker sind."

„Ich fürchte, du musst dein Shooting verschieben, wir sind nämlich die Nächsten."

Innerlich atmete Chase erleichtert auf, dass ihm eine weitere Peinlichkeit erspart blieb. Wenige Augenblicke später wurde ihnen ein Taxi zugewiesen, das sie über die Queensboro Bridge direkt nach Manhattan chauffierte.

Auch wenn Chase bereits zweimal in New York gewesen war, überwältigte ihn der Anblick der weltbekannten Skyline, auf die sie nun zusteuerten. In der Ferne erkannte er die Spitze des Chrysler Buildings, die unter der gleißenden Sonne funkelte und aus den umliegenden Gebäuden aufgrund seiner architektonischen Besonderheit herausstach.

„Puh, ist das warm. Ich weiß nicht, wie Isabelle es hier im Sommer aushält!" Josephine blies die Luft aus und tippte dem Taxifahrer daraufhin kurz auf die Schulter. „Mister, wäre es trotzdem möglich, die Klimaanlage etwas herunterzudrehen?", klagte sie mit kränklicher Stimme. „Sonst habe ich morgen einen steifen Nacken."

Dieser tat, wie ihm geheißen, kurbelte dann jedoch die Scheibe herunter, um wenigstens etwas Fahrtwind hereinzulassen. Lautes Hupen drang ungefiltert zu ihnen durch und vermischte sich mit den verschiedensten Gerüchen, als sie einen Hot-Dog-Stand passierten. Beim Anblick der Angebotstafel lief ihm das Wasser im Mund zusammen und auch sein Magen machte sich mit einem lauten Knurren bemerkbar, schließlich hatte er seit dem Frühstück in Little Falls bis auf ein eingeschweißtes Gebäckstück im Flugzeug nichts mehr gegessen. Kurz fragte er sich, wie ein ausgewachsener Mann von einem Scone mit Aprikosenfüllung sattwerden sollte.

„Das ‚Belvedere Hotel‘?“, hakte der Taxifahrer nach, als sie die Upper West Side erreichten.

„Ja, genau“, antwortete Chase schnell und atmete innerlich erleichtert auf, denn die Fahrt vom Flughafen bis in die Stadt hatte sich mit einer knappen Stunde doch länger gezogen als gedacht.

Nur wenige Augenblicke später hielt das Taxi vor einem gediegenen Hotel, das sich in der Nähe des Central Parks befand. Unwillkürlich musste Chase lächeln, als er in diesem Moment an den Stadtpark von Little Falls dachte. Ob sich hier wohl auch eine leicht verrückte Seniorengruppe zum Schachspiel traf?

Amüsiert stieg er aus dem Wagen und half Josephine mit ihrem Gepäck, das aus einem altmodischen Lederkoffer und einem Kosmetik-Case bestand, in dem sie Törtchen aus Francis' Bäckerei schmuggelte.

Nachdem sie dem Fahrer noch ein Trinkgeld gegeben hatten, betraten sie das klimatisierte Gebäude und checkten ein.

Isabelle

„Der kleine Buchladen ist perfekt! Ich habe gestern bereits vorbeigeschaut und noch einige Details mit der Eigentümerin geklärt“, informierte Nora Isabelle, als sie die U-Bahn-Station am Naturkundemuseum verließen, um die letzten Meter zum Buchladen zu gehen.

„Ich bin richtig aufgeregt, keine Ahnung, warum. Dabei werden heute nicht annähernd so viele Leute da sein wie im *Red's*.“

Sie bogen in ein kleines Sträßchen ein, das von Brownstones dominiert wurde und auf den ersten Blick wie ein reines Wohngebiet aussah. Im Vergleich zu Downtown, wo sie wohnte, war es hier geradezu ruhig. Es war für sie nach all den Jahren immer noch faszinierend, wie sehr sich die verschiedenen Neighborhoods innerhalb New York City unterschieden.

„Oh, ist es das?“ Ihr Gesicht leuchtete beim Anblick des Buchladens am Ende der Straße begeistert auf. Kein Wunder, dass er in die *You-got-Mail*-Tour“ eingebaut wurde. Er befand sich wie der Buchladen im Film ebenfalls an einer Straßenecke und hatte ein bezauberndes Sprossenfenster. Als sie näher kamen und Isabelle einen ersten Blick durch die Scheibe warf, fühlte sie sich wie in ihrem Lieblingsfilm. Sie rechnete jeden Moment damit, dass Kathleen Kelly alias Meg Ryan mit einem Strauß Margeriten um die Ecke kam, um diesen liebevoll auf dem Verkaufstresen zu drapieren.

„Na, habe ich zu viel versprochen?“ Nora zwinkerte ihr zufrieden zu und öffnete dann die Tür, hinter der sie sofort herzlich in Empfang genommen wurden.

„Isabelle, es freut mich riesig, dass Sie sich so kurzfristig bereiterklärt haben.“ Eine Frau um die dreißig begrüßte Isabelle mit einem strahlenden Lächeln.

„Ich freu mich sehr über diese tolle Chance“. Sie sah sich kurz bewundernd um. „Ihr Laden ist wirklich bezaubernd.“

Ihr Blick wanderte über die weißgebeizten Bücherregale, die sich entlang der Wände befanden und teilweise parallel zueinander aufgestellt worden waren, um den kleinen Grundriss perfekt auszunutzen. Es gab eine kleine Leseecke, die mit den rot-beige gestreiften Sesseln sehr gemütlich wirkte und durch eine Vase mit roten Tulpen perfekt abgerundet wurde. Außerdem spannten sich unzählige Lichterketten wie ein Baldachin unter der Decke und verwandelten den Buchladen in einen magischen Ort.

„Vielen Dank", erwiderte die Eigentümerin stolz und zeigte anschließend zur Leseecke. „Ich hoffe, dieser Bereich ist nachher für die Lesung in Ordnung?"

„Oh, er ist perfekt. Die gemütlichen Sessel sind mir gleich als Erstes aufgefallen."

„Puh, dann bin ich beruhigt. Wir haben leider keine Bühne oder viel Platz wie in den größeren Läden und es kann hier mitunter ziemlich eng werden."

Sofort musste Isabelle an den kleinen Buchladen in Little Falls denken, der nicht einmal halb so groß war wie dieser. Verträumt lächelnd erwiderte sie. „Ich liebe kleine Buchläden, meiner Grandma gehört auch einer – und glauben sie mir, wenn dort ein Event stattfindet, sitzen die Bewohner wie Ölsardinen nebeneinander."

„Hach, das klingt doch schön", bemerkte die Frau mit ehrlicher Freude und drehte sich dann nach dem Glöckchengebimmel um, das neue Kunden ankündigte.

„Oh, da sind schon die ersten Gäste. Wenn Sie mich kurz entschuldigen?" Sie lief zu dem Grüppchen Frauen, das gerade den Laden betreten hatte. Ganz offensichtlich kannten sich alle bereits und wirkten ob der Veranstaltung ebenso erwartungsvoll wie freudig.

„Ich mag sie schon jetzt", flüsterte Nora Isabelle zu, als sie der Frau hinterhersah.

„Ich auch. Sie ist nicht nur sehr nett, sie hat hier mitten in New York ein Kleinod geschaffen."

Isabelle und Nora sahen sich nun auch interessiert im Laden um und zu Isabelles Freude entdeckten sie mehrere gerahmte Bilder von Meg Ryan und Tom Hanks, die man an der Wand hinter der Leseecke aufgehängt hatte. Ihre Aufregung stieg ins

Unermessliche. Von so einer Lesung hatte sie schon immer geträumt – vielleicht könnten sie im Anschluss noch einen Abstecher im *Cafe Lalo* machen, um ein wenig länger diese Stimmung zu genießen.

Eine halbe Stunde später hatte sich der Raum bereits bis in den letzten Winkel gefüllt und auch Isabelle saß schon mit ihrer neuen Kollegin in der Leseecke. Zwischenzeitlich stand die Tür des Buchladens offen, um etwas Luft hereinzulassen und die Glöckchen über der Tür zum Schweigen zu bringen, damit diese die Lesung nicht störten.

Isabelle wollte gerade den Blick abwenden – es ging jede Minute los –, da entdeckte sie hinter der Scheibe zwei weitere Personen. Überrascht schnappte sie nach Luft, als sie Chase und ihre Grandma hinter dem Sprossenfenster erkannte.

Für einen Moment dachte sie an eine Sinnestäuschung, weil sie die beiden so sehr vermisste, aber Chase war genauso real wie ihre Grandma, die aus unerklärlichen Gründen ein rosafarbenes Beautycase in der Hand hielt und sich neugierig umsah.

„Wir sind zu spät, wir hätten doch die U-Bahn nehmen sollen", murmelte Josephine, während sie den Laden betraten.

„Sie kommen gerade richtig. Wir wollten in diesem Moment anfangen!", erwiderte die Eigentümerin mit freundlicher Stimme.

„Gott sei Dank, ich will nämlich auf gar keinen Fall die Lesung meiner Enkelin verpassen – wir sind von weit her angereist", klärte Josephine sie bereitwillig auf und zog Chase regelrecht mit sich in den vollen Laden. Es dauerte nur einen Sekundenbruchteil, bis er sie unter den Gästen entdeckte ... und sie danach nicht mehr aus den Augen ließ. Es war, als stünde die Zeit still. Alles was ihr durch den Kopf ging, waren seine Berührungen und sein zärtlicher Kuss unterm Pavillon, dabei musste sie sich jetzt auf die Lesung konzentrieren. Aber ihr Kopf war vollkommen leer. Ein Glück, dass ihre Kollegin zuerst lesen wollte, denn gerade war sie zu gar nichts im Stande.

Wie in Trance stand sie auf und ging auf ihre Grandma und Chase zu, die nun näher kamen. Dabei sah Chase sie immer noch unverwandt an und ließ ihre Haut unter seinen Blicken kribbeln. Was um Himmels willen hatte er in New York verloren, und dann noch mit ihrer Grandma?

„Isabelle, lass dich drücken!", kam Josephine gleich auf den Punkt und schloss sie fest in die Arme. „Chase hat mich mitgenommen, ist das nicht toll?"

Verwirrt sah Isabelle zwischen den beiden hin und her. Mitgenommen?

„Können wir uns kurz ungestört unterhalten?", fragte Chase auf einmal mit ernster Stimme.

„Ähm, ja, natürlich", erwiderte Isabelle leicht irritiert und gab Nora ein Zeichen, dass sie kurz vor die Tür verschwand.

„Oh, das ist deine Agentin?", fragte Josephine, die ihrem Blick gefolgt war.

„Ja, setz dich doch zu ihr, Grandma, sie wird sich freuen, dich endlich mal kennenzulernen."

„Oh, wirklich? Wie gut, dass ich auch ein paar Törtchen aus Francis' Bäckerei eingepackt habe." Sie klopfte mit der flachen Hand auf das Beautycase. „Dann kann sie gleich mal kosten, wie gut unsere Backwaren in Little Falls sind – pah Magnolia."

„Du hast nicht ernsthaft Gebäck da drin?", fragte Isabelle mit großen Augen.

„Keine Sorge, die Kühlakkus halten alles schön frisch", sie zwinkerte Chase geheimnisvoll zu und stürzte sich dann ins Getümmel.

„Deine Grandma ist wirklich eine Nummer. Und ich dachte, ich würde sie nach all den Jahren kennen!“, bemerkte Chase mit einem belustigten Kopfschütteln, ehe er Isabelle die Hand auf den Rücken legte und sie bestimmt zur Tür führte.

Allein schon diese Geste und die Wärme ließen ihren Puls ansteigen. Chase war bestimmt nicht wegen ihrer Lesung nach New York gekommen oder hatte ihre Grandma freundlicherweise begleitet, damit diese nicht allein reisen musste.

Ehe sie sich weiter wundern konnte, platzte er direkt heraus. „Es tut mir furchtbar leid, wie ich mich neulich aufgeführt habe, Isabelle. Ich hab überreagiert und dich mit meiner Anschuldigung verletzt.“

Chase hatte sich extra auf den Weg in die Stadt gemacht, um sich persönlich bei ihr zu entschuldigen? Jetzt war sie sprachlos. Bei dieser Distanz hätte sie ihm durchaus auch ein Telefonat durchgehen lassen.

„Ja, ich war verletzt, weil ich einfach nicht verstehen konnte, dass du mir so etwas wirklich zutraust. Ich würde niemals irgendjemanden gegen sein Wissen in meinen Büchern erwähnen, und schon gar nicht so eindeutig.“

„Du spielst auf die gebügelten Hemden an?“, fragte er mit leicht amüsierter Stimme.

Isabelle lachte herzhaft. „Ja, zum Beispiel. Auch wenn ich diese Eigenschaft an dir wirklich süß finde.“

Sein Mund verzog sich zu einem Lächeln, dann fragte er mit hochgezogener Augenbraue: „Oder bin ich etwa zu spießig für deine Geschichten, wie es mir deine Grandma kürzlich versichert hat?“

„Was hat sie?“ Isabelle drehte sich kurz schmunzelnd nach ihrer Oma um, die auf einem Stuhl neben Nora Platz genommen hatte und in diesem Moment feierlich das Beautycase öffnete. Sie konnte nicht glauben, was sie dort sah, gleichzeitig hoffte sie, dass Nora ihr nicht alles wegfuttern würde, denn in ihrer Agentin hatte sie eine wahre Naschkatze gefunden.

„Okay, um ehrlich zu sein“, entgegnete Isabelle mit amüsiertem Blick, „für meine Dark Romance bist du zu spießig.“

„Und ich dachte schon, meine heiße Nummer beim Kalendershooting hat dich von meiner dunklen Seite überzeugt“, erwiderte er gespielt beleidigt.

Um Isabelles Mund zuckte es. „Ja, dieser Striptease war wirklich überraschend und verdammt sexy.“

Chase nickte zufrieden. „Hab ich's doch gewusst, dass es dir gefallen hat – du solltest den Kalender mal sehen. Ich will mich ja nicht selber loben, aber für einen Laien hab ich das gut hingekriegt.“

O ja, das konnte sie bezeugen. Ihre Grandma hatte ihr bereits ein Exemplar des begehrten Kalenders per Express geschickt. Seitdem ging ihr das Kopfkino, in dem sie und Chase die Hauptrolle spielten, nicht mehr aus dem Sinn. Er sah in seiner Uniform und dem herausfordernden Blick einfach zu gut aus.

„Dein breites Grinsen verrät mir, dass du ihn schon hast?“ Er hob schmunzelnd eine Augenbraue, ehe er sie einfach an sich zog.

Isabelle nickte nur verschmitzt, zu mehr war sie im Moment nicht fähig. Sie konnte nicht beschreiben, wie sehr sie Chase vermisst hatte und wie glücklich sie war, dass er sie mit seinem Überraschungsbesuch zurückerobern wollte.

Sie sah ihm tief in die Augen und erkannte dieselbe Zuneigung, wie sie sie für ihn empfand, dann trafen sich ihre Lippen und sie verloren sich in einem innigen Kuss, der perfekt in die Szenerie dieser Filmtour passte.

Epilog

Martha

Einen Monat später

„Eugene, nun lass doch endlich die Finger von der Klimaanlage, bevor du noch etwas kaputt machst!" Martha warf ihrem Mann einen tadelnden Blick zu.

„Ich möchte doch nur, dass der Bürgersaal perfekt temperiert ist, wenn gleich alle kommen, und für einen Moment schien es mir, als ob es ein wenig zu frisch sei."

„Findest du? Also mir ist warm." Martha wedelte sich wie zum Beweis etwas Luft mit ihrem Fächer zu, den sie sicherheitshalber eingesteckt hatte.

Eugene schenkte ihr ein amüsiertes Lächeln. „Dann solltest du den Rest des Tages wohl besser mit Scheuklappen herumlaufen, mein Honigtöpfchen."

Sie hüstelte nervös und warf erneut einen Blick auf die Fotogalerie an der Wand, die sie heute einweihen würde. „Hach, als ob mich eine Handvoll halb nackter Männer derart erhitzen könnten."

„Oh, und ich dachte, du hättest ein Auge auf Mr August geworfen", erwiderte Eugene gespielt beleidigt.

„Mr August ist außen vor, niemand mimt David Hasselhoff so perfekt wie du, mein Liebling."

„Puh, dann bin ich ja beruhigt, ich dachte schon, du hättest dich an meiner gebräunten Haut und den roten Badeshorts bereits sattgesehen." Er zwinkerte seiner

Frau spitzbübisch zu, ehe er sich überrascht zur Tür drehte, die in diesem Moment aufgestoßen wurde.

„Hallo, ihr beiden, sind wir etwa zu früh dran?", fragte Francis verwundert, als sie mit Larry im Schlepptau den Gemeindesaal betrat und sich neugierig umsah.

„Nein, kommt nur herein", erwiderte Martha schnell und winkte sie mit der Hand heran. „Jetzt habt ihr noch freie Platzwahl."

„Oh, und wie schön kühl es hier drinnen ist, eine Wohltat bei der Hitze", bemerkte Francis mit anerkennender Stimme.

„Mmh, dank unseres selbstlosen Einsatzes, stimmt's, Eugene?" Larry warf seinem Freund einen zufriedenen Blick zu.

„Die Kalender gingen weg wie warme Semmeln. Der Erlös hat nicht nur für eine anständige Klimaanlage gereicht, sondern auch für diese kleine Vernissage samt Buffet", klärte Eugene die beiden auf. „Die Feuerwehrmänner in New Haven können im Vergleich zu uns einpacken."

Francis kicherte unter vorgehaltener Hand. „Und dazu waren nicht einmal Kätzchen und eingeölte Haut nötig."

„Wem sagst du das, meine Liebe? Bei uns ist für jeden Geschmack etwas dabei. Richtige Männer mit Ecken und Kanten." Martha zwinkerte Francis verschwörerisch zu.

„Auf jeden Fall hat sich der Einsatz gelohnt, heute bekomme ich hier drinnen auch gleich viel besser Luft." Francis atmete mehrmals tief ein und aus.

„Tatsächlich, und ich dachte, dein Beinahe-Ohnmachtsanfall bei der letzten Bürgerversammlung war nur vorgetäuscht", erwiderte Larry mit einem dröhnenden Lachen.

„Nun ja, wenn ich ehrlich bin, ein kleines Bisschen. Aber es fehlte nicht mehr viel und die Freude über eine

Klimaanlage hat meinen Kreislauf schnell wieder in Schwung gebracht."

Martha nickte zustimmend. Doch noch mehr als über die Klimaanlage freute sie sich, dass Chase wieder zurück in Little Falls war. Sie hatte ihren Partner in crime vermisst. Niemand sonst in der Stadt verstand so gut wie er, wie es war, wenn man all sein Herzblut in ein höheres Ziel steckte: das Wohl der Gemeinschaft.

Für einen Moment hatte sie tatsächlich damit gerechnet, dass er bei Isabelle in New York bleiben und beim NYPD anfangen würde – so verliebt, wie er in sie war, und zudem von den New Yorker Kollegen geschwärmt hatte. Nicht auszudenken, wenn er dort in die Schusslinie von Drogenbossen oder gar der Mafia geraten wäre. Allein der Gedanke bewirkte, dass es ihr eiskalt den Rücken runterlief. New York war einfach zu gefährlich und zu weit weg, hier in Little Falls konnte sie ihm wenigstens den Rücken freihalten.

„Alles in Ordnung, mein Hönigtöpfchen?", holte Eugene sie aus ihren Gedanken.

„Oh, ich musste eben an Chase denken und wie froh ich bin, dass Isabelle und er sich hier eine Zukunft aufbauen wollen."

„Nicht nur du, das NYPD hatte schon immer einen großen Reiz für ihn", klärte Larry seine Freunde auf, dabei wanderte sein Blick zu Chase' Foto an der Wand. „Aber wenn ihr mich fragt, würde ihm Blau auch gar nicht stehen und auf seinen geliebten Stetson müsste er im Big Apple ebenfalls verzichten."

„Das stimmt. Wir kennen ihn ja gar nicht anders. Schon als kleiner Woody hatte er immer seinen Sheriffhut auf." Martha verzog den Mund zu einem liebevollen Lächeln.

„Ja, mir scheint, als wäre es erst gestern gewesen, dass die Jungs bei uns im Diner waren und ihre Milchshakes geschlürft haben. Emilia hatte mit ihnen alle Hände voll zu tun.“

„Sie wäre sehr stolz auf eure Enkel.“ Eugene legte seinem besten Freund die Hand auf die Schulter. Nach einem Moment der einträchtigen Stille fuhr dieser fort. „Kommst du mit? Ich sichere mir jetzt ein Plätzchen in der ersten Reihe.“

„Gute Idee. Dem Lärm im Treppenhaus nach zu urteilen, müsste es jeden Moment losgehen.“

Martha und Francis verfolgten, wie die Männer direkt vor dem Rednerpult Platz nahmen und sich dabei angeregt unterhielten, im selben Moment strömten weitere Gäste in den Bürgersaal.

Es wurde höchste Zeit, dass sie ihren Hintern auf die Bühne schwang und sich auf ihre Rede vorbereitete ...

***

„Herzlich willkommen zur heutigen Veranstaltung, meine Lieben. Ich hoffe, ihr nehmt mir meine Aufregung nicht übel, aber es ist auch für mich etwas ganz Besonderes, unsere erste Galerie in Little Falls zu eröffnen.“

Marthas Blick wanderte über die zwölf gerahmten Fotos, die eine ganze Wand im Bürgersaal schmückten. „Ich kann gar nicht beschreiben, wie stolz ich auf dieses Projekt bin.“

„Ja, und ich kann nicht sagen, wie sehr ich mich über diese Klimaanlage freue!“ Deans Stimme dröhnte durch den Saal. „Der erste Sommer in fünfzig Jahren, in dem ich hier drinnen nicht schwitze.“

Sein Kommentar brachte die anwesenden Gäste zum Lachen.

„Dann weißt du ja, wo du dich künftig nach dem Rasenmähen abkühlen kannst“, entgegnete Eugene amüsiert.

„Mmh, solange ich hier nichts reparieren muss, sehr gerne."

„Keine Sorge mein Lieber, dafür habe ich ja Clayton." Sie sah zum mittleren Cassidy-Spross, der zwischen seiner Freundin und Cole saß und bei der Erwähnung seines Namens kurz zusammenzuckte.

„Hat man hier denn nie seine Ruhe?", maulte der Bauleiter.

Larry drehte sich amüsiert zu seinem Enkel um. Man konnte ihm förmlich ansehen, welche Antwort ihm durch den Kopf ging.

Martha lächelte nur, bevor sie ihre Rede wieder aufnahm. „Ich möchte euch auch nicht zu lange auf die Folter spannen, doch bevor ihr euch gleich alle aufs Buffet stürzt, will ich mich noch bei Dorothy und Audrey bedanken, die sich mit den Leckereien selbst übertroffen haben."

„Sehr gerne, ich wollte schon immer mal so ein schickes Buffet stellen und sagt mir später Bescheid, ob euch die Pasteten geschmeckt haben – die wären vielleicht auch was fürs B & B."

Das wären sie ganz sicher, fügte Martha in Gedanken hinzu und hoffte, dass man ihr nicht ansah, dass sie sich bereits eine kleine Kostprobe gegönnt hatte. Ebenso von den Melonen mit Parmaschinken und den gefüllten Eiern. Aber sie hatte einfach nicht widerstehen können.

„Dann ist es wohl am besten, wenn ich zum Ende komme. Vielen Dank noch einmal an alle Mitwirkenden für euren selbstlosen Einsatz beim Fotoshooting, ihr habt eure Bürgermeisterin sehr glücklich gemacht! Jetzt wünsche ich euch allen einen schönen Nachmittag bei Kunst und feinem Essen und erkläre unsere Galerie hiermit für eröffnet!"

„Die Bilder bleiben dauerhaft hier hängen?", fragte Chase Martha wenige Minuten später, als sie sich am Buffet über den Weg liefen.

„Ja, für immer. Wir haben diesen alten Ölschinken doch nicht umsonst von der Wand genommen und hier neu gestrichen." Ehrlich gesagt war sie mehr als froh, dass sie endlich die Gelegenheit bekommen hatte, das alte Gemälde zu entsorgen, das noch von einem ihrer Vorgänger stammte. Sie hatte den röhrenden Hirsch, der von einer Anhöhe auf Little Falls herabsah, noch nie leiden können. Das Bild war nicht nur gruselig, weil das arme Tier nur ein Geweih hatte, sondern weil der damalige Bürgermeister sich höchstpersönlich an diesem Kunstwerk versucht hatte – wäre er bloß beim Jagen geblieben.

Chase wechselte einen skeptischen Blick mit seinen Brüdern, ehe er erwiderte: „Das war so nicht ausgemacht. Es ging nur um einen Kalender."

„Aber so können wir uns jederzeit dankbar an unsere Spender erinnern, wenn wir im Sommer in diesem perfekt temperierten Raum sitzen", entgegnete Isabelle mit Unschuldsmiene.

„Hm, irgendwie gefällt mir der Gedanke nicht. Was sollen meine Kinder und Enkelkinder eines Tages denken, wenn sie mich in nichts weiter als einer Schürze an der Wand entdecken?"

„Ich würde mir vielmehr Sorgen um deinen Blick machen", bemerkte Clayton prustend.

Beinahe zeitgleich richteten sich mehrere Augenpaare auf Coles Foto an der gegenüberliegenden Wand.

„Was stimmt mit meinem Blick nicht?", fragte der Besitzer des Diners etwas begriffsstutzig.

„Er macht einem Angst. Also, etwas freundlicher hättest du schon gucken können", trieb es Clayton weiter auf die Spitze.

„Und das von dem Mann, der seinen Hintern an meinem Barhocker reibt."

„Du hast das Bier vergessen, das an meiner Brust abgeperlt ist", erinnerte Clayton ihn mit wackelnden Augenbrauen und einem Grinsen.

Amüsiert verfolgte Martha wie sich die Brüder kabbelten. Hach, es war beinahe wie früher und sie liebte es!

„Wir konnten ihn gar nicht mehr stoppen – um ein Haar hätte er sich noch an die Jukebox gemacht!" Cole wandte sich kopfschüttelnd an Audrey.

„Wirklich? Das hätte ich gerne gesehen!" Ihr verschmitztes Lächeln verriet Martha, dass sie wohl auch in den Genuss der anderen Abzüge gekommen war. Sie selbst hatte natürlich alle gesehen, schließlich mussten Josephine und sie eine professionelle Auswahl für den Kalender treffen.

„Ich liebe diese Galerie schon jetzt!" Eugene kam mit einem erfreuten Lächeln und einem Tellerchen voll Pasteten auf die Gruppe zu. „Wie exquisit – genau so stelle ich mir eine Vernissage in New York vor."

„Nein, das hier ist noch viel besser, und wisst ihr warum, weil wir uns alle kennen!" Martha hob in ihrer typischen Geste die Hand und zeichnete einen imaginären Titel in die Luft. „Eine Vernissage unter Freunden – das gibt es nur in Little Falls."

„Da gebe ich dir vollkommen recht." Larry tauchte mit einem Glas Wein in der Hand hinter Eugene auf. „Und die Klimaanlage tut ihr Übriges. Es würde mich nicht wundern, wenn es im *Met* genauso kühl ist."

Martha kicherte verlegen. „Nur dass wir hier keinen Van Gogh haben."

„Dafür einen echten Lebowitz – zumindest bis vor Kurzem." Larry lachte dröhnend, als er auf den gruseligen Hirsch anspielte.

„Nimm ihn mit, wenn er dir gefällt, noch steht er im Keller und wartet auf den Sperrmüll." Eugene sah seinen besten Freund schmunzelnd an.

„Gott bewahre, erstens fehlt mir dazu in meinem Zimmer der Platz und zweitens bekomme ich mit dem armen Tier nur Mitleid, wenn ich ihm vor dem Schlafengehen in die Augen schaue."

„Über dem Kamin im Wohnzimmer wäre doch ein guter Platz", schlug Chase gut gelaunt vor. „Mom hat sicher nichts dagegen, wenn du es dort aufhängst."

„Jetzt, wo du vorhast auszuziehen, hast du gut reden, aber was ist mit mir – ich will meine Koffer noch nicht packen."

„Wir stellen es einfach in die Wohnung über dem Diner zu all dem anderen Krempel, von dem sich Cole nicht trennen kann", schlug Jenna amüsiert vor.

„Gute Idee, mein Schatz. Das Bild passt perfekt zu meiner abgewetzten Ledercouch und der Wohnzimmerwand aus den Siebzigern." Cole wirkte wie ein kleiner Junge zur Bescherung.

„Perfekt, dann nehmt ihr das Ding nach der Feier gleich mit. Wenn ich ehrlich bin, hatte ich schon ein paar Gewissensbisse es einfach zu entsorgen – so findet es wenigstens noch ein schönes Zuhause."

Martha schnappte sich von Eugenes Teller eine weitere Pastete, als ihr *die* Idee kam. Es wurde höchste Zeit, das Rathaus einmal komplett auf den Kopf zu stellen und richtig auszumisten – vielleicht konnte Matt ihr dabei helfen. Er war geradezu perfekt für diese Aufgabe geeignet, da er zu keinem Möbelstück und Staubfänger einen emotionalen Bezug hatte. Seine Nostalgie beschränkte sich ausschließlich auf das Kino und die Familienerbstücke, die ihm sein Großonkel hinterlassen hatte.

Augenblicklich zeichnete sich ein breites Lächeln auf Marthas Gesicht ab, sie würde ihn auf der Stelle fragen.

Mit den Worten „Entschuldigt mich bitte" verabschiedete sie sich von dem Grüppchen und schwebte geradezu durch den Saal.

„Huhu, Matt!", begrüßte sie den jungen Mann fröhlich, der sich bis jetzt mit Ricky aus dem Diner unterhalten hatte. Wenn sie sich die beiden jungen Männer so ansah, überkam sie Stolz und Hoffnung. Das hier war die Generation, die eine Kleinstadt wie Little Falls so sehr brauchte. Erst nach ihren Besuchen in Woodbury war ihr klar geworden, wie wichtig es war, sich verstärkt um die Belange der Jüngeren zu kümmern. Klar, es gab immer mal wieder jemanden, der mit dem ganzen Kleinstadtleben nichts einfangen und nicht schnell genug abhauen konnte, aber die meisten kehrten doch wieder zurück. Umso mehr freute es sie, wenn sich zwei junge Leute bewusst dazu entschieden Teil der Gemeinschaft zu werden und hier beruflich glücklich wurden.

„Hallo, Martha", erwiderte Matt erfreut.

„Hi, Martha." Ricky hob kurz die Hand.

„Na, amüsiert ihr euch?" Sie sah sich neugierig um, ehe sie im verschwörerischen Ton fortfuhr. „Ihr werdet euch vor jungen Frauen bald nicht mehr retten können nach diesen Fotos."

Ricky verzog ob Marthas Prophezeiung unbehaglich das Gesicht. „Nein, danke, auf Ärger kann ich gut verzichten. Außerdem frisst mein Baby schon genug Geld."

Für einen Moment sah Martha den Teenager irritiert an, dann half Matt ihr lächelnd auf die Sprünge. „Er meint seinen Camaro."

„Ach, dein Auto, und ich dachte für einen kurzen Moment ... Lassen wir das." Martha hüstelte nervös, bevor sie sich mit einem einnehmenden Lächeln an Matt wandte.

„Toll, dass wir uns hier treffen, ich habe nämlich ein kleines Attentat auf dich vor."

„Ähm, ich geh dann mal rüber zum Büffet." Ricky schien es auf einmal ziemlich eilig zu haben – hatte sie etwas Falsches gesagt?

„Tatsächlich?", erwiderte Matt amüsiert, während er dem jungen Mann hinterhersah.

„Ja, jetzt wo alle Cassidy-Brüder im Liebestaumel sind, hoffe ich, dass du mir beim Entrümpeln des Rathauses hilfst."

„Klar, warum nicht. Vielleicht gibt es dort ja noch weitere Schätze zu entdecken, dieses Bild scheint ja bei Cole sehr beliebt zu sein." Er zwinkerte ihr frech zu.

„Da muss ich dich leider enttäuschen. Es gibt weder kostbare Antiquitäten noch irgendwelche Artefakte oder streng gehütete Familiengeheimnisse."

„Mmh, schade. Aber da helfe ich dir sehr gerne. Sag mir einfach Bescheid, wenn du loslegen willst."

„Vielen Dank Matt, das weiß ich sehr zu schätzen", entgegnete sie ehrlich. Niemand verstand wohl so gut wie er, wie es war, wenn man keine Familie um sich hatte.

Nun ja, im Gegensatz zu Matt hatte sie glücklicherweise eine große Familie, doch warum hatte ihre Schwester Mathilda unbedingt ins tiefste Hinterland ziehen müssen? Sitka, Alaska, lag nicht gerade um die Ecke und kalt war es außerdem. Es wurde höchste Zeit, dass sie sich mal wieder in den Flieger setzte, um all ihre Nichten, Neffen, Großnichten und Großneffen zu treffen. Besonders Abigail, die ihr selbst so ähnlich war, vermisste sie. Martha verzog nachdenklich den Mund. Noch besser wäre es natürlich, wenn sich Mathilda samt Familie auf den Weg nach Little Falls machen würde.

Bei diesem Gedanken musste sie unwillkürlich schmunzeln, denn alle zusammen wären sie mehr Personen als die McCallisters aus *Kevin – Allein zu Haus*. Dorothys B & B würde aus allen Nähten platzen, wenn ihre Zwillingsschwester tatsächlich mit allen Sinclairs in Little Falls aufschlug.

Ende von Band 3

Nachwort

Kaum zu glauben, dass nun auch der dritte Band erschienen ist. Mir kommt es vor, als wäre es erst gestern gewesen, dass der dp Verlag auf mich zukam und fragte, ob ich eine Buchreihe zum Thema amerikanische Kleinstadt schreiben und Teil des Writer's Rooms sein möchte.

Bis dato hatte ich noch nie einen Vertrag im Voraus unterschrieben, geschweige denn gleich drei für eine ganze Reihe. Es war gleichermaßen aufregend und beängstigend, aber noch mehr hat es mich in den Fingern gejuckt sofort loszulegen.

Alles hat mit einem grob skizzierten Stadtplan angefangen, denn ich musste von Anfang an alle drei Bände, deren Protagonisten und Handlungsorte im Blick behalten. Während des Schreibens kam mir die Idee, diesen Stadtplan mit euch zu teilen, und ich habe damit begonnen, jedes einzelne Gebäude wie z. B. die Bäckerei, das B & B und den Buchladen zu zeichnen. Als ich damit fertig war, habe ich alles zu einem Gesamtbild zusammengesetzt und je nach Band und Jahreszeit kleine Veränderungen vorgenommen und Details eingebaut.

Hier würde die Buchreihe über Little Falls eigentlich enden, denn Cole, Clayton und Chase haben alle ihre große Liebe gefunden – aber es gibt tolle Neuigkeiten! Wir werden für eine Weihnachtsgeschichte nach Little Falls zurückkehren. Na, habt ihr schon eine Idee, um wen es in diesem Special gehen könnte?

Danksagung

Ein ganz großes Dankeschön geht zu allererst an meine Leserinnen und Leser. Es bedeutet mir unglaublich viel, dass es euch in Little Falls so gut gefallen hat und einige von euch direkt nach den Fortsetzungen gesucht haben. Durch die Leserunde zu Band 1 habe ich viele neue Kleinstadtfans kennengelernt, die mir unglaublich viel Input gegeben haben, den ich unbedingt einbauen musste.

Als Nächstes möchte ich mich beim dp Verlag bedanken. Ohne euch wäre all das nicht möglich gewesen. Little Falls wird für immer einen besonderen Platz in meinem Herzen haben. Vielen Dank für euer Vertrauen in mich und meine Bücher.

Es geht weiter mit meinen beiden Autorenkolleginnen M.L. Busch und Talina Leandro, die mich von Anfang an bei der Entstehung von „Verliebt in Little Falls" im Writer's Room begleitet haben. Zwischenzeitlich haben wir sogar gemeinsam einen Spin-Off zu unseren Buchreihen geschrieben, der als Booksnack unter dem Titel „Little Christmas Ball" beim dp Verlag erschienen ist. In dieser Kurzgeschichte treffen unsere Protagonisten am Airport Miami aufeinander.

Ein besonderes Dankeschön geht an meine Lektorin Carolin Diefenbach. Du begleitest mich bereits seit „Last Wish", meinem ersten Verlagstitel, und ich hoffe, dass noch viele weitere gemeinsame Projekte folgen werden.

Habt ihr euch schon gefragt, wer die wunderschönen Buchcover zu dieser Reihe entworfen hat? Es ist Anne

Gebhardt. Ich bin schon sehr gespannt, wie das Cover zum Weihnachtsspecial aussehen wird.

Ganz lieben Dank an Sarah Dorsel, die den Protagonisten ihre Stimme gibt. Sie trifft nicht nur Martha und Eugene perfekt, nein das Hörbuch hat es einmal rund um den Globus geschafft und wurde in 49 Ländern gestreamt. Einfach unglaublich!

So, kommen wir zum Schluss ;-) Lieben Dank an mein Bloggerteam, das mich so tatkräftig auf Instagram unterstützt. Im Social-Media-Dschungel tut es gut, Verbündete zu haben, mit denen man sich auch mal so austauschen kann.

Das Schlusswort habe ich mir wie immer für die zwei wichtigsten Menschen in meinem Leben aufgehoben – meinen Mann und unseren Sohn. Ohne euch gäbe es *Karin Bell* nicht. Wie gerne würde ich mit euch den nächsten Urlaub in Little Falls verbringen und euch Larry vorstellen, der einen besonderen Platz in meinem Herzen hat.

Alles Liebe
eure Karin